W0471807

CACHE-CACHE

DU MÊME AUTEUR
DANS LA MÊME COLLECTION

« The Lying Game », vol. 1, *Tu es moi*
« The Lying Game », vol. 2, *Ne jamais dire jamais*
« The Lying Game », vol. 3, *Action ou Vérité*
« The Lying Game », vol. 4, *Cache-cache*

SARA SHEPARD

CACHE-CACHE

The Lying Game

volume 4

Traduit de l'américain
par Isabelle Troin

TERRITOIRES

Titre original :
Hide and Seek (The Lying Game, book 4)

Collection « Territoires » dirigée
par Bénédicte Lombardo

Le Code de la propriété intellectuelle n'autorisant, aux termes de l'article L. 122-5, 2e et 3e a), d'une part, que les « copies ou reproductions strictement réservées à l'usage privé du copiste et non destinées à une utilisation collective » et, d'autre part, que les analyses et les courtes citations dans un but d'exemple et d'illustration, « toute représentation ou reproduction intégrale ou partielle faite sans le consentement de l'auteur ou de ses ayants droit ou ayants cause est illicite » (art. L. 122-4).
Cette représentation ou reproduction, par quelque procédé que ce soit, constituerait donc une contrefaçon, sanctionnée par les articles L. 335-2 et suivants du Code de la propriété intellectuelle.

© 2012 by Alloy Entertainment and Sara Shepard. All rights reserved.

© 2013, Fleuve Noir, département d'Univers Poche,
pour la traduction française.

ISBN : 978-2-265-09415-4

Pour Lanie

« Croyez ceux qui cherchent la vérité,
doutez de ceux qui la trouvent. »

André Gide

Prologue

J'ai toujours pensé que l'au-delà ressemblerait à un séjour éternel dans un hôtel de luxe à Saint-Barth : des serveurs français canon m'apporteraient des cocktails aux fruits jusqu'à la fin des temps, le ciel serait perpétuellement en train de se coucher dans le ciel azuréen des Caraïbes, et une légère brise marine viendrait caresser ma peau bronzée à jamais. Ce serait ma récompense pour avoir vécu une vie longue et fabuleusement bien remplie.

Je n'aurais pas pu me tromper davantage.

En réalité, je suis morte quelques jours avant mon dix-huitième anniversaire, et une année de terminale qui s'annonçait phénoménale. Au lieu de siroter un mojito sur une plage de sable blanc, je me suis réveillée à Las Vegas, attachée par un lien invisible à une sœur jumelle dont j'ignorais jusque-là l'existence. J'ai vu Emma Paxton tomber dans le piège tendu par mon assassin, qui l'a forcée à prendre ma place et à se faire passer pour moi. Je l'ai regardée s'asseoir à table avec ma famille pour le dîner et rire avec mes amies comme si elle les connaissait depuis toujours. Je l'ai vue lire mon journal, dormir dans mon lit et tenter de découvrir qui m'a tuée.

Il semble que je sois coincée dans ce monde et collée à Emma jusqu'à nouvel ordre. Partout où elle va, je l'accompagne. Tout ce qu'elle sait, je le sais aussi – le problème étant que je ne sais pas grand-chose d'autre. Ma vie avant mon assassinat demeure un mystère pour moi. Certains éléments me sont revenus : par exemple, je n'étais pas franchement la fille la plus sympa du lycée de Hollier ; je tenais pour acquises toutes les choses que j'avais reçues, et je m'étais fait un paquet d'ennemis en jouant de sales tours à des gens qui ne le méritaient pas. Mais pour tout le reste, c'est le blanc total. Je ne sais même pas comment je suis morte, et encore moins qui est mon assassin.

Par contre, j'ai appris qu'il surveille lui aussi les moindres faits et gestes d'Emma afin de s'assurer qu'elle joue son jeu pervers. J'étais avec ma sœur quand elle a trouvé un message l'informant que j'étais morte et l'avertissant que, si elle ne prenait pas ma place, elle subirait le même sort. J'ai senti des étoiles exploser derrière ses yeux quand quelqu'un a tenté de l'étrangler pendant une soirée pyjama chez ma meilleure amie, Charlotte. J'étais au premier rang quand un projecteur lui est tombé dessus dans l'auditorium du lycée. Chaque fois, il s'agissait d'une mise en garde. Le coupable était tout près. Pourtant, ni Emma ni moi n'avons vu qui c'était.

Il revient à ma sœur d'arrêter mon assassin, et je ne peux rien faire pour l'aider. Ce n'est pas comme si je pouvais communiquer avec elle. Emma a innocenté mes amies les plus proches : Charlotte, Madeline et les jumelles, Gaby et Lili Fiorello. Chacune d'elle a un alibi en béton pour la nuit de ma mort. En revanche, celui de ma petite sœur, Laurel, ne tient pas forcément la route...

Pour l'heure, je regarde ma famille se prélasser sur des transats au country club local. Mes parents ont une main en visière pour se protéger contre le soleil aveuglant de Tucson. Assise près de Laurel, Emma semble plongée dans la lecture d'un magazine, mais je vois bien qu'elle observe ma petite sœur aussi attentivement que moi.

À travers ses épaisses lunettes noires Gucci, Laurel étudie la carte des boissons reliée plein cuir. Puis elle s'enduit les épaules de crème comme si elle n'avait pas le moindre souci. La fureur me gagne. Moi, je ne sentirai plus jamais le soleil sur ma peau, peut-être par sa faute. Après tout, elle avait un mobile. Nous craquions pour le même garçon – et au final, c'est moi qui suis sortie avec Thayer.

Ma mère sort son BlackBerry de son cabas de plage Kate Spade en paille.

– C'est incroyable le nombre de confirmations que je reçois pour samedi, Ted, murmure-t-elle en consultant ses messages. On dirait que tu vas fêter tes cinquante-cinq ans en grande pompe.

– Mmmmmh, marmonne distraitement mon père.

Je ne suis pas certaine qu'il l'ait entendue : il est trop occupé à regarder le grand jeune homme musclé qui passe une main dans ses cheveux noirs de l'autre côté de la piscine.

Quand on parle du loup... Le voici : Thayer Vega en personne.

Mon cœur cogne très fort tandis qu'Emma et Laurel lui jettent un coup d'œil. Ma petite sœur tente de jouer les indifférentes mais ne parvient pas à dissimuler la lueur d'espoir dans ses yeux. *Rêve toujours*. Je suis peut-être morte, mais Thayer m'appartient. Nous sortions ensemble en secret, chose dont je ne me suis souvenue qu'il y a quelques jours.

Un moment, j'ai pensé que c'était peut-être lui qui m'avait tuée. En effet, nous avions rendez-vous la nuit de ma mort. Puis Emma a lavé Thayer de tout soupçon : quelqu'un l'avait renversé avec ma Volvo sur le parking de Sabino Canyon. Peut-être était-ce moi qu'il visait.

Quoi qu'il en soit, Laurel a conduit Thayer à l'hôpital, où il a passé le reste de la nuit. J'ai été très soulagée d'apprendre qu'il était innocent... jusqu'à ce que je réalise que la coupable était peut-être la personne assise à côté d'Emma en ce moment même. Oui, Laurel a conduit Thayer à l'hôpital, mais ça ne signifie pas qu'elle est restée avec lui. Elle a très bien pu revenir m'engueuler... ou m'achever.

Toute la famille regarde Thayer monter les marches en métal du plongeoir. Il avance jusqu'au bout en traînant légèrement la patte, et sautille sur place pour tester l'élasticité de la planche. Les muscles de son ventre ondulent à chaque rebond. Levant ses bras bronzés au-dessus de sa tête, il exécute un plongeon parfait et fend la surface immobile de la piscine selon l'angle idéal. Il nage sous l'eau jusqu'au bout du bassin ; de petites bulles s'élèvent dans son sillage. En le regardant se mouvoir, je sens des papillons danser dans mon estomac. Quelque chose en lui m'a toujours donné l'impression d'être extrêmement vivante, et je mets deux ou trois secondes à me rappeler que je ne le suis plus.

Quand Thayer refait surface et sourit à Emma, Laurel pince les lèvres d'un air contrarié, et je réalise quelque chose d'autre. Si Emma ne se montre pas très prudente, elle risque bien de finir comme moi.

1

MERCI DE NE PAS NOURRIR LES TERRIENS

Au planétarium de Tucson, Emma Paxton se pencha vers le miroir en forme de planète Saturne et avança les lèvres pour se remettre du gloss à la cerise. Les toilettes à l'éclairage tamisé étaient décorées sur le thème de l'astronomie. Des étoiles phosphorescentes brillaient dans le noir au plafond des box, et les poubelles avaient des formes de fusées. Au-dessus du lavabo, une pancarte clamait : BIENVENUE, TERRIENS. Debout sur le dernier N, deux extraterrestres à la tête oscillante agitaient leurs petits doigts boudinés.

Emma se dévisagea dans le miroir et prit une grande inspiration.

– C'est ton premier rancard officiel avec Ethan, dit-elle à son reflet.

Elle fit traîner le dernier mot, savourant son goût sur sa langue. Elle ne se souvenait pas avoir déjà été aussi excitée à la perspective de sortir avec un garçon. Oh, elle avait eu d'autres petits amis, cependant elle changeait de famille d'accueil et déménageait trop souvent pour avoir le temps de s'attacher. Mais ces derniers temps, sa vie avait été complètement bouleversée. Désormais, elle avait une nouvelle maison, une nouvelle famille et un nouveau beau gosse en ligne de mire : Ethan Landry.

Une nouvelle identité, aussi, aurais-je voulu lui rappeler tandis que je flottais derrière elle. Comme d'habitude, je ne me reflétais pas dans le miroir. Il en allait ainsi depuis que j'avais surgi dans la vie de ma jumelle, à l'époque où elle vivait encore à Las Vegas. Depuis, Emma avait cessé d'être Emma pour devenir Sutton Mercer – moi. Mon assassin mis à part, Ethan était le seul à connaître sa véritable identité. Il aidait ma sœur à découvrir ce qui m'était arrivé.

Le téléphone d'Emma bipa, indiquant qu'elle avait reçu un message. C'était un texto d'Ethan.

Je suis là. J'ai pris les billets.

J'arrive tout de suite, répondit Emma.

Elle se sécha les mains et poussa la porte battante en triturant le médaillon de Sutton.

Quand elle repéra Ethan adossé à un mur incurvé et couvert de moquette, de l'autre côté du grand hall, son cœur se mit à battre plus fort. Elle aimait la façon dont ses cheveux tombaient devant ses yeux bleu foncé. Il portait des Converse bleu marine délacées, un T-shirt kaki qui moulait ses larges épaules et ses biceps saillants, et un jean usé juste comme il fallait.

Contournant la file des visiteurs qui attendaient pour entrer dans le planétarium, Emma s'approcha d'Ethan et lui donna une tape sur l'épaule. Le jeune homme se retourna.

– Oh, salut.

– Salut, répondit Emma, saisie par une brusque timidité.

La dernière fois qu'elle avait vu Ethan, ça s'était fini d'une manière plutôt gênante. Thayer Vega s'était pointée chez les Mercer, et Emma n'avait pas présenté Ethan comme son petit ami. Il lui aurait semblé cruel d'annoncer au garçon si désespérément amoureux de Sutton qu'elle était passée à autre chose. Plus tard, elle avait appelé Ethan pour lui expliquer son comportement, et il avait eu l'air de comprendre. Mais si ça n'était pas le cas ?

Avant qu'elle puisse ajouter quoi que ce soit, le jeune homme l'attira vers lui pour l'embrasser. Emma poussa un soupir de bien-être.

Veinarde, pensai-je. J'aurais donné n'importe quoi pour recevoir encore un baiser – même si j'aurais préféré qu'il vienne de Thayer. J'étais contente pour Emma, mais j'espérais que toutes ces hormones ne la distrairaient pas de sa véritable mission : découvrir ce qui m'était arrivé.

– Ça a l'air chouette, commenta Emma en entrelaçant ses doigts et ceux d'Ethan lorsqu'ils se furent séparés. Merci de m'avoir amenée ici.

– Merci d'être venue. (Ethan sortit deux tickets de la poche arrière de son jean.) Ça me semblait tout indiqué pour notre premier rendez-vous officiel, vu la façon dont on s'est rencontrés, ajouta-t-il, un peu embarrassé.

Emma rougit. Ceci méritait de figurer au moins en troisième ou en quatrième position dans sa liste des « Dix Plus Grands Moments de Mignonnitude d'Ethan ». Le soir de son arrivée à Tucson, avant qu'Ethan découvre sa véritable identité, ils avaient observé le ciel ensemble, et Emma lui avait parlé de son habitude de donner des noms aux étoiles. Au lieu de se moquer d'elle, Ethan avait trouvé ça intéressant.

Le jeune homme se dirigea vers l'entrée du planétarium.

– Prête ? demanda-t-il comme ils s'avançaient sur un plancher peint en bordeaux et franchissaient un épais rideau noir.

Emma lui sourit tandis qu'ils se faufilaient dans les ténèbres.

Il faisait frais dans la pièce, et le silence régnait. À travers le plafond de verre, Emma voyait les étoiles qui scintillaient dans la nuit tels de minuscules points lumineux. Elle s'absorba dans leur contemplation, s'efforçant de repérer les motifs des différentes constellations. Le ciel était si vaste !

L'espace de quelques secondes, Emma oublia combien sa vie était devenue compliquée. Peu importait qu'elle joue le rôle d'une autre et qu'elle ait mis sa propre vie en attente. Peu importait que sa jumelle ait été assassinée et que la principale suspecte actuellement soit sa petite sœur adoptive, Laurel – qui n'avait finalement pas passé toute la nuit du crime chez Nisha Banerjee, puisqu'elle s'était éclipsée pour conduire Thayer à l'hôpital après que quelqu'un l'avait renversé avec la voiture de Sutton. Comparé à l'immensité de l'univers, rien de ce qui se passait sur Terre n'avait la moindre importance.

– Il nous reste un peu de temps avant le passage de la comète, déclara Ethan en appuyant sur un bouton de sa montre de plongée pour en éclairer le cadran. Tu veux qu'on aille voir les autres salles d'abord ?

Au son d'une musique New Age, ils s'arrêtèrent devant un diaporama baptisé « Les boules de neige de notre système solaire », qui montrait comment se formaient les comètes. Ethan toussa, puis se planta devant la photo d'une comète tourbillonnante. D'une voix aiguë et sur un ton docte, il lança :

– Donc, comme vous pouvez le voir, les comètes sont à la base des morceaux de roche et de glace issus de la formation des étoiles et des planètes. Quand ils se rapprochent du soleil, la chaleur fait fondre la glace qui les recouvre. Qu'est-ce que vous dites de ça, ma petite demoiselle ?

Il remonta son jean et se frotta le nez, et Emma réalisa soudain qu'il imitait M. Beardsley, leur professeur de physique de Hollier. Elle éclata de rire. M. Beardsley avait dix mille ans ; il parlait avec une voix bizarre et appelait systématiquement ses élèves « ma petite demoiselle » ou « mon petit monsieur ».

– Pas mal, commenta-t-elle, mais il faudrait que tu te passes la langue sur les lèvres plus souvent. Et que tu te mettes les doigts dans le nez.

Ethan grimaça.

– L'idée qu'il fasse ça avant de toucher mes interros...

Emma frissonna.

– Horrible.

– Je regrette que les profs ne rendent pas l'astronomie plus intéressante, dit Ethan en se dirigeant vers la photo suivante. (Il lut ce qui était écrit dessous en remuant légèrement les lèvres.) Ils en parlent de façon tellement chiante ; pas étonnant que ça ne passionne guère les foules.

– Je vois ce que tu veux dire, acquiesça Emma. C'est pour ça que j'adore *Star Trek : The Next Generation*. C'est tellement génial que tu ne te rends même pas compte que tu apprends des tonnes de trucs sur l'espace en regardant la série !

Ethan écarquilla les yeux.

– Tu es une Trekkie ?

– Coupable, avoua Emma en baissant la tête.

Aussitôt, elle s'en voulut d'avoir révélé quelque chose d'aussi ringard.

Je jetai un coup d'œil à la ronde. Dieu merci, aucune de mes connaissances ne se trouvait là pour entendre la confession honteuse d'Emma. La dernière rumeur que je voulais voir circuler, c'était que Sutton Mercer regardait une série télé pour geeks !

Mais le visage d'Ethan se fendit d'un large sourire.

– Wouah. Tu es vraiment la fille parfaite. En 5e, j'avais créé un fan-club de *The Next Generation*. Je pensais qu'on se ferait des marathons télé, qu'on s'habillerait comme nos personnages préférés, qu'on irait ensemble aux conventions, ce genre de trucs. Bizarrement, personne ne s'est inscrit.

Emma leva les yeux au ciel.

– Moi, je l'aurais fait. J'ai toujours regardé la série toute seule. J'ai perdu le compte du nombre de mes frères et sœurs d'accueil qui se sont foutus de moi à cause de ça.

– Tu sais quoi ? Et si on se faisait un marathon *Star Trek* un de ces quatre ? suggéra Ethan. J'ai toutes les saisons en DVD.

– Volontiers, répondit Emma en posant la tête sur son épaule.

Ethan baissa les yeux vers elle et rougit légèrement.

– Et si un Trekkie t'invitait au bal des moissons, tu dirais quoi ?

– Oh, il se pourrait que j'accepte, répondit Emma avec une coquetterie feinte.

Un gros titre s'imposa à son esprit : « *Une enfant placée est invitée au bal des moissons : miracle !* » Depuis aussi loin que remontaient ses souvenirs, la jeune fille faisait de sa vie la une d'un journal imaginaire. Et cet article-là aurait été particulièrement juteux.

Ça faisait déjà un petit moment qu'elle voyait des affiches pour ce bal dans les couloirs du lycée de Hollier. Il y aurait une partie de foot juste avant, un défilé de chars comme pour le carnaval, un orchestre et, bien entendu, l'élection du roi et de la reine des moissons. C'était le genre d'événement qu'on voit dans les films, le genre d'événement auquel Emma n'aurait jamais cru participer un jour.

Elle s'imagina Ethan en tenue de soirée, l'enlaçant pour danser un slow avec elle. Elle pensa à celle des robes de Sutton qu'elle porterait pour l'occasion, la bleu-vert assez courte qui faisait ressortir la pâleur de son teint et la couleur châtaigne de ses cheveux. Elle se sentirait comme une princesse...

J'avais envie de la secouer comme un prunier. Sutton Mercer portait toujours une robe neuve pour aller au bal !

Un petit garçon passa près d'Emma en courant et pressa ses mains sur le verre du diaporama aux comètes, arrachant la jeune fille à sa rêverie. Emma passa à la photo suivante, qui montrait un trou noir dans un ciel bleu marine rempli d'étoiles étincelantes.

Un trou noir est une région de l'espace dont rien ne peut s'échapper, pas même la lumière, expliquait la pancarte à côté de la photo. Emma pensa à Sutton et frissonna. Sa sœur se trouvait-elle dans un endroit semblable ? Était-ce à ça que ressemblait l'au-delà ?

Euh, pas exactement, songeai-je.

– Tu vas bien ? demanda Ethan, les sourcils froncés. Tu viens juste de pâlir d'un coup.

– J'ai besoin de prendre l'air, marmonna Emma. Elle sentait que la tête lui tournait.

Ethan acquiesça et l'entraîna vers une porte marquée SORTIE, qui donnait sur une cour circulaire. Six allées de pierre étaient disposées comme les rayons d'une roue. Au centre se dressait un vieux télescope noir et massif. De l'autre côté de la route se trouvait un restaurant mexicain appelé Chez Pedro. Des pots de fleurs colorés bordaient les appuis de fenêtres, et des guirlandes d'ampoules en forme de piment pendaient au plafond.

Submergée par une vague de culpabilité, Emma prit plusieurs grandes inspirations.

– Tu pensais à Sutton, pas vrai ? demanda Ethan comme s'il avait lu dans son esprit.

Emma leva les yeux vers lui.

– Je ne devrais peut-être pas embrasser un garçon et me réjouir d'aller au bal alors que ma sœur est morte.

Ethan lui pressa la main.

– Tu ne crois pas qu'elle voudrait que tu sois heureuse ?

Emma ferma les yeux. Elle l'espérait bien. Penser à Sutton lui rappelait qu'elle aussi se trouvait dans un trou noir : la vie de sa sœur. Si elle tentait de s'en échapper, elle risquait de mourir. Et même si on arrêtait l'assassin de Sutton, tout le monde découvrirait son imposture. Que deviendrait-elle alors ? Elle rêvait que la famille Mercer la recueille et que les amies de sa sœur lui ouvrent les bras, mais ils seraient peut-être furieux qu'elle les ait trompés pendant tout ce temps.

Au bout d'un long moment, Emma dit à Ethan :

– Je veux être avec toi, mais pas en tant que Sutton. En tant que moi. Et j'ai peur que ça n'arrive jamais.

– Bien sûr que si. (Ethan lui prit le menton.) Toute cette histoire se terminera un jour. Et quoi qu'il arrive, je serai là pour toi.

Emma en éprouva un tel élan de gratitude que les larmes lui montèrent aux yeux. Elle se rapprocha d'Ethan, pressant ses hanches contre celles du jeune homme. De nouveau, elle eut des palpitations en scrutant ses yeux couleur de lac de montagne et en humant l'odeur de son after-shave.

Ethan se pencha vers elle jusqu'à ce que leurs lèvres se touchent presque. Emma était sur le point de l'embrasser quand elle entendit un rire familier. Elle tourna brusquement la tête.

– Ce n'est pas... ?

Deux jeunes gens se dirigeaient vers une table sur la terrasse de Chez Pedro. La fille avait des cheveux blonds et une robe verte ; le garçon portait un baggy et marchait en traînant la patte.

– Laurel et Thayer, si, chuchota Ethan sur un ton funeste avant de grimacer. Et moi qui comptais t'emmener dîner là après la visite !

Laurel secoua sa crinière dorée et passa son bras sous celui de Thayer en un geste si naturel qu'un instant, Emma crut qu'elle ne les avait pas vus. Puis la sœur de Sutton braqua son regard sur elle depuis l'autre côté de la rue, et l'ombre d'un sourire passa sur son visage. Non seulement elle avait vu Emma, mais c'était pour la faire enrager qu'elle pressait le bras de Thayer.

Garce, pensai-je. Laurel m'en voulait depuis longtemps pour ma relation secrète avec Thayer. Elle devait savourer ce moment.

Thayer se retourna et leva la main pour saluer Emma. Celle-ci lui sourit, mais la main d'Ethan se crispa sur son bras. La jeune fille se tourna vers son petit ami.

– Écoute, je sais que tu n'aimes pas Thayer, dit-elle à voix basse. Mais il n'est pas dangereux, et il n'a pas pu tuer Sutton. Il a passé la nuit à l'hôpital.

Ethan parut avoir quelque chose à ajouter au sujet de Thayer, mais il se contenta de pousser un soupir.

– Ouais, dit-il à contrecœur. Je suppose. Donc, on en est où de notre enquête ? Qui soupçonne-t-on maintenant ?

Emma reporta son attention sur Laurel, qui la regardait par-dessus son menu.

– Je pensais que Laurel était chez Nisha la nuit où Sutton a disparu, tu te souviens ?

– Pour la soirée pyjama de l'équipe de tennis, oui, acquiesça Ethan.

– Eh bien, j'ai découvert qu'elle n'y était pas allée. Ou du moins, qu'elle n'y était pas restée, révéla Emma.

Ethan haussa les sourcils.

– Tu es sûre ?

Emma pianota sur l'accoudoir en fer forgé du banc sur lequel ils s'étaient assis.

– C'est Laurel qui a emmené Thayer à l'hôpital après qu'il a été percuté par la voiture de Sutton. Elle ne pouvait pas être à deux endroits au même moment. Et si elle a menti là-dessus...

Ethan se pencha vers elle, les yeux brillants.

– Tu crois qu'elle a déposé Thayer à l'hosto et qu'elle est retournée au canyon pour tuer Sutton ?

– J'espère que non. Mais je ne peux pas l'éliminer de la liste des suspects si j'ignore où elle était. Je dois découvrir si elle est retournée chez Nisha ensuite, ou pas. (Emma tritura l'ourlet de la minijupe en coton noir qu'elle avait prise dans la penderie de sa jumelle.) Depuis mon arrivée à Tucson, c'est avec Laurel que j'ai passé le plus de temps, mais je ne la comprends toujours pas. Parfois, elle est adorable, et parfois elle se comporte comme si elle voulait me tuer.

– Tu m'as dit toi-même que ses relations avec Sutton étaient apparemment... tendues, fit remarquer Ethan.

Emma acquiesça.

– Je sais. Mme Mercer m'en a parlé la semaine dernière. Elle m'a dit que Laurel avait toujours été jalouse de moi – je veux dire, de Sutton.

Emma secoua légèrement la tête. Plus elle se faisait passer pour sa sœur, plus la frontière entre elles deux se brouillait.

Ethan jeta un coup d'œil vers le restaurant mexicain où Laurel et Thayer partageaient une corbeille de tacos.

– Peut-être. Mais vu de l'extérieur, du moins, on avait l'impression que Sutton était tout aussi jalouse de Laurel. Après tout, c'est elle, la fille biologique des Mercer. Je crois que Sutton avait du mal à accepter son statut d'enfant adoptée. Une fois, je l'ai vue feuilleter un livre sur la généalogie à la bibliothèque du lycée. Elle avait l'air... (Ethan hésita.) paumée, je crois. Je ne l'avais jamais vue aussi triste.

Brusquement, je me sentis vulnérable. Je ne me souvenais pas de cette scène, mais depuis que je m'étais réveillée chez Emma à Las Vegas, j'éprouvais un chagrin lancinant qui n'avait rien à voir avec ma mort. J'avais toujours su que j'étais une enfant adoptée, et mes parents m'avaient répété cent fois que ça me rendait encore plus spéciale à leurs yeux, parce qu'ils m'avaient choisie. Mais l'idée que ma mère biologique n'ait pas voulu de moi me donnait l'impression d'être à la dérive, et vide comme s'il me manquait un bout de moi.

Comment Ethan, que j'avais à peine connu, avait-il pu lire en moi de la sorte ? Étais-je plus transparente que je ne le pensais ?

– Laurel avait ce qui manquait à Sutton : une famille biologique, dit doucement Emma, qui savait très bien ce que sa jumelle éprouvait.

Quand elle avait cinq ans, leur mère à toutes les deux, Becky, avait laissé Emma chez une de ses amies et... elle n'était jamais revenue la chercher.

Emma poussa un gros soupir.

– Laurel semble toujours tellement en colère ! Elle a réussi à se contenir jusqu'à ce que Thayer se pointe dans la chambre de Sutton et que M. Mercer appelle les flics. Mais maintenant qu'il est revenu, on dirait qu'elle est prête à tout pour le tenir à l'écart de sa grande sœur – puisqu'elle sait qu'il en est amoureux.

– Qu'est-ce qu'on dit, déjà ? Il y a trois mobiles au meurtre : l'argent, l'amour et la vengeance, c'est ça ? demanda Ethan en se frottant les mains alors qu'une brise fraîche soufflait à travers la cour. Laurel voulait peut-être se débarrasser d'une rivale.

– Si c'est le cas, elle a réussi. On dirait bien un rancard, commenta Emma en jetant un nouveau coup d'œil vers la terrasse du restaurant.

Thayer avait posé une main sur l'épaule de Laurel. La jeune fille lui fit manger un taco couvert de guacamole, puis adressa un sourire grimaçant à Emma. Celle-ci se demanda ce qu'il était advenu de Caleb, avec qui Laurel sortait jusqu'à la veille. Sans doute ne se rappelait-elle même plus son nom à présent.

Je suivis la direction du regard d'Emma. L'air décontracté, Thayer donnait sa commande à la serveuse. Laurel le couvait des yeux avec adoration, serrant contre elle les pans de son cache-cœur rose. Je plissai les yeux. Je connaissais ce cache-cœur. Comme Thayer, il était à moi, et à personne d'autre.

Peut-être que ma mère et Ethan avaient raison. Peut-être que Laurel voulait tout ce qui m'appartenait. Et peut-être, oui, peut-être bien qu'elle m'avait tuée pour s'en emparer.

2

ALLONS VOIR NOTRE MÈRE-GRAND

Le lendemain soir, Emma grogna en appuyant sur la pédale de frein pour tourner dans la rue des Mercer.

– J'ai mal partout, se plaignit-elle.

Ce jour-là, l'entraînement de tennis avait été encore pire que d'habitude. Les filles avaient dû courir huit kilomètres avant de s'affronter les unes les autres et de faire leurs exercices. C'était à peine si Emma pouvait encore bouger ses jambes. Pourquoi avait-il fallu que Sutton soit une mordue de sport, alors qu'elle aurait pu se contenter de passer ses après-midi vautrée devant la télé ?

Assise côté passager, Laurel regardait quelque chose sur son iPhone. Elle ignora le commentaire d'Emma. Pourtant, elle aussi devait souffrir.

– Alors, c'était sympa ton rancard avec Thayer, hier soir ? ne put s'empêcher de lancer Emma.

Laurel leva les yeux et lui adressa un sourire doucereux.

– Puisque tu tiens à le savoir, oui, c'était très romantique. Il se peut même qu'on aille ensemble au bal des moissons.

– Et Caleb ? objecta Emma.

Surprise, Laurel cligna des yeux.

– On n'a jamais dit qu'on sortait exclusivement ensemble, répondit-elle au bout d'un moment.

Emma renifla. *Ça en avait pourtant tout l'air pendant le bal d'Halloween*, faillit-elle répliquer.

– De toute façon, qu'est-ce que ça peut te faire ? aboya Laurel. Tu es avec Ethan maintenant, non ?

Emma frémit en entendant le dégoût avec lequel elle avait prononcé le nom d'Ethan. Les amies de Sutton avaient eu l'air de bien accepter le jeune homme, surtout Laurel. C'était elle qui avait encouragé Emma à avouer la vérité au sujet de leur relation. Faisait-elle semblant ? Ou avait-elle tué Sutton, et était-ce une façon de dire à Emma : *Je sais que tu n'es pas vraiment ma sœur, et que tu ne t'es jamais intéressée à Thayer* ?

– Ça ne me fait rien du tout, répliqua sèchement Emma. C'était juste histoire de parler.

Mais moi, ça me faisait quelque chose. Et si Thayer sortait avec ma petite sœur ? Serait-il capable de me faire une chose pareille ? D'un autre côté, il pensait sans doute que je l'avais laissé tomber pour Ethan. Si seulement il savait la vérité...

Emma tourna dans l'allée des Mercer. Le soleil se couchait derrière la maison en adobe à un étage, une maison qui avait coupé le souffle de la jeune fille la première fois qu'elle avait posé les yeux dessus. Aujourd'hui encore, Emma avait du mal à croire qu'elle habitait là.

Les rayons orange se reflétaient sur le Range Rover de M. Mercer. À côté de celui-ci était garée une Cadillac noire rutilante qu'Emma n'avait encore jamais vue, et dont la plaque d'immatriculation indiquait FOXY 70.

– À qui est cette voiture ? demanda Emma en coupant le contact.

Laurel la regarda bizarrement.

– Euh, à Grand-Mère, répondit-elle comme si c'était évident.

La chaleur monta aux joues d'Emma.

– Je l'avais reconnue, mais Grand-Mère n'était pas venue depuis longtemps, c'est pour ça.

Elle avait pris l'habitude de rattraper ses gaffes, mais chacune d'elles la mettait toujours aussi mal à l'aise. Tant de choses qu'elle aurait dû savoir sur la vie de Sutton, et qu'elle ignorait ! Et bien entendu, la grand-mère de sa sœur venait s'ajouter à la longue liste des proches qu'il allait falloir berner.

Laurel descendit de voiture.

– Génial, dit-elle en rejetant ses cheveux blonds par-dessus une épaule. Papa fait un barbecue.

Et elle claqua la portière derrière elle.

Emma serra le frein à main. Elle avait oublié que la mère de M. Mercer venait en avion pour assister à sa soirée d'anniversaire, que Mme Mercer s'affairait à organiser depuis plusieurs semaines. Jusqu'ici, elle avait engagé un traiteur et un orchestre, établi une liste d'invités, dressé un plan de table et réglé une multitude d'autres détails. Et maintenant, la grand-mère de Sutton serait là pour l'aider.

Prenant une grande inspiration pour se donner du courage, Emma descendit de voiture et sortit son sac de sport du coffre. Puis elle suivit Laurel le long du chemin de pierre qui menait au jardin de derrière.

Un rire de femme rauque résonna dans les airs. Dès qu'elle franchit l'angle de la maison, Emma aperçut M. Mercer debout près du gril, un plat de brochettes de légumes à la main. Une femme âgée bien conservée se tenait près de lui, sirotant un Martini. Elle ressemblait tout à fait à ce qu'Emma avait imaginé – classe et élégante.

À la vue des deux jeunes filles, la vieille femme eut un sourire poli.

– Mes chéries.

– Salut, Grand-Mère, lança Laurel.

La vieille femme s'avança vers elle en réussissant l'exploit de ne pas renverser une seule goutte d'alcool par terre. Elle détailla Laurel de la tête aux pieds.

– Ravissante, comme d'habitude.

Puis elle se tourna vers Emma et l'étreignit avec une force surprenante pour son âge et sa silhouette frêle. Son collier de perles mordit dans la clavicule d'Emma, qui lui rendit son accolade. La grand-mère de Sutton sentait le gardénia. Quand elle s'écarta de la jeune fille, elle la tint à bout de bras pour l'examiner soigneusement.

– Seigneur, dit-elle en secouant la tête. Ça faisait vraiment trop longtemps que je n'étais pas venue. Tu as tellement changé !

Emma tenta de ne pas se tortiller d'embarras. Elle ne voulait pas avoir l'air à ce point différente de sa jumelle.

La grand-mère de Sutton plissa les yeux.

– Tu as fait quelque chose à tes cheveux ? (Elle porta un doigt osseux mais parfaitement manucuré à ses lèvres.) Et d'abord, pourquoi cette frange ? Tu arrives vraiment à y voir au travers ?

– C'est la mode en ce moment, répondit Emma en écartant les cheveux qui lui tombaient dans les yeux.

Elle avait laissé pousser sa frange parce que Sutton la portait plus longue qu'elle, mais au fond, elle était d'accord avec Grand-Mère Mercer.

Celle-ci fronça le nez.

– Il va falloir qu'on parle, toutes les deux, dit-elle sur un ton un peu vif. Il paraît que tu donnes du fil à retordre à tes parents ?

– Du fil à retordre ? répéta Emma sans comprendre.

Grand-Mère Mercer pinça les lèvres.

– Je me suis laissé dire que tu volais à l'étalage, maintenant.

La gorge d'Emma devint toute sèche. C'était vrai : quelques semaines plus tôt, elle avait dérobé un sac dans une boutique pour accéder au dossier que la police avait sur Sutton. L'inspecteur Quinlan conservait dans ses archives le récit de différentes farces du Jeu du Mensonge organisées par la jeune fille au fil des ans.

Comme ma grand-mère fixait Emma sans ciller, un souvenir me revint brusquement. Assise dans ma chambre, je m'apprêtais à mettre des photos de l'équipe de tennis sur Facebook quand j'avais entendu des voix dans le salon. Mon appareil à la main, j'étais sortie discrètement sur le palier, et j'avais tendu l'oreille. On aurait dit que Papa et Grand-Mère se disputaient, mais à propos de quoi ? C'est alors que mon appareil numérique flambant neuf m'avait échappé et s'était écrasé sur la première marche de l'escalier avec un bruit sourd.

– Sutton ? avait appelé mon père.

Avant que je puisse décamper, ma grand-mère et lui étaient sortis du salon pour se planter au pied de l'escalier. Et ils m'avaient regardée comme ma grand-mère regardait Emma en ce moment.

– C'est de l'histoire ancienne, affirma M. Mercer en retournant des steaks sur la grille du barbecue. (Il portait un tablier de cuisine noir orné d'un serpent à sonnette enroulé sur lui-même, et il avait coiffé ses cheveux gris en arrière.) En fait, elle ne nous a donné aucun souci ces derniers temps, bien au contraire. Elle a eu la note maximale à son dernier contrôle d'allemand, et aussi de très bonnes notes en anglais et en histoire.

– Vous n'êtes pas assez sévères avec elle, aboya Grand-Mère Mercer. L'avez-vous seulement punie pour ce qu'elle avait fait ?

Le père de Sutton parut se recroqueviller sur lui-même.

– Bien sûr que oui. Elle a été privée de sortie.

Grand-Mère Mercer s'esclaffa.

– Pendant quoi, vingt-quatre heures ?

Et de fait, le père de Sutton avait rapidement levé la punition. Gênés, tous les membres de la famille se turent, et, pendant une longue minute, on n'entendit rien d'autre que le crépitement du barbecue et le chant des oiseaux. Emma jeta un coup d'œil à Grand-Mère Mercer, qui observait son fils. C'était bizarre de voir quelqu'un le mener à la baguette.

Au bout d'un moment, le père de Sutton se racla la gorge.

– Alors, les filles : steak ou poulet ?

– Poulet, s'il te plaît, répondit Emma, impatiente de changer de sujet.

Elle s'assit près de Laurel sur une des chaises de jardin vertes qui entouraient la table d'extérieur en verre. La porte-fenêtre s'ouvrit, livrant passage au bondissant Drake – le danois des Mercer. Comme d'habitude, il fonça droit vers Emma. On aurait dit qu'il sentait que les chiens la mettaient mal à l'aise, et qu'il voulait absolument se faire aimer d'elle quand même.

Emma tendit une main hésitante vers Drake pour qu'il la lèche. Elle avait peur des chiens depuis qu'elle avait été mordue par un chow-chow, mais elle s'habituait peu à peu à l'énorme animal.

Mme Mercer sortit à son tour de la maison. Elle tenait une nappe à carreaux bleus et blancs dans une main, et son BlackBerry perpétuellement en train de sonner dans l'autre. Elle avait l'air contrariée, mais à la vue de ses filles assises côte à côte, un grand sourire fendit son visage. Chaque fois qu'elle était stressée, la présence d'Emma et de Laurel semblait la réconforter. C'était une expérience nouvelle pour Emma : d'habitude, ses parents d'accueil la considéraient en pinçant les lèvres, avec l'air de se demander quand arriverait leur chèque mensuel.

– Alors, les filles. Comment s'est passé l'entraînement aujourd'hui ? demanda Mme Mercer en déployant la nappe sur la table en verre.

– Ça m'a tuée, répondit Laurel en prenant un bâtonnet de carotte et en le croquant bruyamment.

Emma frémit mais se força à esquisser un sourire las.

– On a couru huit kilomètres, expliqua-t-elle.

– En plus des exercices habituels ? (Mme Mercer lui pressa l'épaule.) Vous devez être crevées.

Emma acquiesça.

– Je vais avoir besoin d'un bain brûlant tout à l'heure, c'est sûr.

– Moi aussi, alors évite de faire trempette pendant une demi-heure, réclama Laurel sur un ton cinglant.

Emma ouvrit la bouche pour lui dire que jamais elle ne prendrait de bain aussi long. Puis elle réalisa que ça faisait sans doute partie des habitudes de Sutton. Elle avait commencé une nouvelle liste : « Différences entre Sutton et Moi ». Ça l'aidait à se souvenir qui elle était vraiment sous son masque.

Emma était venue à Tucson avec un petit sac de marin pour tout bagage, et on le lui avait volé dès son arrivée. Le reste de ses affaires – sa guitare, ses économies et Poulpy, sa peluche préférée – était enfermé dans une consigne à la gare routière de Las Vegas. Depuis quelque temps, la jeune fille avait l'impression d'avoir laissé son identité dans ce casier.

La seule personne de son ancienne vie avec qui elle communiquait encore était sa meilleure amie, Alex Stokes, mais elle lui avait à peine parlé depuis son arrivée à Tucson. Alex pensait qu'Emma coulait des jours paisibles chez les Mercer en compagnie de Sutton. Emma ne pouvait pas lui dire la vérité, et ses mensonges instauraient entre elles une distance infranchissable.

M. Mercer s'approcha de la table et y déposa cinq assiettes pleines de nourriture.

– Du poulet pour mes filles, un steak saignant pour moi et pour Grand-Mère, et un steak bien cuit pour ma ravissante épouse.

Écartant une mèche de cheveux qui tombait dans les yeux de Mme Mercer, il embrassa celle-ci sur la joue.

Emma sourit. C'était chouette de voir deux personnes mariées depuis si longtemps et qui s'aimaient encore. Elle avait rarement vécu avec des parents d'accueil non séparés, et plus rarement encore avec des couples amoureux.

À présent que j'étais morte, moi aussi, je voyais combien mes parents tenaient l'un à l'autre. Mon père avait souvent des gestes affectueux et des mots gentils pour ma mère, et réciproquement. Chacun d'eux finissait les phrases de l'autre. Je ne m'en étais pas rendu compte de mon vivant.

Grand-Mère Mercer tourna son regard bleu acier vers M. Mercer.

– Je te trouve un peu maigre, mon chéri. Tu manges suffisamment ?

Son fils gloussa.

– Tu es sérieuse ? Mes tablettes de chocolat ont fondu depuis belle lurette.

– Il mange à sa faim, et même plus, faites-moi confiance, ajouta Mme Mercer. Si vous voyiez nos factures d'épicerie ! (Son BlackBerry sonna. Elle jeta un coup d'œil à l'écran et se rembrunit.) Incroyable. La soirée est vendredi, et c'est maintenant que la fleuriste m'annonce qu'elle ne pourra pas mettre de *sphaeralcea ambigua* dans les centres de table. Je voulais vraiment n'utiliser que des plantes locales, mais si elle me lâche, je serai peut-être obligée de me rabattre sur des bouquets de lys.

Emma rit.

– Quelle tragédie !

Grand-Mère Mercer plissa les yeux, et son visage se durcit brusquement.

– Parle poliment à ta mère, dit-elle d'une voix tranchante comme du verre.

Les joues d'Emma s'empourprèrent.

– Je plaisantais, couina-t-elle.

– J'en doute, répliqua Grand-Mère Mercer en plantant sa fourchette dans son steak.

Il y eut un nouveau silence gêné. M. Mercer se tamponna la bouche avec sa serviette, tandis que Mme Mercer tripotait le gros bracelet Chanel à son poignet. Emma se demanda ce qui lui échappait dans la conversation.

Je fouillai ma mémoire en quête d'une réponse, mais aucune ne se présenta. De toute évidence, Grand-Mère me tenait à l'œil.

Mme Mercer chercha quelque chose du regard sur la table, puis ferma les yeux.

– J'ai oublié la carafe d'eau et les verres. Les filles, vous voulez bien aller les chercher ?

Elle semblait très lasse tout à coup, comme si la présence de Grand-Mère Mercer la vidait de ses forces.

– Pas de souci, dit joyeusement Laurel.

Emma se leva aussi, saisissant cette occasion de s'éloigner de la grand-mère de Sutton. Les deux filles se dirigèrent vers la cuisine carrelée à l'espagnole. Les plans de travail en stéatite brillaient de propreté, et des torchons ornés d'ananas pendaient à la poignée du four. Emma venait de saisir la carafe quand elle sentit une main se poser sur son épaule.

– Sutton, dit M. Mercer à voix basse. Laurel.

Laurel se figea, un bac à glaçons plein dans la main.

M. Mercer referma la porte-fenêtre qui donnait sur le jardin. La voix de sa mère, qui critiquait Mme Mercer pour avoir choisi de passer de la salsa durant la soirée d'anniversaire, fut aussitôt assourdie.

– J'ai entendu dire que Thayer retournerait au lycée demain. Le fait qu'il soit sorti de prison ne change rien : je tiens à ce que vous gardiez vos distances vis-à-vis de lui, dit M. Mercer.

Laurel pinça les lèvres.

– Mais Papa, c'est mon meilleur ami ! Tu n'avais jamais eu de problème avec lui jusque-là.

M. Mercer haussa les sourcils.

– C'était avant qu'il s'introduise chez nous en pleine nuit, Laurel. Les gens changent.

La jeune fille baissa la tête. Elle se garda bien de mentionner qu'elle était sortie avec Thayer la veille, constata Emma.

– Sutton ? lança M. Mercer en fixant Emma.

– Euh, oui, d'accord, marmonna Emma.

– Je suis sérieux, les filles, insista M. Mercer sur un ton sévère. (Mais il ne fixait qu'Emma, et une fois de plus, cette dernière se demanda ce qui lui échappait.) Gare à vous si je découvre que vous m'avez désobéi.

Sur ce, il tourna les talons et ressortit dans le jardin.

Dès qu'il eut refermé la porte-fenêtre, Laurel fit face à Emma, un sourire mauvais aux lèvres.

– Tu as bien fait de ne pas dire que tu nous avais vus ensemble hier soir, lâcha-t-elle sur un ton glacial.

Emma grimaça.

– Si tu tiens à Thayer autant que ça, tu aurais dû dire quelque chose. Convaincre Papa qu'il n'avait pas de raison de s'inquiéter.

Laurel rejeta ses cheveux blonds par-dessus son épaule et se rapprocha d'Emma. Son haleine sentait la sauce barbecue épicée.

– On sait toutes les deux que Papa a un instinct de protection hyper développé. Si tu as deux sous de bons sens, tu ne lui diras rien. Pigé ?

Emma acquiesça sans conviction. Dès que Laurel fut ressortie dans le jardin, elle s'affaissa contre l'îlot central de la cuisine. Soudain, elle se sentit vidée. « Si tu as deux sous de bon sens… » Était-ce une menace ?

Je ne le savais pas davantage qu'elle, et je n'avais pas hâte de le découvrir.

3

ÉCHANGES AVEC L'ENNEMI

Le temps que les Mercer finissent de dîner, le soleil s'était couché, les grenouilles commençaient à coasser, et le fond de l'air devenait un peu frais. Emma avait des devoirs d'allemand à faire, mais se trouver dans la même maison que Laurel sans pouvoir progresser dans son enquête la rendait fébrile. Bien qu'encore tout endolorie, elle se surprit à enfiler des leggings gris et à se diriger vers les courts de tennis au bout de la rue. Elle n'avait pas l'intention de frapper la balle très fort.

Le parc était presque désert. Il n'y avait que quelques personnes qui promenaient leur chien, et un couple qui parlait à voix basse près d'une Mini Cooper dans le parking. Emma choisit le court du fond, dont le mur de brique serait parfait pour s'entraîner en solo, et glissa trois pièces de vingt-cinq cents dans le compteur pour allumer les projecteurs. Avec un léger pop, elle ouvrit une boîte de balles jaunes et en fit rebondir une sur sa raquette deux ou trois fois avant de l'envoyer vers le mur.

Sa lassitude s'envola presque aussitôt. C'était bon de taper la balle et de se perdre dans ses pensées. Laurel avait-elle pu tuer Sutton ? Emma n'avait pas de preuve qu'elle l'avait fait, mais elle n'avait pas non plus de preuve du contraire. Si seulement elle pouvait se procurer l'agenda de Laurel, ou peut-être son téléphone... La sœur de Sutton le protégeait férocement, mais il devait quand même exister un moyen de mettre la main dessus.

Bien entendu, il y avait une autre façon de découvrir si Laurel avait un alibi pour cette nuit-là : demander à Thayer si elle était restée avec lui à l'hôpital. Mais l'idée de parler au jeune homme emplissait Emma de nervosité. Elle avait réussi à faire croire à tout le monde qu'elle était Sutton – Ethan excepté –, mais ce serait beaucoup plus difficile avec Thayer, qui la connaissait de façon intime.

D'un autre côté, c'est justement parce qu'il était amoureux de Sutton qu'il aurait sans doute des tas de choses à apprendre à Emma. La jeune fille était si curieuse de cette jumelle défunte qu'elle n'avait pas même eu le temps de rencontrer...

J'aurais donné n'importe quoi pour voir Thayer autant que possible, même si je ne pouvais plus le toucher. Mais s'il ne finissait pas par se rendre compte qu'Emma n'était pas moi, ça me briserait le cœur.

Soudain, les projecteurs s'éteignirent, plongeant le court dans le noir. Emma se plia en deux, haletante, laissant sa balle rebondir sur le mur et rouler jusqu'à l'autre extrémité du terrain. Des pas foulèrent l'herbe voisine, et Emma se redressa, tendue.

– Coucou, appela-t-elle. Ethan ?

Le parc était leur lieu de rendez-vous depuis l'arrivée de la jeune fille à Tucson, mais ils n'avaient pas prévu de s'y retrouver ce soir-là.

Personne ne répondit. Pourtant, Emma entendit quelqu'un se déplacer dans les fourrés qui entouraient le court. Sa vision ne s'étant pas encore adaptée à l'obscurité, elle se rapprocha du mur du fond et le longea à tâtons. Le bout d'une de ses baskets heurta le grillage avec un léger bruit métallique. Emma se figea : elle venait de trahir sa position. Une seconde plus tard, les projecteurs se rallumèrent, révélant une silhouette debout à l'entrée.

Emma hurla.

La silhouette fit volte-face et hurla elle aussi. Alors, Emma la reconnut : c'était Nisha Banerjee, la rivale de Sutton et sa co-capitaine de l'équipe de tennis. Emma s'affaissa contre le grillage en pressant ses mains sur ses yeux.

– Nisha ! Tu m'as foutu une de ces trouilles !

– C'est toi qui te planquais dans le noir ! répliqua l'autre fille, furieuse. (Puis elle se mit à glousser.) Seigneur. On a hurlé toutes les deux comme des gamines de six ans devant leur premier film d'horreur.

– Je sais. (Emma prit une grande inspiration en se concentrant pour ralentir les battements affolés de son cœur.) Pathétique, hein ?

Nisha fit quelques pas vers elle. Elle portait une robe de tennis Adidas rouge et des bracelets en éponge assortis. Les lacets de ses baskets immaculées formaient une petite boucle impeccable, et ses cheveux noirs étaient retenus par un bandeau mauve. Mais bien que tirée à quatre épingles, elle avait le regard vitreux et les mains tremblantes. D'habitude, elle semblait toujours tellement maîtresse d'elle-même !

– Tu jouais seule ?

Emma acquiesça.

– C'est aussi ce que je comptais faire. (Nisha fourra sa raquette sous son bras.) Bon, ben alors, je te laisse.

Elle dévisagea Emma longuement. Ses yeux bruns semblaient fatigués, et elle arborait de gros cernes. Emma se radoucit. Elle avait l'habitude d'être à couteaux tirés avec Nisha, mais ce soir-là, l'autre fille semblait lasse et plus vulnérable que d'habitude.

Moi aussi, je la trouvais différente. C'était bizarre de voir les gens depuis ma nouvelle perspective. Je me rendais compte que l'image que je me faisais de la plupart d'entre eux n'était qu'une façade soigneusement construite et entretenue.

Emma se racla la gorge.

– Pourquoi tu ne joues pas plus près de chez toi ?

Nisha habitait près de Sabino Canyon ; Emma avait vu des courts à deux rues de chez elle.

L'autre fille haussa les épaules.

– Il y avait trop de monde ce soir, et je voulais être seule.

Emma fit tourner sa raquette dans sa main.

– Puisqu'on est là toutes les deux, tu veux qu'on échange quelques balles ?

Un muscle de la mâchoire de Nisha frémit, et ses cils battirent presque imperceptiblement. Emma devina qu'elle voulait lui proposer la même chose. Pourtant, Nisha se contenta de lâcher un « Si tu veux » désinvolte.

– Oui, je veux, affirma Emma.

Et elle était sincère. Quelque chose la touchait chez cette nouvelle Nisha fragile. Sans compter que la jeune fille était l'alibi de Laurel pour la nuit du 31 août, celle où Sutton avait disparu. Elle avait dit à Emma que Laurel n'avait pas bougé de chez elle, mais Emma savait à présent que c'était faux. Nisha avait-elle menti, ou Laurel s'était-elle éclipsée une fois sa camarade endormie ?

Les deux filles se dirigèrent chacune vers une extrémité du court. Nisha rajusta sa robe, et Emma gloussa.

– Tu es bien la seule personne capable de te fringuer comme Serena Williams pour venir jouer au tennis toute seule dans le noir, dit-elle sur un ton taquin avant de lancer la balle très haut dans les airs et de la frapper avec force.

– Je considère ça comme un compliment, répliqua Nisha tandis que la balle filait vers elle.

Elle la renvoya d'une volée puissante. Emma plongea pour la rattraper, mais la balle fila sur sa droite et alla s'écraser contre le grillage.

– Soit. (Emma rit.) Zéro-quinze, dit-elle en allant récupérer la balle.

Cette fois, elle servit plus doucement et Nisha renvoya la balle de même, donnant le ton à un échange plus amical. Elles continuèrent pendant un bon moment, s'émerveillant d'avoir encore de l'énergie après un entraînement aussi punitif. Après qu'Emma eut envoyé un revers dans le filet, Nisha fit une pause pour boire au goulot de sa gourde.

– Il paraît que tu sors avec Ethan Landry.

– C'est exact, acquiesça Emma en rougissant légèrement.

Nisha s'essuya la bouche.

– Donc, il parle, en fin de compte ?

– Il parle même beaucoup, affirma Emma.

– Première nouvelle. (Nisha reposa sa bouteille d'eau sur le banc de touche.) Avant, ma mère le surnommait Motus. Quand on était en 4e, on prenait le même bus pour aller au collège, et il ne décrochait jamais un mot à personne.

– Il est timide, c'est tout, marmonna Emma, qui avait oublié que Nisha et Ethan étaient voisins.

Ça lui serrait le cœur de penser à cette époque où Ethan n'avait aucun ami.

– La timidité, c'est plutôt touchant, dit Nisha en balançant ses jambes dans le vide. (Puis elle jeta un coup d'œil jaloux à Emma.) Et Ethan est devenu vraiment beau gosse.

Hé hé.

– Je sais, acquiesça Emma en frissonnant de plaisir au souvenir des baisers qu'elle avait échangés avec Ethan au planétarium, la veille. Et toi ? Il se passe quelque chose avec Garrett ?

Au bal d'Halloween, quelques semaines plus tôt, Nisha était venue avec l'ex de Sutton – et un air éminemment satisfait.

Nisha haussa les épaules.

– Rien de spécial. (Elle but une autre gorgée d'eau avant de changer de sujet.) Tu te souviens quand on était petites, et qu'on comptait le nombre de fois où on arrivait à s'échanger la balle avant qu'une de nous la laisse tomber ? On avait notre propre *record du monde*, dit-elle en prenant le ton grave d'un présentateur sportif.

Emma sourit par-devers elle. Pour chaque chose qu'elle inscrivait sur sa liste de différences entre elle et Sutton, elle se découvrait un point commun avec sa jumelle défunte. Elle aussi, elle avait l'habitude d'échanger des balles avec son frère d'accueil russe, Stephan, dans la cave de la maison où ils habitaient – même si c'était des balles de ping-pong plutôt que de tennis. Par habitude, Emma se surprenait parfois à compter les échanges pendant les entraînements et les matchs.

– J'ai l'impression que c'était il y a une éternité, soupira Nisha. J'étais toujours tellement excitée quand vous vouliez jouer avec moi, Laurel et toi ! (Puis elle pinça les lèvres comme si elle en avait trop dit et but longuement à sa gourde.) Bref, grommela-t-elle. Prête à prendre une autre raclée ?

Mais Emma ne bougea pas.

– On se sent souvent seul quand on est enfant unique, dit-elle doucement.

Nisha lui jeta un regard dur.

– Qu'est-ce que tu en sais ? Tu as une sœur.

Emma se mordit la lèvre et détourna les yeux. Bien entendu, c'était d'elle-même qu'elle parlait. Malgré les nombreux autres enfants placés qu'elle avait côtoyés dans ses familles d'accueil, elle s'était toujours sentie seule et un peu paumée. Elle aurait tellement voulu avoir un frère ou une sœur – une vraie famille. Mais elle ne pouvait pas partager son expérience avec Nisha.

Celle-ci soupira.

– Mais tu as raison, je me sens seule. Surtout depuis que ma mère est… partie. J'adore mon père, mais il n'est pas très causant.

Emma acquiesça. Elle savait que la mère de Nisha était morte l'été précédent, même si la jeune fille n'y faisait jamais la moindre allusion. Mais ce soir-là… c'était différent. Ce soir-là, elle semblait avoir besoin d'en parler, besoin que quelqu'un l'écoute.

– Vous étiez très proches, toutes les deux, hein ? devina Emma.

Un nuage passa devant la lune. Un grand géocoucou traversa le parking en courant. Nisha suivit du bout du doigt le contour du logo Nike sur sa gourde.

– On adorait faire la cuisine ensemble. On préparait de ces festins indiens ! Ma mère me trouvait trop mince ; elle passait son temps à essayer de m'engraisser.

– La plupart des mères font ça, acquiesça Emma en repensant à Grand-Mère Mercer. Ça t'arrive de lui parler, même si elle n'est plus là ?

Nisha la regarda bizarrement tandis que son visage s'empourprait.

– Comment tu as deviné ?

Emma fixa le filet blanc au milieu du court.

– Parce que moi, je parle à ma mère biologique.

Nisha haussa un sourcil.

– Mais tu ne l'as même pas connue.

– Je sais, dit très vite Emma. Mais elle vit quelque part, et je me pose des questions sur elle tout le temps. Quand la vie est trop dure, je lui parle, et elle m'écoute toujours.

Elle eut un sourire ironique. La Becky imaginaire était beaucoup plus patiente que la Becky réelle.

Nisha fit rouler la balle de tennis sous sa paume.

– Je lui parle quand je suis dans ma voiture, avoua-t-elle tout bas. À la maison, c'est trop risqué – je ne veux pas que mon père m'entende. Mais quand je vais à l'école ou ailleurs, je me lance dans de grands monologues qui lui sont destinés. Aux feux rouges, les gens qui me voient parler toute seule me regardent bizarrement. Ils doivent penser que j'ai une oreillette et que je suis en grande conversation téléphonique.

Soudain, elle sursauta et dévisagea Emma comme si elle avait oublié qu'elle se trouvait là.

– Tu dois me trouver maboule, je parie. Tu vas raconter ça à tes copines ? demanda-t-elle en clignant des yeux.

– Je te promets que non. (Emma posa une main sur son cœur.) Ton secret ne franchira pas mes lèvres. (Comme Nisha semblait inquiète malgré tout, elle lui toucha légèrement l'épaule.) Tu as bien fait de me le dire. Je trouve ça chouette que tu lui parles. Ce qui serait bizarre, ce serait que tu ne le fasses pas.

Gênée, Nisha tripota un de ses bracelets en éponge.

– Je ferais mieux d'y aller. Mon devoir d'anglais m'appelle.

– Oui, et moi, il me reste dix minutes avant que mon père alerte la police. Il nous surveille de près en ce moment.

Emma rangea ses affaires dans son sac de sport. Comme les deux filles quittaient le court et se dirigeaient vers la rue d'un même pas, Emma réalisa qu'elle avait oublié de demander à Nisha où se trouvait réellement Laurel la nuit de la disparition de Sutton. Au lieu de ça, elle avait copiné avec l'ennemie jurée de sa sœur… et elle avait bien aimé ça.

Franchement, ça ne me dérangeait pas tant qu'Emma restait objective. Nisha avait toujours été comme une épine plantée dans mon pied, et je ne voyais pas pourquoi elle aurait changé. Mais vous savez ce qu'on dit : il faut garder ses amis près de soi, et ses ennemis plus près encore. Surtout quand les ennemis en question savent peut-être ce que fabriquait la suspecte numéro un la nuit du meurtre sur lequel vous enquêtez.

4

L'ARBRE QUI DONNAIT DE DRÔLES DE FRUITS

Le mardi matin, Emma se gara dans le parking du lycée de Hollier, niché parmi les collines de Tucson. Des centaines de cactus, certains couverts d'épines et d'autres de fleurs, parsemaient le paysage. Les montagnes rouges majestueuses servaient de toile de fond.

À cette heure de la journée, le parking grouillait d'élèves. Une Jeep pleine de sportifs dépassa Emma, ses haut-parleurs vomissant une vieille chanson de Dave Matthews. Plusieurs filles coquettes, qui portaient toutes le même blouson en cuir, s'échangeaient leurs gloss près d'une décapotable vintage. Des bus scolaires franchissaient laborieusement le coin de la rue ; les membres de l'équipe d'athlétisme finissaient leurs tours de piste matinaux, et trois ou quatre garçons se planquaient derrière un buisson épineux pour fumer.

Comme Emma descendait de voiture, deux filles en minijupe passèrent près d'elle en s'échangeant des ragots au sujet de Thayer. Le jeune homme devait revenir au lycée le jour même. Depuis des semaines, les rumeurs sur les raisons de son absence allaient bon train. On racontait qu'il avait fait de la prison, ou tourné un film à Hollywood, voire qu'il s'était fait opérer pour changer de sexe. La seule chose vraie dans tout ça, c'est qu'il avait passé deux jours en cellule la semaine précédente pour s'être introduit chez les Mercer et avoir résisté quand la police était venue l'arrêter.

Emma entendit une portière claquer près d'elle. Les deux meilleures amies de Sutton, Charlotte et Madeline, venaient de descendre d'un SUV noir. La seconde, qui avait des cheveux noirs très raides et un visage en forme de cœur, portait des bottes à talon haut et un slim qui semblait avoir été taillé spécialement pour ses longues jambes de danseuse. Une rose rouge était tatouée à l'intérieur de son poignet, et au dos de son téléphone portable, il y avait un autocollant MAFIA DU LAC DES CYGNES. Emma ne savait toujours pas trop ce que ça signifiait.

Charlotte, qui était un peu grassouillette mais avait un magnifique teint crémeux et d'épais cheveux roux, ajusta sur son épaule la bandoulière d'un énorme sac Vuitton au moment où un SUV blanc se garait sur la place voisine. Les Jumelles

Twitteuses, Lilianna et Gabriella, jaillirent de leur voiture. Elles avaient les mêmes cheveux blonds et les mêmes yeux bleus, mais pour le reste, elles ne se ressemblaient pas du tout.

Et voilà la petite bande du Jeu du Mensonge au grand complet, songea Emma. *Ah, non, c'est vrai.* Laurel avait refusé qu'elle la conduise au lycée ce jour-là, arguant qu'elle avait pris « d'autres dispositions ».

Lili s'approcha d'Emma en faisant cliqueter ses talons aiguilles noirs.

– Le secrétariat devrait mettre notre nom sur ces places, pépia-t-elle en portant une main à la grosse chaîne punk qui lui servait de collier.

Gaby et elle n'étaient devenues membres du Jeu du Mensonge que quelques semaines auparavant, mais elles évoquaient leur nouveau statut le plus souvent possible.

– Je vois ça d'ici, sourit sa jumelle. « Réservé pour Gaby. » Ce serait super.

Elle coinça une mèche de cheveux derrière son oreille. Avec son gilet en cachemire rose, son polo vert, son jean skinny et ses ballerines en cuir ornées d'un petit nœud, elle semblait prête à se rendre à un match de croquet. Du point de vue vestimentaire, Lili et elle étaient radicalement opposées.

Le portable de Madeline bipa au fond de son énorme sac en daim. La jeune fille l'en sortit avec un grand sourire.

– Mon frère est vraiment trop nul, dit-elle en levant les yeux au ciel sans pouvoir dissimuler sa joie.

Ses doigts volèrent sur le clavier tandis qu'elle composait une réponse.

– Il est où, Thayer ? demanda Gaby en regardant autour d'elle comme si le jeune homme pouvait se planquer derrière le SUV de Madeline.

– Il arrivera un peu plus tard, répondit son amie. Le proviseur ne voulait pas que sa présence suscite trop d'agitation avant le début des cours. Pour l'instant, il est dans sa chambre, et il s'ennuie tellement qu'il joue à Mario Kart. (Elle pouffa.) Il n'y avait pas touché depuis ses neuf ans.

La première cloche sonna dans le lointain, signalant qu'il restait dix minutes avant le début des cours.

– Laurel est avec lui ? ne put s'empêcher de demander Emma.

Elle n'avait pas l'intention de poser la question, mais la sœur de Sutton avait disparu sans explication le matin même. Qu'elle soit allée rejoindre Thayer semblait logique.

Madeline leva vivement les yeux vers Emma.

– Ça m'étonnerait.

– Tu en es sûre ? insista Emma.

Charlotte lui donna un coup de coude.

– Qu'est-ce que ça peut te faire ? Je croyais que tu avais un nouveau mec.

– Oui, mais…

– Tiens-toi à l'écart de Thayer, s'il te plaît, coupa Madeline. Je t'adore, Sutton, mais tu lui as fait beaucoup de mal. Je ne te laisserai pas le pousser à s'enfuir une deuxième fois.

– Je ne veux pas sortir avec Thayer, protesta Emma, les dents serrées. Je me demandais juste où était Laurel.

Je ne pus m'empêcher de foudroyer Madeline du regard. Je n'avais pas fait de mal à Thayer. C'était plutôt lui qui m'en avait fait en disparaissant sans me dire où il allait, puis en me donnant des rendez-vous secrets dans des endroits isolés tels que Sabino Canyon. C'était peut-être à cause de moi qu'il boitait, mais ce n'était pas moi qui l'avais renversé en voiture.

– Pitié, cessez de vous chamailler, dit Charlotte en rejetant ses cheveux roux par-dessus son épaule. Et dépêchez-vous un peu. J'ai absolument besoin d'un café. J'ai à peine fermé l'œil cette nuit. Mes parents m'ont empêchée de dormir avec leur engueulade marathon.

– La tournée de latte est pour moi, annonça Gaby en ajustant le bandeau dans ses cheveux.

Charlotte et les Jumelles Twitteuses se dirigèrent vers le kiosque qui vendait du café. Emma leur emboîta le pas, et Madeline se mit à marcher près d'elle, ce qu'Emma considéra comme l'équivalent d'un drapeau blanc. Elle tenta de ne pas s'offusquer du fait que l'autre fille venait en substance de lui interdire d'adresser la parole à son frère. Madeline cherchait à protéger Thayer, voilà tout. Ça n'avait rien de personnel.

Elles s'engagèrent sur la pelouse et tournèrent à gauche, contournant les membres de l'orchestre et leurs étuis à instrument, une fille qui marchait le nez dans un livre et un couple qui s'embrassait près de la fontaine à eau. Le panneau d'affichage était couvert d'annonces pour le bal des moissons, dont la plupart montraient deux silhouettes blanches en train de danser ensemble.

Une petite foule se massait à l'entrée du bâtiment principal. Emma crut d'abord que Thayer était arrivé plus tôt que prévu. Puis Charlotte s'arrêta devant elle, si brusquement qu'Emma faillit lui rentrer dedans.

– Merde alors, souffla Gaby.

Madeline releva ses lunettes de soleil à monture écaille-de-torture sur le haut de sa tête.

– C'est quoi, ce bordel ?

Une rangée de mesquites montait la garde devant le lycée. Des guirlandes argentées avaient été entremêlées à leurs branches tordues, auxquelles quelqu'un avait pendu des dizaines de soutiens-gorge et de préservatifs gonflés. Des ballons en forme de pénis oscillaient autour d'un tronc peint en noir. Une banderole était tendue en travers des arbres : « INCLINEZ-VOUS DEVANT NOUS, BANDE DE NAZES. » L'effet produit était celui d'un arbre de Noël cochon, ou d'un enterrement de vie de jeune fille qui aurait mal tourné.

– Oh mon Dieu, lâcha Clara Hewlitt, une élève de seconde qui appartenait à l'équipe de tennis, en écarquillant les yeux.

– C'est forcément elles, chuchota un gringalet de première avec une petite queue-de-cheval blonde.

Tous les regards se tournèrent vers Emma et les amies de Sutton.

Emma jeta un coup d'œil à la ronde. Elle connaissait certains de ces garçons et de ces filles, mais pas tous, loin s'en fallait. L'ex de Sutton, Garrett Austin, se tenait près de sa sœur cadette Louisa ; il toisait Emma d'un air dédaigneux. Lori, qui était dans le cours de poterie de Sutton, observait Emma avec une crainte mêlée de respect. Nisha lisait le graffiti en faisant la moue de ses lèvres couleur cerise. Quand elle vit qu'Emma la regardait, elle détourna très vite les yeux.

Lili se retourna brusquement pour dévisager Emma, Madeline et Charlotte.

– Vous avez fait une blague sans nous ? demanda-t-elle, visiblement blessée.

Charlotte secoua la tête.

– Non, ce n'est pas nous.

– Juré, ajouta très vite Madeline. À moins que je sois somnambule, je n'ai pas mis les pieds au lycée cette nuit.

– Oh. (Le visage de Lili s'éclaira.) Dans ce cas…

Gaby et elle sortirent leurs iPhones et les levèrent en direction des mesquites vandalisés.

– Dites « Instagram » !

Madeline arracha son portable à Lili avant que celle-ci ait pu prendre une photo.

– Ce n'est pas cool du tout. C'est juste du vandalisme de mauvais goût.

Dûment sermonnée, Lili baissa le nez d'un air penaud.

– À votre avis, qui a fait ça ?

Madeline balaya la foule du regard. Soudain, elle écarquilla les yeux.

– Là-bas, siffla-t-elle en désignant un lampadaire du menton.

Emma suivit la direction de son regard. Quatre filles se massaient au pied du lampadaire, tournant le dos aux mesquites. Elles portaient toutes un jean skinny foncé et des Converse, et elles avaient toutes une coupe de cheveux branchée. D'après la mine de dure-à-cuire de la blonde avec les pointes plus foncées, Emma devina que c'était la chef de bande. Chacune d'elles irradiait une profonde satisfaction.

– Pas possible, chuchota Charlotte.

– J'en suis quasiment sûre, murmura Madeline. C'est forcément elles.

Gaby utilisa son téléphone pour zoomer sur le visage des filles. Vue de près, la meneuse avait l'air encore plus méchante.

– Grognasses.

– C'est qui ? interrogea Emma – et tant pis si Sutton était censée le savoir.

Mais je ne savais rien du tout. Ces filles avaient l'air jeunes – des troisièmes, sans doute. Autrement dit, je ne les avais pas connues. J'étais morte avant la rentrée des classes, et jamais je n'aurais fréquenté des filles du collège. Je tenais à ma réputation.

– Ariane Richards, Coco Tremont, Bethany Ramirez et Joanna Chen, énuméra Madeline. Une fille de mon cours de danse qui est en seconde m'a parlé d'elles. Il paraît que c'était nos équivalents au collège Saguaro. Sauf qu'elles faisaient des blagues nulles, du genre voler la mascotte du bahut, écrire des saloperies au rouge à lèvres sur le casier d'autres filles ou remplacer les feutres Velleda par des marqueurs permanents.

– Super nul, acquiesça Charlotte en étouffant un bâillement.

– Désormais, nous les appellerons les Quatre Canailles, entonna Lili sur un ton faussement dramatique en pianotant sur son écran tactile. Ne t'en fais pas, Mads : mon tweet va les remettre à leur place.

– Oui, on va voir qui s'inclinera devant les autres, approuva Charlotte, les dents serrées.

« *Les Quatre Canailles vandalisent le lycée.* » Tout en détaillant les ornements obscènes qui pendaient aux branches des pauvres arbres, Emma composa mentalement un gros titre dans sa tête. Le spectacle était encore plus vulgaire que le requin que son dernier frère d'accueil, Travis, s'était fait tatouer après trente-six heures de beuverie non-stop.

– Wouah ! s'exclama une voix familière.

Emma se retourna. Laurel les avait rejointes, sa robe de coton bleue soulevée par le vent. Ses cheveux blonds brillaient au soleil, et sa bouche était ouverte si grande qu'Emma voyait ses molaires.

– C'est n'importe quoi !

Au même moment, les portes du lycée s'ouvrirent à la volée, et Mme Ambrose, le proviseur, sortit à grands pas furieux. Les élèves s'écartèrent de son chemin tandis qu'elle fonçait droit vers Emma et les autres avec un air orageux.

Impuissante, Emma la regarda venir. Ses yeux flamboyants disaient : *Mesdemoiselles, vous avez poussé le bouchon un peu trop loin, cette fois.* Alors, la jeune fille fit jouer son plus beau sourire à la Sutton Mercer.

– Bonjour, Mme Ambrose, dit-elle sur un ton doucereux. Je n'arrive pas à croire que quelqu'un ait fait une chose pareille, et vous ?

Ignorant la question, le proviseur saisit Emma et Laurel par le bras.

– Attendez ! protesta Laurel. Ce n'est pas nous qui avons fait ça !

Mais ses cris furent étouffés par le bruit de course des deux vigiles à travers la foule. Avec des gestes rapides et précis, l'un d'eux empoigna Charlotte et Madeline tandis que l'autre se chargeait des Jumelles Twitteuses.

– Vous faites erreur, geignit faiblement Madeline.

– On essaie de nous faire porter le chapeau, ajouta Charlotte.

Mme Ambrose leva les yeux au ciel.

– Vous dites ça tout le temps. Mais cette fois, vous ne vous en tirerez pas aussi facilement.

Et elle entraîna Emma et Laurel vers la porte du lycée.

Juste avant que la foule se referme derrière elles, Emma regarda par-dessus son épaule et vit les quatre filles de troisième les suivre des yeux avec un immense sourire ravi aux lèvres. Elles voulaient probablement juste signer leur premier coup d'éclat à Hollier, mais c'était les membres du Jeu du Mensonge qui allaient payer pour elles.

Pas question, décrétai-je, furieuse. On allait voir ce qu'on allait voir.

5

Les quatre canailles

Le bureau de Mme Ambrose sentait les donuts et les vieux bouquins moisis. Sur les murs, on pouvait admirer des photos aux cadres bon marché, des affiches avec des citations soi-disant inspirantes et des dessins d'aigles survolant des glaciers, et un diplôme d'une université de l'Arizona. Une pub pour une conférence éducative qui avait lieu à Sedona le vendredi suivant reposait sur le bureau en chêne, à côté de plusieurs dossiers disciplinaires et d'une agrafeuse rouge. La chaise ergonomique du proviseur était repoussée en arrière et vide pour le moment : son occupante avait quitté la pièce en laissant Emma et les autres seules quelques instants.

Ces dessins d'aigles me disaient vaguement quelque chose. J'avais probablement passé beaucoup de temps dans cette pièce. Mais les autres – surtout

Laurel et les Jumelles Twitteuses – semblaient un peu affolées. Assise près d'Emma, Charlotte remuait son pied au rythme du tic-tac de l'horloge murale. Madeline et Laurel, qui avaient pris place dans les deux fauteuils faisant face au bureau, examinaient leurs ongles. Lili et Gaby s'étaient tassées dans un siège conçu pour une seule personne, ce qui leur donnait l'air d'un symbole yin-yang humain.

Lili poussa un long soupir théâtral et enfouit son visage dans ses mains.

– Quelqu'un aurait un sac en papier pour que je respire dedans ?

– Calme-toi, l'exhorta Madeline en levant les yeux au ciel.

Son visage de porcelaine s'était changé en masque de pierre.

– Comment peux-tu le prendre aussi bien ? demanda Gaby en lissant un pli de son polo vert. Si ça m'empêche d'intégrer une fac de l'Ivy League, je te jure que je ne sais pas ce que je ferai !

– Gabs, si quelque chose doit t'empêcher d'intégrer une fac de l'Ivy League, ce sera tes notes, aboya Charlotte. Et de toute façon, ils ne peuvent pas nous punir, puisque nous n'avons rien fait.

– Mais ils pensent que si, gémit Lili.

Charlotte lui jeta un regard froid et calculateur.

– Vous avez insisté pour devenir membres du Jeu du Mensonge. Ce sont les risques du métier.

– Mais vous préférez peut-être vous retirer ? susurra Madeline.

Gaby ouvrit la bouche pour se récrier. Mais avant qu'elle puisse émettre le moindre son, Mme Ambrose revint. L'expression pincée de son visage mou et pâle comme une boule de pâte à pain crue lui donnait l'air d'un gant de base-ball. Ses yeux avaient le brun du vieux bois rongé par les vers. Sa peau faisait plein de plis, et ses cheveux blonds étaient effilés au rasoir comme dans les années 80 – époque à laquelle remontait probablement sa dernière visite chez le coiffeur.

Elle s'assit lourdement sur sa chaise et dévisagea tour à tour chacune des filles.

– Vous avez passé les quatre dernières années à mettre ce lycée sens dessus dessous. Mais c'est fini.

Elle braqua son regard sur Emma en humectant ses lèvres minces d'un air avide. Elle devait mourir d'envie de donner une bonne leçon à Sutton Mercer, songeai-je. Dommage pour elle : elle arrivait beaucoup trop tard.

– Madame Ambrose, ce n'est pas nous qui avons fait ça, dit très vite Emma.

– Ce sont ces pétasses de troisième ! s'écria Lili.

Mme Ambrose se tourna vers elle.

– Parlez poliment, mademoiselle Fiorello.

– Madame Ambrose, intervint Madeline. Ce que veut dire Lilianna, c'est que…

Le proviseur leva une main boudinée.

– Et moi, ce que je veux dire, c'est que je sais que c'est vous, et que les caméras de sécurité nous en donneront la preuve.

Emma se radossa à sa chaise avec un sourire en coin.

– Quelles caméras ? lança-t-elle sur un ton de défi.

Hollier était un lycée public. C'était à peine si son budget lui permettait d'engager des vigiles.

Un instant, Mme Ambrose parut hésiter, comme si elle ne s'attendait pas à ce qu'Emma l'accuse de bluffer. La jeune fille poursuivit :

– Si vous en aviez, vous sauriez que ça n'est pas nous.

Et s'ils en avaient eu, les membres du Jeu du Mensonge auraient été renvoyées depuis belle lurette, ajouta-t-elle en son for intérieur, songeant aux vidéos de toutes leurs mauvaises blagues qu'elle avait trouvées sur l'ordinateur de Laurel. Plusieurs d'entre elles avaient eu lieu sur le campus ; une fois, les filles avaient même suspendu le drapeau américain à l'envers sur son mât.

Mme Ambrose pressa les lèvres si fort qu'elle les fit presque disparaître.

– Quoi qu'il en soit, dès que j'aurai une preuve, ce sera le renvoi pur et simple pour vous toutes.

– J'ai hâte de voir cette fameuse preuve, que vous aurez du mal à vous procurer puisque ce n'était pas nous, réplique Emma en se levant. Et si vous n'avez rien à ajouter, nous sommes déjà en retard pour nos cours.

Les autres bondirent sur leurs pieds et suivirent Emma dans le couloir.

– Mademoiselle Mercer ! cria Mme Ambrose dans son dos.

Mais Emma continua à s'éloigner, même si son cœur battait aussi vite que les ailes d'un colibri. Elle se disait que c'était tout à fait le genre de réaction que Sutton aurait eue. Et c'était le moment ou jamais de prouver aux amies de sa sœur qu'elle était bien leur chef intrépide.

Je devais admettre que j'étais impressionnée par son aplomb. Emma me ressemblait un peu plus chaque jour.

À l'heure du déjeuner, Emma s'assit dans la petite cour de brique rouge à l'extérieur de la cafétéria pour attendre que les amies de Sutton la rejoignent. Seuls les élèves de terminale et quelques premières triés sur le volet avaient le droit de manger là, et même si la température avait chuté, les habitués étaient tous présents. Dans un coin, les garçons de l'équipe de foot engloutissaient d'énormes sandwichs. Garrett se tordit le cou pour regarder Emma d'un air mauvais par-dessus la tête du goal. La jeune fille frémit et détourna les yeux.

Garrett lui en voulait depuis le dix-huitième anniversaire de Sutton, quand il avait essayé de coucher avec elle et qu'Emma l'avait repoussé sans ménagements. Le soir du bal d'Halloween, il l'avait coincée dans un placard à fournitures pour lui faire admettre qu'elle sortait avec Ethan, et pour l'interroger au sujet de sa relation avec Thayer. Emma ne pouvait pas prouver qu'il avait fait du mal à Sutton, mais elle ne l'avait pas encore barré de la liste des suspects. Peut-être savait-il depuis longtemps que Sutton le trompait avec Thayer, et peut-être avait-il cherché à se venger…

Moi aussi, je l'avais envisagé. Garrett était un gentil garçon ultra-conformiste, et je ne pensais pas qu'il aurait eu le courage de me tuer, mais à ce stade, je commençais à soupçonner tout le monde.

– Tu es seule ? lança une voix familière.

Emma leva les yeux. Charlotte se tenait devant elle, un plateau en carton contenant quatre boissons chaudes à la main. Emma prit une grande inspiration. Les gobelets sentaient le chocolat chaud, ce qui la changerait agréablement des litres de café que Sutton et ses amies ingurgitaient d'habitude.

– Plus maintenant, répondit-elle en refermant son manuel d'allemand.

Charlotte s'assit et repoussa ses cheveux roux dans son dos.

– Tu es au courant que les Jumelles Twitteuses se sont fait coller ?

– À cause de la blague qu'on n'a pas faite ? s'étonna Emma.

Charlotte leva les yeux au ciel.

– Non. Elles se sont fait choper en train de tweeter pendant les cours – probablement à l'avocat de la famille ou un truc du genre.

Emma ricana.

– Il faut qu'elles se détendent un peu.

Un couinement s'éleva à l'autre bout de la cour. Une fille grassouillette en leggings et ballerines Tory Burch tendait un doigt vers la porte de la cafèt.

– C'est Thayer Vega !

Le silence se fit aussitôt dans la cour. Charlotte se figea, son gobelet à quelques centimètres des lèvres, tandis qu'Emma se rapprochait du bord de son siège.

Thayer se tenait sur le seuil, flanqué de Laurel et suivi par Madeline. Ses cheveux noirs un peu trop longs lui pendaient devant les yeux ; il portait une doudoune sans manches North Face et un pantalon en velours côtelé gris. Il traversa la cour d'un pas assuré – du moins, aussi assuré que possible pour quelqu'un qui boitait.

De mon point de vue, sa patte folle le rendait vulnérable, donc encore plus sexy. Puis mon regard se posa sur Laurel. Adressant son sourire le plus charmeur à Thayer, ma sœur défit sa queue-de-cheval et secoua la tête pour libérer ses cheveux blonds. Thayer la regarda faire avec une expression affectueuse. *Non*, voulais-je protester. C'était ma façon de flirter, et Thayer n'était pas censé regarder qui que ce soit d'autre que moi de cette façon !

La capitaine de l'équipe de foot féminin rompit le silence en s'écriant :

– Thayer Vega, roi du bal des moissons !

Les autres élèves lancèrent des vivats.

Embarrassé, Thayer toussota, puis déposa son plateau à côté de celui d'Emma. La jeune fille eut un mouvement de surprise. Pourquoi n'allait-il pas manger avec les autres joueurs de foot ? Par-dessus son épaule, Emma jeta un coup d'œil à la table de Garrett, mais aucun des garçons ne regardait seulement dans la direction de Thayer – en signe de solidarité avec Garrett, peut-être ?

Comme s'il avait lu dans les pensées d'Emma, Thayer désigna du menton la table des footballeurs.

– Apparemment, je ne leur sers plus à rien maintenant que je ne peux plus tirer de buts.

Emma capta l'odeur de menthe de son shampoing lorsqu'il pivota sur son siège pour lui faire face. Le soleil se reflétait dans les yeux de Thayer, les faisant virer à l'ambre. Emma se mordit la lèvre inférieure.

– Alors, c'est comment, cette première journée ?

– Mes vieux potes du foot mis à part, je n'ai jamais été aussi populaire, répondit Thayer avec une petite grimace. Je devrais peut-être disparaître plus souvent.

Madeline s'assit à côté de son frère et lui donna une tape sur le bras.

– Ne plaisante pas avec ça !

Puis elle dévisagea Emma en plissant les yeux, comme pour lui dire : « Je t'ai interdit de lui parler, tu te souviens ? »

Madeline n'était pas la seule à fixer Emma. Laurel la foudroyait du regard. Comme elle baissait les yeux vers la table d'un air furibond, Emma réalisa que sa main touchait presque celle de Thayer. Très vite, elle saisit son gobelet de chocolat chaud et s'écarta légèrement du jeune homme.

– Où est ton petit copain, Sutton ? lança Laurel sur un ton entendu.

– Il devait conduire sa mère chez le docteur aujourd'hui, répondit froidement Emma. Et le tien ? Tu as rompu officiellement avec lui ?

Laurel mordit rageusement dans un bâtonnet de carotte et ne répondit pas. Les autres filles se dandinèrent, mal à l'aise. Puis Charlotte se racla la gorge.

– J'imagine que vous attendez la soirée d'anniversaire de votre père avec impatience ? demanda-t-elle à Emma et à Laurel pour changer de sujet.

Madeline se lança dans une anecdote sur un anniversaire de son père qui avait mal tourné, quelques années plus tôt. Mais avant qu'elle puisse terminer, le haut-parleur monté au-dessus de la porte de la cafétéria émit un grésillement.

– Bonjour, élèves de Hollier, lança une voix de femme rocailleuse. Ici le proviseur Ambrose. J'ai une annonce à faire concernant le bal des moissons de vendredi prochain.

Les conversations s'interrompirent net, et tout le monde leva la tête.

– En raison de l'acte de vandalisme récemment perpétré dans l'enceinte du lycée, poursuivit Mme Ambrose, je suis au regret de vous informer que ce bal a été annulé. Ma décision est irrévocable, à moins que les coupables se dénoncent.

Il y eut un hoquet de stupeur collectif. Les joueurs de foot secouèrent la tête d'un air dégoûté. Les filles grognèrent de dépit ; l'une d'elles se mit même à pleurer. Le cœur d'Emma se serra. Elle repensa au moment où Ethan lui avait demandé d'être sa cavalière pour le bal. Elle se réjouissait tant de le voir en tenue de soirée !

– Je vous avais bien dit qu'il n'y avait pas de caméras de sécurité, lâcha-t-elle, découragée.

– Et merde, jura Madeline, les dents serrées.

– Ce n'est pas bon du tout, commenta Laurel, l'air sombre, comme toutes les têtes se tournaient vers leur table.

Les regards de leurs camarades étaient hostiles ; leur expression disait clairement : « Comment avez-vous osé ? » Les filles de la table voisine se levèrent d'un même mouvement et s'éloignèrent très vite, comme si Emma et les autres avaient la peste. Dans un bruissement de pompons géants, trois pom-pom girls passèrent près d'elles et les fusillèrent du regard.

– Merci d'avoir tout gâché, cracha la plus grande.

Puis elle rejeta ses cheveux par-dessus son épaule et s'en fut en levant dédaigneusement le menton.

Charlotte s'affaissa sur son siège.

– Je n'avais pas été rejetée comme ça depuis le camp d'amaigrissement où j'étais la plus mince.

Laurel donna un coup de coude à Madeline.

– Certaines de ces filles sont dans ton cours de danse, non ? Dis-leur la vérité !

Mais Madeline regardait autre chose – ou plutôt, d'autres personnes. Emma se retourna. De l'autre côté de la paroi vitrée de la cafétéria, les Quatre Canailles trinquaient avec leurs Coca Light, le visage fendu par un large sourire comme si elles venaient de commettre un meurtre sans se faire prendre. Emma les foudroya du regard, mais elles ne cillèrent même pas.

Quel toupet ! Je n'arrivais pas à y croire. Ces filles auraient dû nous respecter !

– Il faut qu'on les coince, murmura Emma.

– Comment ?

Madeline se pencha en avant par-dessus le sac Hogan posé sur ses genoux et dévisagea Emma avec curiosité.

– Euh… (Emma fouilla son cerveau en quête du genre d'idée que Sutton aurait pu avoir.) En leur jouant un tour.

– Ah. Je crois qu'il est temps pour moi d'y aller, marmonna Thayer.

Hissant la bandoulière de sa sacoche noire sur son épaule, il rebroussa chemin vers la porte de la cafétéria.

Emma se sentait nerveuse. Depuis quelque temps, les blagues du Jeu du Mensonge avaient tendance à mal tourner. Certaines, comme la disparition de Gaby dans le désert, s'étaient révélées carrément dangereuses.

– Et si c'était un gentil tour, pour une fois ? suggéra Emma.

Laurel plissa le nez.

– Pourquoi on serait gentilles avec ces garces ?

Une idée prenait forme dans la tête d'Emma.

– Pas avec elles. Écoutez-moi. On n'a qu'à organiser notre propre bal vendredi prochain, et choisir très soigneusement nos invités. (Elle jeta un coup d'œil aux Quatre Canailles.) Bien entendu, les troisièmes indésirables ne seront pas sur la liste, si vous voyez ce que je veux dire.

Charlotte poussa un petit cri d'excitation.

– J'adore !

– C'est génial, renchérit Madeline. Comme ça, tout le monde nous aimera de nouveau, et ces pétasses se retrouveront le bec dans l'eau !

Je devais admettre que l'idée d'Emma me plaisait beaucoup. Et quelque part, j'étais un peu soulagée de penser que cette blague-là ne causerait de tort à personne. Depuis mon nouveau point de vue, la façon dont mes amies et moi avions l'habitude de traiter les autres – et de nous traiter mutuellement – m'apparaissait comme plutôt malsaine.

Les choses auraient-elles été différentes, et moi avec, si j'avais connu Emma avant de mourir ? Aurait-elle eu une influence positive sur moi ? Ou, au contraire, aurais-je eu une influence négative sur elle ?

Charlotte rejeta ses cheveux par-dessus son épaule.

– Un conseil de guerre s'impose. Les sources chaudes, ça vous dit ?

– Ce sera parfait, acquiesça Madeline au moment où sonnait la cloche qui signalait la fin de la pause déjeuner. Demain soir ?

– Ça roule.

Emma ramassa ses livres et les fourra dans le cartable en cuir de Sutton. Au moment où elle allait quitter la table, elle vit que les Quatre Canailles la regardaient, surveillant le moindre de ses gestes tel un faucon qui a repéré une proie.

Fais gaffe à toi, sœurette. Quand tu joues avec le feu, tu peux te faire brûler par n'importe qui. Même par des gamines de troisième.

6

Le casier aux preuves

Cet après-midi-là, le soleil cognait sur le campus de Hollier tandis que les filles de l'équipe de tennis s'étiraient pour chauffer leurs muscles comme pendant un cours de yoga. Pliée en deux, Clara faisait la posture du chien tête en bas. Charlotte exécutait une fente avant pour détendre ses quadriceps. Assise un peu à l'écart, Laurel protégeait sa cheville de scotch pour athlètes. Elle semblait perdue dans ses pensées – sans doute songeait-elle à Thayer. Même si les portables étaient interdits pendant l'entraînement, Emma lisait le dernier texto d'Ethan sur l'iPhone de Sutton.

Je suis dégoûté pour le bal, avait écrit le jeune homme.

Ne t'inquiète pas : j'ai une idée pour compenser, répondit Emma.

Fais gaffe ! Tu veux vraiment t'attirer de nouveaux ennuis ? s'alarma Ethan.

Ce sera génial, affirma Emma. *Promis-juré. Toujours partant pour le match de ce soir ?*

L'équipe de foot masculine jouait à Wheeler, le lycée rival, pour une place en finale du championnat régional. En tant que Sutton, Emma se devait d'y aller, et en tant que petit ami de Sutton, Ethan se devait de l'accompagner.

Je suppose. À travers la ligne téléphonique, Emma perçut l'hésitation d'Ethan. *Tu te rends compte ? Je suis en terminale, et je n'ai encore jamais vu un match de foot. Lol.*

Si ça peut te rassurer, ce sera mon premier aussi, répliqua Emma. *Je passe te prendre à dix-neuf heures.*

– Tu écris à Ethan ? la taquina Charlotte en s'approchant d'elle et en se laissant tomber sur le banc.

Gênée, Emma couvrit l'écran avec sa main.

– Comment tu le sais ?

– Parce que tu as l'air d'un poisson mort d'amour, gloussa son amie en lui donnant un coup de coude. Tu sais, avant que le bal soit annulé, la rumeur disait qu'Ethan serait élu roi des moissons.

Emma en resta bouche bée.

– C'est vrai ?

– N'aie pas l'air si surprise. Il sort avec toi. C'était forcé qu'il soit nominé.

Charlotte sépara ses cheveux en deux et tira dessus pour resserrer sa queue-de-cheval.

– Vous êtes prêtes, femmes ? tonna une voix forte.

Levant les yeux, elles virent leur enseignante plantée au bord du court, les mains sur les hanches. Maggie portait un short Umbro bleu marine satiné et un polo de tennis blanc de Hollier. Quelques-unes des filles pouffèrent tout bas. Maggie les appelait toujours « femmes », voire « femmes de Hollier » et même, une fois, « femmes de raquette ».

– L'entraînement d'aujourd'hui sera un test de volonté, annonça-t-elle en faisant les cent pas le long de la ligne de fond. Chacune de vous jouera contre celle de ses camarades dont le niveau se rapproche le plus du sien. On commence par nos co-capitaines, Nisha et Sutton.

Elle marque une pause théâtrale comme si elle s'attendait à une salve d'applaudissements. Voyant que rien ne venait, elle lança deux balles de tennis dans la direction de Nisha.

– Court numéro six, mesdemoiselles, dit-elle en désignant le plus éloigné.

Charlotte jeta un regard compatissant à Emma. En temps normal, Sutton n'aurait guère apprécié de se voir assigner Nisha pour partenaire. Mais Emma haussa les épaules.

– Ça ne me dérange pas, murmura-t-elle.

Charlotte parut surprise mais ne fit pas de commentaire.

Nisha coula un regard en biais à Emma tandis qu'elles se dirigeaient vers le court numéro six, comme pour jauger si sa co-capitaine allait redevenir sa rivale ou si leur trêve du soir précédent perdurerait. Emma lui adressa un sourire rassurant pour la mettre à l'aise.

– On peut s'étirer encore un peu avant de commencer ? demanda-t-elle. J'ai des courbatures à cause d'hier.

Nisha poussa un soupir de soulagement.

– Moi aussi, avoua-t-elle.

Un bruit de course résonna derrière elles. Les garçons de l'équipe de foot faisaient leurs tours de terrain pour s'échauffer.

– Salut, Nisha, lança Garrett au passage.

– Salut, répondit faiblement la jeune fille en agitant la main.

Puis Garrett remarqua Emma, et il se rembrunit.

Il y eut un silence gêné. Les deux filles poursuivirent leur chemin en silence.

– Donc, tu vois toujours Garrett ? finit par demander Emma sur le ton le plus amical qu'elle put composer.

Elle se souvenait très bien que Nisha avait esquivé la question la veille.

L'autre fille ajusta la bretelle de sa brassière violet foncé.

– On n'est jamais vraiment sortis ensemble, dit-elle. Il ne m'a invitée au bal que pour se venger de toi.

Puis Emma se souvint de ce qu'elle voulait vraiment savoir.

– Je peux te demander quelque chose qui va te paraître bizarre ?

Nisha posa une main sur la ceinture de son short au pli impeccable et attendit.

Emma déglutit péniblement.

– Tu es sûre que ma sœur est restée chez toi toute la nuit du 31 août, pour ta soirée pyjama de prérentrée avec tout le reste de l'équipe de tennis ?

Nisha cligna des yeux.

– Pourquoi ?

– Je crois qu'elle était ailleurs, et qu'elle me ment quand je lui pose la question. Des histoires de sœurs, répondit Emma sur un ton vague. Tu n'auras pas d'ennuis par ma faute, mais si tu te souviens de quelque chose, ce serait sympa de me le dire.

Quelques gouttes de transpiration perlèrent sur le front de Nisha. La jeune fille poussa un soupir.

– Je ne suis pas totalement sûre qu'elle soit restée toute la nuit, admit-elle.

Le cœur d'Emma se mit à battre plus fort.

– Elle était là le lendemain quand tu t'es réveillée ?

Nisha écarta une mèche de cheveux de sa figure.

– En fait, non.

– Et tu l'as vue ensuite au petit-déjeuner ? insista Emma.

Nisha haussa une épaule.

– Donc, elle n'a pas passé la nuit chez toi, conclut Emma. Pourtant, tu m'as dit le contraire.

Les yeux de Nisha étincelèrent.

– Seigneur, Sutton ! J'essayais de te foutre en rogne, d'accord ? Je t'en voulais d'avoir dit à Laurel de ne plus me fréquenter. Je voulais que tu saches qu'elle ne t'avait pas écoutée, et qu'on se voyait quand même derrière ton dos.

Ce fut à peine si Emma l'entendit. Reculant d'un pas, elle se tourna vers Laurel, qui affrontait Charlotte sur le court numéro un. Laurel effectua un lob qui envoya la balle s'écraser par terre au-delà de la raquette tendue de son adversaire. Elle se trémoussa de joie comme n'importe quelle adolescente normale. Mais Nisha venait de confirmer qu'elle avait menti sur son emploi du temps pour la nuit du 31 août.

Il sembla à Emma qu'on venait d'aspirer tout l'air de ses poumons. La jeune fille se plia en deux et fixa le sol de terre battue en s'efforçant de reprendre son souffle.

– Hé, ça va ? (L'ombre de Nisha s'approcha d'elle.) On dirait que tu vas tomber dans les pommes !

– J'ai, euh, j'ai juste besoin de boire un coup, bredouilla Emma. Je reviens tout de suite.

Elle se redressa et se dirigea vers les vestiaires en prenant son air le plus détaché. Lorsqu'elle poussa la double porte battante, une odeur de plastique et de pain rassis la prit à la gorge. La moitié d'un cookie au chocolat était émiettée sur le banc en bois, entre les deux rangées de casiers.

Emma vérifia qu'elle était seule. Puis elle s'approcha du casier de Laurel, que celle-ci avait décoré avec des étoiles filantes, des raquettes dorées et son nom en lettres bulles violettes. Emma remit la combinaison à zéro. *Il faut que je trouve quelque chose*, songeait-elle. *N'importe quoi.*

Je retins métaphoriquement mon souffle. Ça avait l'air dangereux. J'espérais juste qu'Emma savait ce qu'elle faisait.

Du bout de sa basket, elle donna un coup sec au coin du meuble. C'était Alex qui lui avait appris ce truc quand elles allaient toutes les deux au lycée d'Henderson : il suffisait de mettre les chiffres du cadenas sur zéro et de donner un coup de pied pour ouvrir n'importe quel casier.

Clic.

Une fois de plus, ça avait fonctionné, se réjouit Emma.

Plusieurs cahiers et un gros manuel de chimie étaient entassés au fond. Sur l'étagère du haut reposait un déodorant parfumé au melon. Emma saisit le sac en cuir brun suspendu au crochet métallique et l'ouvrit comme une gamine qui arrache le papier d'un cadeau de Noël.

L'iPhone de Laurel, muni d'une coque en néoprène rose, se trouvait dans la poche du milieu en compagnie de quelques stylos et de plusieurs emballages de chewing-gum vides. Au cas où quelqu'un entrerait, Emma remit le sac dans le casier et referma la porte de celui-ci. La dernière chose dont elle avait besoin, c'est que la sœur de Sutton apprenne qu'elle fouillait dans ses affaires.

D'un doigt tremblant, Emma fit défiler les textos que Laurel avait envoyés, depuis le plus récent jusqu'à ceux qui remontaient à un mois. La veille, elle avait écrit à Thayer : *Je suis vraiment contente qu'on ait parlé.* Et plus tôt la même journée : *Ne dis rien à personne, c'est très important.*

Sinon pour lui demander plusieurs fois *Où es-tu passé ?*, Laurel n'avait pas communiqué avec Thayer pendant la période où le jeune homme était en désintox. Par contre, les messages qu'elle envoyait à Charlotte et Madeline étaient bizarrement vagues. *Désolée d'être partie aussi vite, mais il s'est passé quelque chose*, ou *Il faut qu'on parle*, sans autre détail, comme si elle s'attendait à ce que quelqu'un fouille dans ses archives.

Emma sortit l'iPhone de Sutton et prit chacun des textos en photos – elle pourrait toujours se pencher dessus plus tard. Enfin, elle arriva à la date du 31 août, celle de la mort de Sutton. Laurel avait envoyé pas mal de messages ce jour-là, mais un seul à sa sœur, à 10 h 43. Quand Emma le lut, sa gorge se serra, et sa vision se troubla.

Si je mets la main sur toi, je te tue.

Emma s'affaissa contre la rangée de casiers, une main plaquée sur la bouche.

Par-dessus son épaule, je lisais et relisais le texto envoyé par Laurel, les lettres noires se détachant sur le fond vert. Soudain, l'écran me parut trop brillant. Son éclat phosphorescent dévora mon champ de vision. Alors, quelque chose bascula dans ma tête, et je fus aspirée par un nouveau souvenir.

7

Et maintenant, tu m'entends ?

Les phares de la Jetta de Laurel manquent m'aveugler tandis qu'elle fait demi-tour sur le chemin en terre battue. La jalousie me submerge quand je la vois s'éloigner, emmenant Thayer loin de moi. Mon petit ami est grièvement blessé et ma sœur, qui péterait les plombs si elle connaissait la vérité à notre sujet, est celle qui va lui tenir la main pendant cette épreuve. C'est moi qui devrais être en train de le conduire à l'hôpital. Moi, pas elle.

Je me redresse et sors des buissons en époussetant mes fringues. Pour garder secrète ma relation avec Thayer, je me suis planquée avant l'arrivée de Laurel. Mais à en juger par le regard noir qu'elle a lancé dans ma direction, Laurel savait que j'étais là. J'espère seulement qu'elle n'a pas deviné pourquoi.

Je jette un coup d'œil à la ronde pour m'orienter. Une montagne noire se dresse derrière moi. Sur ma droite, je vois une pancarte marquée NE NOURRISSEZ PAS LES SERPENTS, *et sur ma gauche, un petit train pour les touristes qui annonce :* VISITE DE SABINO CANYON DE 10 H À 17 H ! TCHOU-TCHOU ! *Je suis à une centaine de mètres du parking poussiéreux et désert, et à moins de dix mètres de l'endroit où quelqu'un a renversé Thayer avec ma voiture.*

Je n'arrive toujours pas à croire la tournure prise par les événements. Je me repasse la soirée en boucle, tel un film d'horreur en mode répétition. Je me souviens à quel point j'étais excitée lorsque je suis allée chercher Thayer à la gare routière et que je l'ai emmené au point de vue depuis lequel j'observais les oiseaux avec mon père quand j'étais petite. Je goûte ma terreur quand nous avons fui dans le canyon, un poursuivant inconnu aux trousses. J'entends le rugissement de ma Volvo fonçant droit vers Thayer et le percutant. La seule chose qui m'échappe, c'est le visage de la personne qui a volé ma voiture et tenté de nous tuer. Ce n'était pas un accident. Mais qui visait le conducteur ? Thayer, ou moi ?

Je lève les yeux vers le ciel nocturne en espérant y trouver quelque réponse, un message me disant que tout va bien aller. Mais un frisson parcourt mon échine. Je sais que tout n'ira pas bien. Thayer est grièvement blessé, et je ne comprends toujours pas comment une soirée qui s'annonçait si romantique a pu mal tourner à ce point.

Une moto pétarade dans le lointain, m'arrachant à mes pensées et me rappelant que je ne dois pas traîner ici. Des feuilles mortes craquent sous mes pas tandis que j'émerge des fourrés. De petits oiseaux s'envolent à tire-d'aile en pépiant comme pour se demander les uns aux autres où ils se poseront la prochaine fois.

Je sors mon téléphone. Je ne peux pas raconter aux flics ce qui est arrivé à Thayer – personne ne doit savoir qu'il est revenu à Tucson pour me voir –, mais je peux signaler le vol de ma voiture. J'espère juste qu'on ne va pas m'envoyer l'inspecteur Quinlan. Il était tellement furieux après notre dernière blague qu'il serait bien capable de m'arrêter juste pour passer ses nerfs.

Je suis sur le point de composer le 911 quand je réalise que je n'ai pas de réseau. Et merde. Je maudis mon opérateur – Thayer a réussi à appeler Laurel pour qu'elle vienne le chercher, lui. Pas de bol, évidemment, le canyon bloque mon signal.

Un nuage passe devant la lune. Un coyote hurle dans le lointain. La réalité de la situation me tombe brusquement dessus. Quelqu'un a volé ma voiture, et je me retrouve coincée au milieu de nulle part sans aucun moyen d'appeler à l'aide.

Nisha n'habite pas loin d'ici, et je sais que le reste de l'équipe de tennis est chez elle ce soir. Mais je ne peux pas repasser par le parking au cas où le malade qui a renversé Thayer serait toujours là – au cas où il m'attendrait.

Le vent hurle tandis que je me mets en marche. Le chemin rétrécit et les arbres s'épaississent au-dessus de ma tête. Les fourrés qui bordent la piste me griffent les chevilles comme des doigts crochus, écorchant ma peau et faisant couler quelques gouttes de sang. Je continue à avancer quand même : je sais que je ne serai pas en sécurité avant d'avoir regagné une zone habitée.

Au loin, un crissement de pneus résonne, suivi par un grand fracas. Je fais volte-face, trébuche sur une racine saillante et tends les bras en avant pour amortir ma chute. Du gravier écorche mes paumes, et ça me pique comme si je venais de m'essuyer les mains avec du papier de verre. Mon portable tombe de ma poche et s'écrase dans la poussière tandis qu'un appel entrant éclaire l'écran.

Au lieu de sangloter de douleur, je pousse un petit cri de soulagement. J'ai de nouveau du réseau. Un coup de fil va suffire à mettre fin à mon cauchemar.

Puis je remarque le numéro affiché sur l'écran. Je souffle un bon coup et fais basculer Laurel directement sur répondeur. Je n'ai aucune envie de subir sa colère maintenant, et encore moins de répondre à ses questions.

Quelques secondes plus tard, un bip m'annonce l'arrivée d'un texto. Si je te mets la main dessus, je te tue.

Je songe : Il faut toujours que tu en fasses des tonnes, frangine, pas vrai ? *Et j'appuie sur la touche EFFACER.*

8

DANGER FRÔLÉ

– Qu'est-ce que tu trafiques ?

Emma releva brusquement la tête. À la vue de la silhouette plantée au bout de la rangée, découpée par le soleil qui entrait à flots au travers des fenêtres en verre dépoli, son sang se glaça dans ses veines. C'était Laurel.

J'agitai mes bras inutiles en regrettant de ne pas pouvoir entraîner Emma en lieu sûr. Je ne voyais que le souvenir qui venait de remonter à la surface de ma mémoire. Ce canyon noir et effrayant. Ce texto sur l'écran de mon téléphone. Sur le coup, je n'y avais guère prêté attention – Laurel et moi avions déjà menacé des centaines de fois de nous entre-tuer. Mais étant donné mon état présent, je devais envisager la possibilité que, le soir du

31 août, son message n'ait pas été écrit sous le coup d'une colère passagère.

Cette fois, ma sœur était peut-être sérieuse. Et si, après avoir déposé Thayer à l'hôpital, elle était revenue pour me tuer ? Il faisait si sombre dans le canyon ; c'était un endroit si isolé... Il aurait pu se passer n'importe quoi, et personne n'aurait rien vu ni entendu.

S'écartant des casiers, Emma fourra le portable de Laurel dans la poche de son short en priant pour que personne ne choisisse ce moment pour envoyer un texto à la sœur de Sutton – qui utilisait un cri de singe très reconnaissable en guise de signal de réception. Elle garda le portable de Sutton bien en vue dans son autre main.

– Et toi, qu'est-ce que tu fais ? répliqua-t-elle en tentant d'imiter le ton mordant de sa jumelle.

Laurel la dévisagea comme si elle savait qu'elle l'avait surprise en train de faire quelque chose d'illicite et qu'elle se demandait de quoi il s'agissait.

– J'ai entendu dire que tu avais planté Nisha parce que tu te sentais mal, répondit-elle sur un ton égal, et en gentille sœur que je suis, je venais voir si je pouvais t'aider.

Le téléphone de Sutton commençait à glisser dans la main en sueur d'Emma.

– La tête me tournait, improvisa celle-ci, que le regard intense de Laurel mettait mal à l'aise. Je suis venue prendre ma gourde, et j'ai décidé de m'asseoir une minute.

– Vraiment ? lança Laurel en se balançant sur ses talons. (Son sourire s'élargit.) Alors, pourquoi tu étais debout devant mon casier ? Tu cherchais quelque chose, peut-être ?

Toutes les fois où l'assassin de Sutton l'avait attaquée défilèrent très vite dans l'esprit d'Emma. Les mains qui l'avaient étranglée par-derrière dans la cuisine des Chamberlain. Le projecteur qui s'était écrasé à quelques centimètres d'elle. Le message écrit sur le tableau noir de l'auditorium pour lui ordonner d'arrêter son enquête. Si Laurel avait mis la menace de son texto à exécution, elle était réellement dangereuse. Et elle venait de surprendre Emma en train de fouiller de nouveau – de trouver une preuve susceptible de l'envoyer en prison.

Emma regarda autour d'elle. Si elle se mettait à crier dans ces vestiaires lugubres, l'entendrait-on de l'extérieur ?

Quand Laurel fit un pas vers elle, Emma frémit, certaine que la sœur de Sutton allait lui sauter dessus. Mais la jeune fille se contenta de se tourner vers son casier, de composer le code et d'ouvrir la porte. Emma entendit son cœur battre la chamade dans ses oreilles tandis que Laurel fouillait dans son sac sans la quitter des yeux.

Elle cherche son téléphone, s'affola Emma. *Elle sait qu'il ne sera pas dedans, parce que c'est moi qui l'ai. Elle fait juste ça pour prolonger mon supplice.*

– Quoi ? finit par lancer Laurel en sortant une brosse à cheveux qu'elle passa dans sa longue queue-de-cheval. Je sais que je suis fascinante – en tout cas, c'est ce que Thayer a l'air de penser... (À la mention du jeune homme, un petit sourire joua sur ses lèvres.) Mais tu ne devrais pas prendre ta gourde et retourner t'entraîner ?

– Oh. Si, bien sûr, bredouilla Emma.

Mais elle ne bougea pas. Il lui semblait que le téléphone de Laurel était en feu dans sa poche arrière. Quand la sœur de Sutton se retourna pour boire à la fontaine à eau, Emma se hâta de jeter le téléphone au fond de son sac. Par miracle, Laurel ne parut pas s'en apercevoir.

Tournant les talons, Emma se dirigea vers le casier de sa jumelle, qui se trouvait dans la rangée voisine. De ses doigts tremblants, elle composa le code et ouvrit la porte. Elle fit semblant de farfouiller à l'intérieur un moment, et saisit une bouteille d'Évian miséricordieusement posée sur l'étagère du haut. Elle l'ouvrit et but longuement, mais sans parvenir à apaiser sa soif.

Quand elle leva les yeux, Laurel se tenait au bout de la rangée. Elle regardait son téléphone en fronçant les sourcils. Emma faillit hurler. Pendant quelques secondes de pure torture, elle ne put se rappeler si elle avait bien refermé le texto de Laurel à Sutton pour revenir au menu principal.

– Bizarre, marmonna Laurel.

– Quoi donc ? demanda Emma d'une voix faible.

– J'aurais juré l'avoir mis dans la poche latérale de mon sac, dit lentement Laurel.

Des alarmes se déclenchèrent dans la tête d'Emma. *Elle sait que tu as fouillé dans ses affaires. Tire-toi, vite !* Mais ses baskets demeurèrent collées au plancher.

– Je n'ai aucune idée de l'endroit où tu ranges ton téléphone, dit-elle d'une voix étranglée.

Laurel leva les yeux au ciel.

– Évidemment.

Elle glissa le téléphone dans sa poche, puis s'approcha d'Emma, les yeux flamboyants. Tout son corps semblait irradier une chaleur intense, et elle se tenait ramassée sur elle-même, comme prête à bondir.

– Bouh, chuchota-t-elle en touchant la poitrine d'Emma.

Celle-ci hurla et bondit en arrière, levant les mains pour se protéger.

Laurel se mit à ricaner.

– Tu es drôlement nerveuse, dis donc, commenta-t-elle en passant à côté d'Emma.

Les gonds de la porte battante grincèrent au moment où elle sortit du vestiaire.

Emma demeura seule dans la pièce vide, les oreilles bourdonnantes. Le doux bruit du rebond des balles de tennis emplit l'air.

Quelques secondes plus tard, elle vit Laurel traverser le terrain d'entraînement en trottinant pour rejoindre le reste de l'équipe sur les courts. La sœur de Sutton affichait un sourire d'une oreille à l'autre, comme si elle n'avait pas eu un comportement démoniaque une minute plus tôt. Mais Emma ne s'y trompait pas.

Et moi non plus. Laurel l'avait à l'œil. Ma jumelle ferait bien de surveiller ses arrières.

9

C'EST UNE FAÇON DE GAGNER

Quelques heures plus tard, Emma tournait dans l'allée devant le bungalow d'Ethan, situé dans un lotissement face à Sabino Canyon. C'était la maison la plus modeste de la rue – celle des Banerjee, qui se trouvait juste à côté, faisait plus du double de sa surface – et la plus décrépite, aussi. La peinture noire se détachait des volets, et la moustiquaire de la porte d'entrée, qui pendait de travers sur ses gonds, présentait une petite déchirure.

Emma descendit de voiture et se dirigea vers le porche. Des criquets chantaient dans les bois derrière le lotissement, et leur bourdonnement continu rebondissait sur les tympans de la jeune fille. Celle-ci levait la main pour sonner quand son geste fut interrompu par un grand fracas.

– Putain, Ethan ! jura une voix de femme à l'intérieur. (Quelqu'un traversa le couloir sans remarquer la présence d'Emma dehors.) Je t'avais demandé de passer l'aspirateur hier !

Emma eut un mouvement de recul. Mais avant qu'elle puisse faire demi-tour, des pas pesants résonnèrent dans le vestibule, et une grande femme se planta face à la jeune fille de l'autre côté de la moustiquaire.

– Qu'est-ce que vous voulez ?

Une robe à fleurs bleues pendait sur sa silhouette décharnée, et sa peau pâle était couverte de taches de rousseur. Ses cheveux châtains, fins et ternes, étaient retenus en une queue-de-cheval brouillonne, et quelques mèches éparses lui tombaient dans les yeux.

J'avais l'impression de la connaître, mais j'ignorais pourquoi. Ce n'était pas comme si j'avais l'habitude de traîner chez Ethan…

– Euh, bonjour, couina Emma en dévisageant la mère de ce dernier à travers la moustiquaire que celle-ci ne lui avait pas ouverte. (Mal à l'aise, elle se dandina.) Je suis Sutton. Je viens chercher Ethan pour aller au match de foot.

– Je sais très bien qui vous êtes, répliqua Mme Landry sur un ton mordant.

Il y eut un nouveau bruit de pas, et Ethan apparut derrière sa mère, l'air mortifié.

– Euh, à plus, Maman. Je rentre vers neuf heures.

Contournant Mme Landry, qui pinçait les lèvres avec une mine désapprobatrice, il se glissa dehors.

– Ravie d'avoir fait votre connaissance, dit faiblement Emma.

Mme Landry se contenta de renifler et de tourner les talons. La porte claqua bruyamment derrière elle.

– Tout va bien ? demanda Emma à voix basse.

Ethan haussa les épaules.

– Elle est de mauvais poil, c'est tout.

Emma lui toucha le bras en un geste compatissant. Mme Landry avait eu un cancer, et son mari avait foutu le camp pendant sa chimiothérapie. Même si elle était désormais en rémission, la mère d'Ethan ne s'en était jamais remise sur le plan émotionnel, et elle s'attendait à ce que son fils fasse pratiquement tout dans la maison.

Ethan s'assit dans le siège passager et boucla sa ceinture tandis qu'Emma mettait le contact.

– Alors, je peux voir ce fameux texto ? s'enquit le jeune homme.

Emma acquiesça. Dans le ronronnement du moteur, elle sortit le portable de Sutton et montra à Ethan la photo qu'elle avait prise de l'écran du portable de Laurel. Après coup, elle avait immédiatement appelé son petit ami pour lui en parler.

Ethan étudia l'écran, les sourcils froncés.

– Wouah, souffla-t-il.

– Je sais, dit Emma en regardant fixement le message, elle aussi.

Si je te mets la main dessus, je te tue.

Ethan se radossa au siège, dont le cuir vintage craqua sous son poids.

– Donc, tu penses que Laurel a tué Sutton dans un élan de rage, parce qu'elle était jalouse que sa sœur sorte avec Thayer ?

Si j'avais pu frissonner, je l'aurais fait. Je pensai à l'appel que Thayer avait passé à Laurel juste après avoir été renversé. Elle était arrivée si vite, presque comme si elle se trouvait dans les parages en train de l'espionner...

Thayer avait dit que quelqu'un nous poursuivait dans le canyon : était-ce Laurel ? Nous avait-elle suivis ce soir-là ? Avait-elle réalisé que nous sortions ensemble derrière son dos ? Avait-elle volé ma voiture et tenté de me renverser – mais percuté le garçon qu'elle aimait à la place ? Après l'avoir déposé à l'hôpital, était-elle revenue pour m'achever ?

Emma passa la marche arrière et sortit de l'allée.

– Peut-être. L'amour pousse les gens à commettre toutes sortes de folies. Thayer est beau gosse, et de toute évidence, c'est un grand séducteur.

À peine avait-elle prononcé ces mots qu'elle les regretta. Mais Ethan se contenta d'acquiescer pensivement.

– Elle le suivait partout comme un petit chien – au point que même moi, je m'en étais aperçu, dit-il avec un gloussement sans joie. Sur le coup, ça avait l'air plutôt attendrissant, mais si tu as raison quant à la façon dont ça s'est terminé, c'était un béguin drôlement sinistre.

Emma s'arrêta à un stop et regarda des voitures passer à toute allure sur l'avenue perpendiculaire.

– Comment tu crois qu'elle a fait ? Je veux dire, pour tuer Sutton.

Les mots lui laissaient un goût amer dans la bouche. C'était une chose de parler du fait que sa sœur était morte, mais évoquer les circonstances matérielles de son meurtre avait quelque chose de macabre.

Je frémis en imaginant mes derniers instants. Mes souvenirs les plus récents concernaient la nuit du 31 août, mais chacun de mes flashs se terminait si brusquement ! Je n'avais pas encore réussi à « revoir » ma mort, alors que j'en brûlais d'envie. Et en même temps, j'appréhendais ça. Me rappeler mes derniers instants signifiait les revivre, sentir de nouveau ma vie s'échapper de moi.

Si le moment fatidique se dérobait à moi, c'était peut-être pour une bonne raison. Si ça se trouve, lorsque la force cosmique qui me maintenait en suspension dans ce monde me laisserait me souvenir de ma mort, je basculerais enfin vers l'au-delà. Je verrais mon assassin, je pousserais mon dernier souffle et je serais projetée dans l'éther, disparaissant sans faire plus de bruit qu'un oiseau qui prend son envol.

Puis une autre pensée me frappa, me glaçant jusqu'à la moelle. Mes flashs étaient toujours déclenchés par les indices que découvrait Emma : le texto de Laurel, la menace de Lili au sujet de la blague du train, le retour de Thayer. Et si mon dernier souvenir me revenait uniquement parce que mon assassin tentait de tuer Emma comme il m'avait déjà tuée, moi ? Et si la vérité ne nous apparaissait que lorsqu'il serait trop tard ?

Ethan posa une main sur le genou de Sutton.

– Je ne sais pas. Elle a essayé d'étrangler Sutton dans cette fameuse vidéo. Et si elle est retournée au canyon ce soir-là, elle a aussi bien pu utiliser sa voiture qu'une autre arme. Ce sera difficile à déterminer, à moins que… (Ethan hésita et se racla la gorge.) À moins qu'on trouve son corps.

Une boule se forma dans le ventre d'Emma.

– Exact, murmura la jeune fille. (Elle prit une grande inspiration en s'arrêtant à un feu rouge derrière une moto pétaradante.) Il faut juste que je puisse coincer Thayer une minute pour lui demander si Laurel est restée à l'hôpital avec lui pendant toute la nuit. Si oui, ça l'innocentera. Mais dans le cas contraire…

Elle n'acheva pas sa phrase, et ils finirent le trajet en silence.

Quelques minutes plus tard, ils se garèrent dans le parking de Wheeler. Emma était déjà venue là deux ou trois semaines plus tôt pour disputer un match de tennis. Ce lycée était le plus grand rival de Hollier, mais un peu moins bien entretenu. Ses colonnes pleines d'éraflures soutenaient un fronton qui s'affaissait. Sur la gauche, des projecteurs éclairaient le terrain de foot. Les joueurs s'échauffaient en survêtement – bordeaux et jaune pour Wheeler, vert sapin pour Hollier.

Les deux jeunes gens descendirent de voiture et traversèrent le parking bondé en direction du terrain. Une odeur de hot-dogs et de bretzels mous planait dans l'air. Des tas d'élèves se massaient devant le portail. Quand ils remarquèrent Emma et Ethan, ils se retournèrent pour les dévisager. Deux filles se donnèrent des coups de coude et sourirent à Ethan.

Emma glissa sa main dans celle du jeune homme. Il avait les paumes moites. C'était sa première apparition publique en tant que petit ami de Sutton Mercer.

– Ça va aller, chuchota Emma.

– Je sais, répondit Ethan avec raideur.

Il jeta un coup d'œil rapide à son reflet dans le flanc chromé d'un des stands de nourriture. Alors seulement, Emma remarqua avec quel soin il s'était habillé pour cette soirée. Son jean avait l'air neuf, son polo était exactement du même bleu que ses yeux, et il s'était rasé en utilisant l'after-shave Kiehl's qu'elle lui avait offert le week-end précédent. C'était mignon qu'il ait tellement envie de faire bonne impression.

Même si le match avait lieu à Wheeler, on aurait dit que tout Hollier avait fait le déplacement. Les gradins étaient pleins de jeunes gens habillés en vert sapin, qui tapaient des pieds en scandant l'hymne de leur école. Emma chercha du regard les cheveux noirs de Madeline et la crinière rousse de Charlotte, mais sans succès.

– C'est bizarre, murmura-t-elle. Elles m'avaient dit qu'elles seraient dans la rangée du haut.

– Elles sont peut-être occupées à nous préparer un nouveau coup fourré, marmonna Ethan entre ses dents.

– Ha ha, très drôle. (La semaine précédente, les autres membres du Jeu du Mensonge avaient piégé les deux jeunes gens dans une maison abandonnée.)

Cette fois, elles nous enfermeront peut-être dans les toilettes, grimaça Emma.

Ethan fronça le nez.

– Pas celles du vestiaire des garçons, j'espère. Ça sent le chacal, là-dedans.

– Et pourquoi pas la salle de détente pour les athlètes ? plaisanta Emma. Avec une masseuse rien que pour nous.

Ethan se fendit d'un sourire.

– Ça, ça le ferait grave !

Il restait des places dans la rangée du haut, et Emma entraîna Ethan dans l'escalier métallique. Quelques spectateurs se décalèrent d'un siège pour leur en laisser deux côte à côte. Une fille avec un carré très court leva son portable comme pour envoyer un texto, mais Emma vit bien qu'elle prenait Ethan en photo. Quelques rangées plus bas, deux filles de troisième tendirent un doigt vers le jeune homme et se mirent à glousser.

Emma donna un coup de coude à son petit ami.

– Ne regarde pas, mais je crois que tu as des fans.

Ethan rougit.

– Tu parles !

Mais sa fausse modestie ne me trompa pas une seconde. Comme il passait une main dans ses cheveux d'un noir d'encre, je décelai l'ombre d'un sourire sur son visage. Se pouvait-il qu'il apprécie d'être le centre de l'attention, pour une fois ? J'ai toujours trouvé ça très révélateur que les gens qui méprisent le concept de popularité soient justement ceux auxquels personne ne s'intéresse. Franchement, qui n'aurait pas envie d'être adoré par les masses ?

Un arbitre donna un coup de sifflet, et les deux équipes regagnèrent le banc de touche pour recevoir les derniers conseils de leur entraîneur avant le début de la rencontre. Une odeur de moutarde picotait le nez d'Emma, et une douce brise caressait sa nuque. Ethan lui passa un bras autour de la taille pour l'attirer contre lui.

– Tu as froid ?

– Un peu, admit Emma.

– Sutton adorait les soirs de match, murmura Ethan si bas qu'Emma l'entendit à peine. Elle trouvait ça sexy, tous ces joueurs qui couraient sous les étoiles.

Emma pivota vers lui.

– C'est vrai ?

Ethan coinça une boucle noire derrière son oreille.

– Oh, je l'ai entendue dire ça une fois dans les couloirs du bahut. Je suppose que ça m'est resté.

Emma se mordit la lèvre inférieure. On aurait dit que tous les garçons de Hollier avaient le béguin pour Sutton. Était-ce aussi le cas d'Ethan ? Emma se rendait compte que c'était ridicule d'être jalouse de sa jumelle morte, mais parfois, elle ne pouvait s'empêcher de se demander si Ethan avait vu en Sutton quelque chose qu'il ne retrouvait pas en elle.

– Qu'est-ce que tu l'as entendue dire d'autre qui t'est resté ? demanda-t-elle d'une voix tendue.

– C'est tout. (Ethan prit la main d'Emma.) J'aimerais en savoir davantage.

Emma poussa un soupir.

– Et moi donc !

– Sutton !

Gaby et Lili montaient les marches métalliques, vêtues de T-shirts marqués GROUPIE DE L'ÉQUIPE DE FOOT DE HOLLIER. Charlotte, Madeline, Thayer et Laurel les suivaient quelques pas en arrière. Le jeune homme portait son vieux maillot de joueur. De façon assez ironique, il avait le numéro 13.

– Coucou ! répondit Emma en agitant la main.

Elle n'eut qu'à regarder autour d'elle pour que toute une bande de jeunes se lève sans poser de questions et aille s'asseoir deux rangs plus bas. C'était dingue de détenir ce genre de pouvoir alors que dans sa vie précédente, elle aurait fait partie de ceux qui décampaient.

Ethan regarda les amis de Sutton monter les marches.

– Que la partie commence, marmonna-t-il entre ses dents.

Lili arriva en haut de l'escalier et tourna sur elle-même pour montrer le dos de son T-shirt rose vif, sur lequel il était marqué : FAITES DU FOIN SUR LE TERRAIN.

– Vous aimez ? On les a fait imprimer exprès.

– On ne trouve rien d'aussi marrant dans la boutique du lycée, ajouta Gaby qui portait le même T-shirt, mais en jaune fluo.

Madeline s'assit à côté d'Ethan.

– Salut, poète, dit-elle en lui donnant un coup de coude.

Emma évita le regard de Thayer, souhaitant de tout son cœur qu'il ne prenne pas la place libre à côté d'elle. Hélas, il s'y laissa tomber en lui disant bonsoir. Emma serra la main d'Ethan un peu plus fort, comme pour le rassurer. Ethan lui rendit son geste avec un sourire forcé.

Avec un coup d'œil peu amène en direction de Thayer et d'Emma, Laurel s'assit à côté de Charlotte, en bout de rangée.

– Comment va la fan numéro un de l'équipe de foot de Hollier ? s'enquit Thayer en donnant un petit coup de poing dans le bras d'Emma.

– Toujours d'attaque, répondit Emma en se sentant nulle.

Thayer la toisa sévèrement.

– Tu n'as quand même pas l'intention de les encourager maintenant qu'ils m'ont viré ? Personnellement, j'espère que Wheeler gagnera.

Emma secoua la tête avec une désapprobation feinte.

– Sale traître.

Thayer rit plus fort que nécessaire, et fixa Emma de ses yeux bruns pétillants qui ne cillaient pas. La jeune fille sentit Ethan lui lâcher la main.

Moi aussi, j'étais un peu blessée. Thayer regardait ma jumelle de la même façon qu'il me regardait dans les souvenirs que j'avais de nous deux. Je voulais poser mes mains sur ses épaules pour qu'il me voie, moi. S'il m'aimait tellement, pourquoi ne se rendait-il pas compte que la fille assise à côté de lui n'était pas celle pour qui il avait craqué ?

Charlotte sortit de son sac un immense chapeau en tissu rouge qu'elle enfonça sur sa tête. Madeline se mit à glousser.

– Qu'est-ce que tu fous ?

Charlotte tira le bord du chapeau plus bas sur son front.

– J'en ai marre que tout le monde me dévisage à cause de cette blague idiote des Quatre Canailles. Tout à l'heure, Tad Phelps a eu le toupet de me demander quels soutifs étaient les miens. Plusieurs de mes contacts Facebook m'ont virée, et personne n'a eu peur de moi pendant le cours de débat aujourd'hui. Avant, quand je montais sur l'estrade, ils tremblaient tous. Aucun d'eux n'osait me contredire de crainte de devenir ma prochaine victime. Mais aujourd'hui, une fille m'a demandé si j'étais vraiment bien placée pour parler de moralité, en lumière, je cite : « du vandalisme récemment perpétré dans l'enceinte du lycée ».

Emma balaya les gradins du regard. En effet, une quinzaine de personnes au moins observaient les membres du Jeu du Mensonge en murmurant entre elles d'un air fâché.

– Organiser un bal de remplacement ne suffira pas, décréta Charlotte. On doit prouver que ce n'est pas nous qui avons fait ça.

Ethan leva les yeux, l'air hésitant.

– Vous savez qu'il y a des caméras qui surveillent la circulation au carrefour le plus proche du lycée ?

Laurel plissa les yeux.

– Et alors ?

– Et alors, répondit Ethan, une fois, j'ai eu une amende pour avoir grillé le feu rouge. La police m'a envoyé une photo avec le PV. Dans le fond, on voyait l'entrée du bahut. Si ça se trouve, ces caméras ont enregistré les vandales au moment où ils sévissaient…

– Tu crois ? (Le visage de Madeline s'éclaira. Puis ses épaules s'affaissèrent.) Mais comment on pourrait y avoir accès ?

Ethan s'humecta les lèvres.

– Eh bien… Les images vont directement sur un site Internet, et je suis plutôt bon en informatique. À l'époque, j'ai, euh, j'ai tenté de pirater le site pour faire sauter ma contravention. (Il rougit violemment.) Je n'ai pas réussi à l'effacer, mais j'ai remarqué qu'ils archivaient les vidéos. Le mot de passe a dû changer depuis le temps, mais avec un peu de patience, j'arriverai sans doute à trouver le nouveau.

– Oh mon Dieu, ce serait génial ! couina Charlotte.

– Grave, acquiesça Madeline sur un ton admirateur. Je n'aurais jamais cru que tu pouvais faire un truc pareil.

Les autres filles se réjouirent bruyamment. Une seule personne ne semblait pas ravie : Thayer. Il regardait le terrain fixement, alors que le match n'avait même pas commencé.

– Comme si c'était difficile de se procurer des enregistrements de caméras de surveillance, marmonna-t-il entre ses dents, si bas que seule Emma put l'entendre.

Et elle fit comme si de rien n'était. Se tournant vers Ethan, elle lui demanda :

– Tu es sûr de vouloir faire ça ?

Elle n'avait aucune envie qu'il s'attire des ennuis juste pour se mettre dans les bonnes grâces des amies de Sutton.

Le jeune homme haussa les épaules.

– Ce n'est pas difficile, je te jure.

Soudain, une ombre s'abattit sur Emma. Une fille aux cheveux noirs et bouclés, rassemblés en queue-de-cheval sur un côté de la tête, se tenait dans l'allée. Son short jaune minuscule couvrait à peine le haut de ses cuisses, et son T-shirt blanc laissait deviner les contours de son soutien-gorge. Emma mit quelques secondes à réaliser que c'était une des Quatre Canailles – Bethany quelque chose.

– Salut, Ethan, lança-t-elle en fixant le jeune homme et en se tortillant pour faire remonter son short encore plus haut.

Visiblement peu habitué à être l'objet d'autant d'attention, Ethan rougit.

– Euh, salut, bredouilla-t-il.

Je levai les yeux au ciel. J'étais morte et quasi amnésique, mais je savais qu'un élève de terminale ne parle jamais, au grand jamais, à ceux de troisième. Il fait semblant d'être trop occupé pour s'apercevoir de leur présence – même si ce sont ses propres frères et sœurs.

– Qu'est-ce que tu fais ce week-end ? demanda Bethany.

Madeline et Laurel écarquillèrent les yeux. Lili et Gaby avaient sorti leurs portables et pianotaient frénétiquement dessus.

– Euh...

Ethan jeta un coup d'œil à Emma, qui eut toutes les peines du monde à ne pas éclater de rire.

– Il sort avec moi, répondit-elle en passant son bras sous celui du jeune homme.

Madeline se pencha en avant.

– Pourquoi ? Ta mère a besoin d'un baby-sitter pour te garder ?

Bethany vira à l'écarlate et battit rapidement en retraite vers ses copines. Les quatre filles se mirent à chuchoter furieusement.

Charlotte secoua la tête.

– Il nous faut cette vidéo de surveillance.

– Tout à fait d'accord, acquiesça Emma. Ces filles méritent une leçon.

– C'est comme si c'était fait, promit Ethan.

– Notre héros, roucoula Madeline.

Thayer semblait de plus en plus agacé. Il se pencha en avant pour regarder Ethan de l'autre côté d'Emma.

– Depuis quand tu es devenu un caïd, Landry ?

L'espace d'un instant, Ethan parut désarçonné. Puis il prit une grande inspiration.

– Depuis que je sors avec la fille la plus canon du bahut, répondit-il sur un ton suave.

Thayer braqua son regard brûlant sur Emma, comme s'il la voyait pour la première fois depuis son arrivée.

– Sur ce point, je ne peux pas te contredire, lâcha-t-il avec regret.

Laurel s'étrangla avec le Coca light qu'elle était en train de boire. Thayer se tourna vers elle et lui tapa dans le dos.

– Ça va ?

Laurel acquiesça très vite, mais ne put de nouveau respirer qu'au bout de quelques secondes.

– Tu pourrais aller me chercher de l'eau ? demanda-t-elle, les yeux larmoyants.

– Pas de problème.

Thayer lutta pour se lever et descendit les gradins.

Laurel continua à tousser jusqu'à ce qu'il ait disparu. Puis elle but calmement une autre gorgée de soda en coulant un regard en biais à Emma. Un regard qui disait : « Tu n'es pas la seule à pouvoir le faire manger dans ta main. »

Mais dans ses yeux, je lisais autre chose : « Tiens-toi à l'écart de lui, ou tu mourras. »

10

UN FLINGUE ENCORE FUMANT

Dans le quartier des Mercer, les gens prenaient le championnat de foot scolaire très au sérieux. Les Wessman, qui habitaient deux maisons plus loin, avaient tendu une bannière de Hollier devant la porte de leur garage, et après la victoire du lycée local, des coups de klaxons résonnèrent longtemps dans les rues.

Emma venait de se garer dans l'allée quand elle entendit biper l'iPhone de Sutton. C'était un texto d'Ethan. *C'était plus sympa que je ne m'y attendais*, avait écrit le jeune homme. *Ou, comme l'annoncerait le Daily Emma : Un garçon timide s'éclate au match de foot.*

Emma rosit de plaisir. Elle était ravie qu'Ethan se mette lui aussi à composer des gros titres. *Tu n'as pas trop souffert, donc ?* répondit-elle, en proie à un merveilleux sentiment de bien-être.

Mis à part l'accrochage avec Thayer, Ethan avait été génial. Il avait charmé les amies de Sutton et même balancé deux ou trois vannes super drôles. Au regard que Madeline et Charlotte lui avaient jeté à la fin du match, Emma avait compris qu'Ethan était accepté. Et elle se réjouissait de découvrir que c'était réciproque.

Emma coupa le moteur et scruta l'allée. Elle avait ramené Ethan chez lui avant de rentrer ; pourtant, Laurel n'était toujours pas là, et les deux voitures des parents Mercer non plus. Seule la Cadillac de Grand-Mère traînait devant le garage. Et les lumières de la maison étaient toutes éteintes.

Emma ouvrit la porte d'entrée et chercha l'interrupteur à tâtons. Ses pas résonnèrent bruyamment dans la maison vide. La jeune fille se dirigea vers la cuisine, où le clair de lune se déversait par la porte-fenêtre et projetait de longues ombres sur la table en bois.

Emma avait l'habitude de rentrer dans une maison vide, mais celle des Mercer lui semblait étrangement lugubre et triste ce soir. La jeune fille réalisa que c'était parce qu'elle avait pris l'habitude que Mme Mercer l'accueille toujours avec un sourire chaleureux.

Elle allait allumer la lumière quand elle vit la lueur orange d'une cigarette dans le jardin de derrière. Son cœur accéléra. Quelques semaines plus tôt, alors qu'Ethan l'avait emmenée à un vernissage, les deux jeunes gens étaient assis dehors sur un banc quand Emma avait remarqué une silhouette sombre qui fumait à quelques pas d'eux, écoutant tout ce qu'ils se disaient. La personne avait disparu avant qu'Emma puisse l'identifier.

La jeune fille siffla tout bas pour appeler Drake. Elle l'entendit trottiner vers la cuisine. Le danois entra et leva ses grands yeux écarquillés vers elle. D'une main tremblante, Emma le poussa vers la porte-fenêtre. L'énorme chien lui faisait peur, mais pas autant que la personne en train de fumer dehors.

– Allez, viens, l'encouragea-t-elle de la voix en sortant dans le jardin.

Quand elle vit une silhouette allongée dans un des transats, le cœur de la jeune fille fit un bond dans sa poitrine. Une volute de fumée s'élevait vers les arbres en se tordant comme le doigt crochu d'une sorcière.

– Sutton ? appela une voix rauque, familière.

Emma cligna des yeux tandis que sa vision s'adaptait à l'obscurité.

– Grand-Mère.

Elle lâcha le collier de Drake, qui trottina jusqu'à un buisson d'azalées pour les renifler.

– Tu as cru que c'était qui ? Dieu ? (Agitant sa cigarette, la vieille femme fit signe à Emma d'approcher.) Assieds-toi.

Elle poussa ses pieds pour faire de la place au bout du transat. Emma obéit à contrecœur. À sa grande surprise, Grand-Mère Mercer lui tendit son paquet de Merit.

– Tu en veux une ?

Emma fronça le nez. Elle avait toujours détesté l'odeur de la cigarette. Mais Sutton aurait peut-être accepté, elle.

– Non, merci, j'ai mal à la gorge, mentit-elle. (Puis elle pencha la tête sur le côté.) Pourquoi tu n'es pas avec Papa et Maman ?

– Ils avaient rendez-vous avec les Finch, expliqua la vieille dame en grimaçant. Ces gens sont tellement pénibles ! Ils veulent toujours m'arranger un rendez-vous avec le père veuf de cette horrible femme. Je ne suis peut-être plus de la première jeunesse, mais je peux encore me trouver un homme toute seule, merci bien.

Pinçant sa cigarette entre deux doigts fripés, elle dévisagea longuement Emma.

– Aloooors, dit-elle lentement. Tu ne dis rien à propos de ma... Comment as-tu appelé ça la dernière fois ? Cette « habitude répugnante qui va te tuer et bousiller ta peau prématurément » ?

Emma éclata de rire. C'était tout à fait le genre de chose qu'aurait dit Sutton – et elle était ravie d'apprendre que sa jumelle ne fumait pas non plus.

– Non, j'ai décidé de m'occuper de mes affaires et de laisser les gens vivre comme ils veulent. Jusqu'à ce que leurs habitudes répugnantes les tuent, ajouta-t-elle avec un sourire en coin.

Grand-Mère Mercer fit tomber sa cendre dans le verre qu'elle utilisait comme cendrier.

– Bonne idée, approuva-t-elle. Sinon, où en es-tu de ta recherche de fac pour l'an prochain ? Tu as bien l'intention de poursuivre tes études après le lycée ?

– Euh…

La question prit Emma au dépourvu. Soudain, la jeune fille réalisa que dans toutes les affaires de sa sœur, elle n'avait vu aucun dossier d'inscription, aucun dépliant pour une université, aucune visite de campus prévue dans les mois à venir. Son cœur se serra. Sutton avait le monde à portée de main, et elle ne profitait d'aucune des nombreuses opportunités qui s'offraient à elle.

Hé, on n'est pas tous faits pour les études, d'accord ? Si ça se trouve, j'avais l'intention de devenir une star à Hollywood.

– Je ne suis pas encore fixée, improvisa finalement Emma. Mais j'ai l'intention d'envoyer des dossiers de candidature dans tout un tas d'endroits.

– Vraiment ? lança Grand-Mère Mercer en haussant un sourcil argenté. Tu comptes rester dans les parages ?

– L'université d'Arizona est bien cotée, murmura Emma.

Et quelle ironie de penser que c'était l'une des rares facs auxquelles elle avait commencé à postuler du temps où elle habitait Las Vegas ! Ils étaient généreux avec leurs bourses d'études, et elle aimait le programme de leur cursus de journalisme. Mais la date limite d'envoi pour les demandes d'aide financière devait être passée de plusieurs semaines à présent.

Emma reviendrait-elle jamais à son ancienne vie ? Ou devrait-elle s'inscrire en fac sous le nom de Sutton Mercer ? En serait-elle capable ? Dormir dans le lit de sa jumelle et assister à ses cours de lycée, c'était une chose. Mais aller à l'université aux frais de ses parents, continuer à se faire passer pour Sutton quatre années de plus… Emma avait du mal à l'envisager. D'autant que ça signifiait que le meurtre de sa sœur n'aurait toujours pas été élucidé d'ici là – ce qui lui semblait impensable.

Grand-Mère fronça le nez.

– Tu veux dire que les associations d'étudiants sont très actives. Mais il n'y a pas que la fête dans la vie, tu sais.

Emma fixa le bout de ses sandales.

– Oui, je sais. Crois-moi.

Grand-Mère tapota sa cigarette sur l'accoudoir du transat avec un air pensif.

– Ton père aussi était un sacré noceur dans sa jeunesse, dit-elle en soupirant. Un Californien pur jus. Mais ta mère et lui se sont bien calmés en arrivant à Tucson. (Elle renifla.) Évidemment, son boulot valait vraiment la peine de déménager.

– Ils ont vécu en Californie avant de s'installer ici ? demanda Emma, incapable de dissimuler sa surprise.

Les Mercer n'en avaient jamais parlé devant elle, mais ils faisaient tellement partie intégrante de la communauté qu'elle avait supposé qu'ils vivaient à Tucson depuis toujours.

Grand-Mère la dévisagea comme si elle était folle.

– Bien entendu. Ils habitaient juste à côté de chez moi. Ils ont déménagé peu de temps après t'avoir adoptée.

– Ah, oui, c'est vrai, acquiesça faiblement Emma.

C'était bizarre de penser que les parents de Sutton avaient autrefois mené une vie très différente.

Grand-Mère soupira de nouveau.

– Ça m'a manqué de ne plus les avoir sous la main. On s'amusait tellement quand Sutton était toujours vivante !

Emma en eut le souffle coupé. Avait-elle bien entendu ?

J'étais tout aussi choquée qu'elle. « Sutton », avait dit ma grand-mère. Elle parlait de moi.

– Ma sœur adorait les bébés, poursuivit la vieille femme, les lèvres pincées. Et toi tout particulièrement. Elle te gâtait à mort. Elle était ravie qu'on t'ait donné son nom.

Emma cligna des yeux en réalisant. La Sutton dont parlait Grand-Mère Mercer n'était pas sa jumelle mais la grand-tante de celle-ci.

La vieille femme saisit son verre de Martini et but une longue gorgée.

– Si nous avions habité plus près, j'aurais pu te garder à l'œil, t'empêcher d'avoir des ennuis. Tes parents ont toujours été trop laxistes. En quelques week-ends, je t'aurais fait passer l'envie d'être impertinente, dit-elle sévèrement.

Puis son expression s'adoucit, et elle posa sa main sur celle d'Emma. Touchée, celle-ci lui sourit.

Grand-Mère Mercer fit la moue comme si elle voulait ajouter quelque chose mais avait du mal à trouver ses mots.

– Bref, conclut-elle sur un ton redevenu sévère en retirant sa main.

– Bref, répéta Emma tel un écho.

De nouveau, elle se sentait gênée.

Drake leva la tête et regarda vers la cuisine en gémissant. Emma pivota. Debout derrière la porte-fenêtre, Laurel les observait.

Grand-Mère Mercer agita la main.

– On dirait que ta sœur est rentrée.

Contrariée de s'être fait surprendre, Laurel agita la main en retour puis battit en retraite dans la maison. Quelques instants plus tard, à l'étage, le plafonnier de sa chambre s'éclaira.

Grand-Mère Mercer eut un claquement de langue désapprobateur et éteignit sa cigarette.

– J'espère qu'elle n'a pas vu que je fumais. Contrairement à toi, on ne peut pas lui faire confiance pour garder un secret.

Emma regarda l'ombre de Laurel se déplacer derrière la fenêtre du premier.

– Détrompe-toi, murmura-t-elle. Laurel aussi a des secrets. Tu serais surprise en découvrant de quoi elle est capable.

Assassiner sa propre sœur, par exemple, pensai-je.

11

Attention, c'est chaud !

Le lendemain soir, Emma se tenait dans le parking du spa de Clayton. Les bâtiments bas et ultramodernes, en argile rouge, se fondaient harmonieusement à la toile de fond des montagnes malgré leurs lumières brillantes. Ils étaient entourés par un parcours de golf à l'herbe incroyablement drue et verte, dont la brise agitait les petits drapeaux. Plusieurs sprinklers se déclenchèrent simultanément pour l'arroser. Sur la droite, deux personnes nageaient dans l'extrémité la plus profonde du bassin en forme de fer à cheval, parlant à voix basse. Tout semblait follement chic et romantique jusque dans le moindre détail.

Emma entendit une portière claquer derrière elle. Se retournant, elle vit Charlotte, Madeline et les

Jumelles Twitteuses descendre du SUV de Madeline.

– J'ai toujours dit qu'une blague se prépare mieux quand on est en infraction, chuchota Lili avec un sourire malicieux.

Son bikini fuchsia dépassait de sa brassière blanche trop moulante, et elle portait une serviette de plage mauve sous le bras.

Emma passa la main sur le paréo jaune clair qu'elle avait trouvé dans le tiroir à sous-vêtements de Sutton. Elle se sentait nerveuse. Les filles avaient prévu d'organiser le bal de remplacement top secret ce soir-là, mais elles comptaient le faire dans les sources chaudes du spa, où elles n'avaient pas le droit d'entrer. Emma se disait que depuis le temps, elle aurait dû s'habituer à enfreindre la loi avec les membres du Jeu du Mensonge, mais ses instincts de fille sage étaient coriaces.

Moi, je me sentais nerveuse pour une tout autre raison. Je connaissais cet endroit. C'était depuis les sources chaudes que mes amies m'avaient traînée dans le coffre de ma voiture la nuit du snuff movie, cette nuit où Laurel avait failli me tuer en m'étranglant. J'avais toujours pensé que c'était juste une blague de mauvais goût, mais à présent, je m'interrogeais. Laurel s'entraînait peut-être à me tuer pour de bon.

Madeline but au goulot de sa bouteille d'Évian tandis que Lili et Gaby caracolaient en tête du groupe.

– J'ai déjà des tas d'idées fabuleuses, jeta Gaby par-dessus son épaule.

– On devrait reprendre tous les clichés habituels des bals de lycée, pépia Lili. Un saladier géant de punch, un gâteau marqué EH BIEN, DANSEZ MAINTENANT en sucre rose, et des tonnes de guirlandes.

Charlotte, qui portait une robe de bain en éponge trop serrée sous les aisselles, s'arrêta net et agrippa le bras d'Emma.

– Où est Laurel ? Je croyais qu'elle venait avec toi.

Emma haussa les épaules.

– J'ai regardé dans sa chambre avant de partir, mais elle n'y était pas.

Madeline se hérissa.

– Je te parie qu'elle est avec mon frère.

Elle avait sans doute raison. Toute la journée, Emma avait tenté de coincer Thayer pour lui demander combien de temps Laurel était restée à l'hôpital avec lui la nuit du 31 août, mais chaque fois qu'elle l'avait vu, Laurel était pendue à ses basques.

– Awwww, se pâma Gaby. Ça va faire du bien à Thayer d'avoir enfin une copine.

– Surtout si c'est l'une de nous, ajouta Lili.

Madeline écarta une branche d'arbre. Emma baissa la tête pour ne pas que cette dernière la gifle en revenant à sa position initiale.

– Thayer n'a pas besoin d'une petite amie pour le moment, déclara Madeline sur un ton rageur. Il a besoin de se rétablir.

– De se rétablir ? répéta Lili. Comment ça ?

Madeline pinça les lèvres sans répondre. Thayer avait raconté à Emma qu'il était en désintox, mais sa famille mise à part, elle était la seule personne au courant. À moins, bien sûr, qu'il en ait parlé à Laurel…

– Sa jambe, répondit Madeline après une hésitation. Il faut qu'elle guérisse.

Et la discussion en resta là.

– Sources chaudes, nous voilà ! chantonna Gaby en écartant d'autres branches.

Devant elles s'ouvrait une clairière de roche rouge et nue, au milieu de laquelle trois bassins naturels bouillonnaient doucement comme pour inviter les filles à entrer dans l'eau.

Saisie par une brusque angoisse, je regardai autour de moi. Oui, c'était bien ces sources-là. Le soir de la blague du snuff movie, je m'étais énervée contre Laurel parce qu'elle portait un médaillon identique au mien. Je l'avais accusée de me copier. Plus tard, elle m'avait dit qu'elle avait fait exprès de mettre ce médaillon pour me provoquer, mais de toute évidence, elle n'en avait pas qu'après mon look : elle en voulait à ma vie.

Madeline ôta son caftan imprimé ikat en le passant au-dessus de sa tête et le posa sur une pierre plate près des bassins. Charlotte garda sa robe de bain pour se diriger d'un pas hésitant vers l'eau qui fumait. Emma et les Jumelles Twitteuses se déshabillèrent, abandonnant leurs affaires en tas. Lili trempa son gros orteil dans l'eau et déclara qu'elle était juste à la bonne température. Elle s'y glissa en fermant les yeux et en poussant un « mmmmh » de bien-être. Emma l'imita et sentit la chaleur l'envelopper. Un instant, son stress s'envola.

– Et maintenant, les préparatifs, lança Gaby en ajustant la boucle dorée de son bikini. On prévient par mail tous les gens qui comptent à Hollier, pas vrai ?

– Sauf les quatre qu'on ne veut pas voir, précisa Madeline en agitant ses mains à la surface de l'eau pour créer des ondulations.

– On devrait peut-être inviter quelques-uns des élèves les plus cool de Wheeler, suggéra Lili.

– Par exemple, les beaux gosses de l'équipe de foot, ajouta Charlotte, qui s'était assise au bord du bassin et n'y trempait que ses mollets.

– Bonne idée. (Emma pianota sur la roche.) Si on fait ça au lycée, comment on s'y introduit après la fermeture, quand les portes sont verrouillées ?

– Euh, comme la dernière fois ? répondit Charlotte. (Voyant qu'Emma la regardait sans comprendre, elle précisa :) Pour la blague du flamant rose et du nain de jardin ?

– Ah, oui, acquiesça Emma, qui se souvenait vaguement avoir vu une vidéo.

– On coince les serrures avec du Chatterton avant la fin des cours, précisa Madeline.

– Et pour la musique ? demanda très vite Emma.

Les filles réfléchirent en silence un moment. Des oiseaux nocturnes chantaient dans les arbres. Les sources étaient si isolées que chaque petit bruit résonnait très fort dans l'air nocturne.

– Je pourrais faire une playlist, suggéra Lili.

Emma secoua la tête.

– Je ne pense pas que ça suffira. Il nous faut un vrai DJ.

– Tank acceptera sûrement, affirma Charlotte. (Elle jeta un coup d'œil entendu à Emma.) Il me doit un service.

Je fouillai ma mémoire en quête d'un dénommé Tank, mais en vain, et Charlotte n'ajouta rien à son sujet.

– Que faisons-nous si les Quatre Canailles apprennent qu'on organise un bal de remplacement et qu'elles se pointent ce soir-là ? interrogea Emma.

Lili grimaça.

– On pourrait laisser entrer les gens seulement sur invitation.

– Ou engager un videur, ajouta Charlotte. Ce serait super classe. On pourrait même se procurer un cordon en velours. Je parie que le gars de chez Plush nous ferait ça pas cher.

– Et si on faisait venir les Quatre Canailles, justement – et qu'on en profitait pour leur jouer un sale tour ? lança Madeline, les yeux brillants.

– Des blagues gigognes ! (Charlotte battit des mains.) J'adore !

Emma se mordit la lèvre. Cette fois, elle aurait voulu n'humilier personne. D'un autre côté, les Quatre Canailles leur avaient attiré de gros ennuis, et Bethany avait dragué Ethan juste sous son nez.

– En parlant de soirées, dit-elle histoire de changer de sujet. Vous avez choisi ce que vous porterez à l'anniversaire de mon père samedi soir ?

Lili nagea jusqu'à elle et lui passa un bras autour des épaules.

– Et pourquoi pas ce bikini, histoire de mettre un peu d'ambiance chez les papys et les mamies ?

Les filles gloussèrent. Puis quelque chose bruissa dans les fourrés alentour, et elles se figèrent.

– Qu'est-ce que c'est ? souffla Madeline, les yeux écarquillés.

Gaby se dressa à moitié hors de l'eau.

– Et si c'était les vigiles ?

– Je ne peux pas me faire pincer encore une fois, geignit Lili.

Les avant-bras d'Emma se couvrirent de chair de poule.

Le bruissement s'amplifia. Bientôt, deux silhouettes émergèrent de la végétation. L'une d'elles trébucha sur une racine et poussa un glapissement. C'était Laurel – et Thayer l'accompagnait.

– Seigneur, murmura Lili en les éclaboussant. Vous nous avez foutu la trouille, espèces d'idiots !

– Désolée, roucoula Laurel comme si elle était à moitié ivre. On s'amusait, c'est tout. (Elle jeta un coup d'œil entendu à Emma.) Pardon d'être en retard.

– Oui, pardon, Mads, ajouta Thayer en regardant sa sœur, dont le visage s'était changé en masque de pierre.

– Pourquoi tu n'as pas répondu à mes appels ?

Thayer cligna des yeux.

– Je... je suppose que je n'ai pas entendu mon portable sonner.

D'un bond, Madeline sortit du bassin et arracha le téléphone de Thayer de sa poche de jean.

– Il n'est même pas allumé ! glapit-elle.

– Je n'avais pas vu. Je m'excuse, dit Thayer en levant les mains.

Madeline ne répondit pas. Les autres filles se taisaient, regardant autour d'elles d'un air embarrassé.

Comme si elle n'avait pas remarqué la tension dans l'air, Laurel laissa tomber son cabas en toile sur un rocher. Elle ôta sa robe en dentelle anglaise blanche et déplia une serviette de bain bleu marine sur son cabas.

Thayer fit passer son T-shirt noir par-dessus sa tête. Sa poitrine était lisse et bronzée, et le mouvement fit onduler ses muscles. Emma se surprit à loucher sur ses abdominaux et détourna très vite les yeux. C'était difficile de ne pas mater Thayer : il était tellement canon !

– Euh, je croyais que c'était une soirée entre filles, protesta Charlotte comme le jeune homme entrait dans l'eau.

Thayer haussa un sourcil.

– Vous parlez de trucs top secrets ?

Emma haussa les épaules.

– Plus ou moins, et…

– Oh, pitié ! (Laurel leva les yeux au ciel.) On peut bien mettre Thayer au courant. De toute façon, on va l'inviter. (Sans quitter Emma des yeux, elle se pelotonna contre le jeune homme.) D'un autre côté, c'est quoi ce truc que tu dis toujours, Sutton ? « Si je te raconte, je serai obligée de te tuer ? »

Soudain, Emma eut insupportablement chaud. Elle n'aimait pas rester assise là à discuter de meurtre avec Laurel, même pour rire.

Sans répondre, elle sortit de l'eau et s'enveloppa d'une immense serviette de plage. La fraîcheur nocturne calma son pouls. Prenant de grandes inspirations apaisantes, elle s'éloigna le long d'un des chemins pour tenter de s'éclaircir les idées.

Affaissée contre un gros rocher, elle regarda le ciel étoilé en se demandant combien de temps elle pourrait encore tenir. Il lui fallait une preuve concrète contre Laurel, un élément qui suffirait à la police pour l'arrêter.

– Sutton ?

Emma fit volte-face. Thayer se tenait devant elle, la peau humide et luisante. Il était un peu essoufflé, comme s'il avait couru pour la rattraper. Emma se força à ne pas regarder son ventre musclé. Ou ses biceps.

– Thayer ! appela Laurel d'une voix aiguë dans le lointain. Où es-tu passé ?

– Une seconde, répondit le jeune homme, l'air agacé. (Il reporta son attention sur Emma.) Tu vas bien ? s'inquiéta-t-il.

– Oui, oui, répondit-elle en fixant le sol et en essayant de rassembler son courage. (C'était l'occasion ou jamais d'interroger Thayer.) Et toi ? Tu t'amuses bien avec Laurel ?

L'expression du jeune homme se durcit.

– Qu'est-ce que ça peut te faire ?

Emma en resta bouche bée.

– Désolée. C'était juste pour faire la conversation.

Les larges épaules de Thayer se contractèrent.

– Je ne pige pas, Sutton. (Il secoua lentement la tête.) J'essaie de tourner la page, mais... (Sa voix mourut, emportée par la brise nocturne qui soufflait entre lui et Emma.) Je ne supporte pas de te voir avec Landry, finit-il par lâcher. J'ai envie de le tuer.

Oh, Thayer, chuchotai-je en souhaitant ardemment qu'il puisse m'entendre. Ça me brisait le cœur d'être si près de lui et de ne pas pouvoir lui expliquer ce que je ressentais encore pour lui. Ça me tuait une deuxième fois qu'il pense que j'avais cessé de l'aimer.

Emma frissonna dans son maillot encore mouillé.

– Je suis désolée, fut tout ce qu'elle trouva à dire.

Elle ne voulait même pas imaginer la douleur et la confusion de Thayer. Sutton était amoureuse de lui avant sa disparition. La nuit de leurs retrouvailles, il avait été renversé par une voiture, et à son retour, elle sortait avec quelqu'un d'autre. Emma culpabilisait terriblement de lui faire ça, mais elle ne pouvait pas non plus reprendre là où Sutton s'était arrêtée avec Thayer.

– Et... je m'excuse de n'avoir pas pu t'accompagner à l'hôpital ce soir-là, ajouta-t-elle. Ça fait longtemps que je voulais te le dire. Je comprends pourquoi tu as dû appeler Laurel, mais je continue à penser que ça aurait dû être moi...

Thayer partit d'un rire amer.

– Peu importe. C'est du passé.

– Mais je n'arrête pas d'y penser. (Emma entendit un bruit d'éclaboussures et des gloussements en provenance des bassins.) Est-ce que Laurel est restée avec toi ? s'enquit-elle sur un ton pressant. Après t'avoir amené aux urgences – elle ne t'a pas laissé seul, au moins ?

Thayer rit de nouveau, mais une lueur de colère passa sur son visage.

– Tu me prends pour une mauviette, ou quoi ? Je n'avais pas besoin que Laurel me tienne la main.

Emma cligna des yeux.

– Donc, elle n'est pas restée à l'hôpital ? insista-t-elle pour en être bien sûre.

Thayer secoua la tête.

– Elle est repartie presque tout de suite après m'avoir déposé, en grommelant qu'elle avait deux mots à te dire. Elle était furieuse. J'ai bien cru qu'elle allait te tuer. Je ne l'avais encore jamais vue se mettre dans un tel état.

Emma fit de son mieux pour ne pas se décomposer. C'était comme si Thayer récitait un script destiné à prouver la culpabilité de Laurel.

– Oh mon Dieu, souffla-t-elle.

Un vide s'ouvrit en moi. Jusqu'ici, je n'avais pas réalisé à quel point je voulais que Laurel soit innocente. Elle était ma petite sœur, la fille avec qui j'avais grandi et que je considérais autrefois comme ma meilleure amie. Mais Thayer venait d'anéantir le peu d'espoir qui me restait. Laurel n'était pas avec lui cette nuit-là, et elle n'était pas non plus chez Nisha avec le reste de l'équipe de tennis. Je devais accepter la vérité. Laurel, ma sœur, m'avait assassinée pour un garçon.

Quelqu'un toussa. Faisant volte-face, Emma découvrit une silhouette plantée au bout du chemin. Les yeux clairs de Laurel brillaient dans le noir.

– Donc, vous étiez ensemble, lâcha-t-elle d'une voix glaciale et atone.

De nouveau, les poils sur les avant-bras d'Emma se hérissèrent. Qu'est-ce que Laurel avait entendu, exactement ?

– On ne faisait que parler, bredouilla-t-elle.

– Ouais, acquiesça Thayer, son regard faisant la navette entre les deux filles comme s'il ne savait pas de quel côté se ranger.

Laurel les toisa d'un air furibond. Puis elle leva quelque chose à bout de bras. Lorsque le flash se déclencha, Emma réalisa que c'était un appareil photo. Après ça, Laurel fit demi-tour et, le dos très droit, rebroussa chemin vers les sources chaudes.

– Tu n'auras qu'à me rejoindre quand tu seras prêt, Thayer, lança-t-elle sans se retourner.

Emma et Thayer la suivirent des yeux, et mon cœur se serra à la vue des protagonistes de cette tragédie : le garçon que j'aimais, la jumelle que je n'avais pas connue, et la sœur qui me les avait pris tous les deux.

12

Rencontre sur la piste

Le lendemain matin, en cours de gym, Emma et un groupe d'autres filles faisaient des tours de piste au lieu de jouer au handball avec les garçons. Elles marchaient assez vite pour ne pas que leur prof rouspète, mais assez lentement pour ne pas transpirer et risquer de gâcher leur maquillage.

Emma s'efforçait de prêter l'oreille aux discussions de ses camarades : leur déception de voir le bal des moissons annulé, leur excitation concernant le retour de Thayer… Mais elle n'arrivait pas à se concentrer. La nuit précédente, elle avait à peine fermé l'œil – trop consciente que Laurel dormait à quelques mètres d'elle.

Quand Emma tourna au bout de la piste, elle aperçut Garrett qui montait en voiture dans le parking, et son esprit se focalisa brusquement sur lui. Pourquoi ce garçon si respectueux des règles quittait-il le lycée en pleine journée ? Et surtout, comment se faisait-il que Nisha soit avec lui, alors qu'elle avait affirmé qu'ils ne se voyaient plus ?

Je savais bien que la trêve qu'Emma avait conclue avec mon ennemie jurée était trop belle pour être vraie.

Une odeur de crème solaire et de parfum chatouilla les narines d'Emma au moment où un groupe de filles de seconde la dépassait sur la piste.

– Hé, Sutton ! appela Clara, qui se trouvait parmi elles.

Elle avait roulé les manches de son T-shirt de l'équipe de tennis sur ses épaules bronzées.

– Salut, répondit distraitement Emma en s'écartant de la palissade dont elle s'était rapprochée sans s'en rendre compte.

Elle ne voulait pas qu'on la voie en train d'espionner Garrett et Nisha. Il ne manquerait plus qu'une autre élève en mal de ragots suppose qu'elle en pinçait toujours pour Garrett et que la rumeur se répande dans tout le lycée.

Soudain, Emma vit Ethan assis dans les gradins de l'autre côté de la piste de course. Elle s'élança vers lui.

– Salut, beau brun, roucoula-t-elle à l'oreille du jeune homme en posant une main sur son épaule. Tu sèches les cours, ou quoi ? Je croyais que tu avais anglais à cette heure-ci.

Ethan se retourna brusquement. À la vue de son expression glaciale, Emma eut un mouvement de recul.

– Je suis occupé.

– Qu-qu'est-ce qui ne va pas ? bredouilla Emma.

Ethan détourna les yeux, balayant la piste du regard.

– Ethan ? insista Emma.

Mais le jeune homme ne répondit pas.

D'autres élèves passèrent, observant les deux jeunes gens en douce du coin de l'œil. Emma se força à sourire : elle ne voulait pas qu'ils remarquent qu'Ethan et elle se disputaient.

Au bout d'un moment, son petit ami sortit son portable et le tendit vers Emma en soupirant. Une photo sombre et floue s'affichait à l'écran. La jeune fille mit quelques instants à réaliser ce qu'elle voyait : Thayer et elle, debout sur un petit chemin, en train de parler. Ils étaient tous deux en maillot de bain, et leurs bras se touchaient presque.

Alors, Emma comprit. Laurel avait encore frappé. C'était elle qui avait pris cette photo, elle qui l'avait envoyée à Ethan.

– Tu ne vois pas qu'elle essaye de nous séparer parce qu'elle est jalouse ? chuchota Emma.

À moins qu'elle t'envoie un message, songeai-je. *Elle t'a entendue parler avec Thayer. Elle sait que tu enquêtes sur elle, et elle veut que tu arrêtes.*

Ethan laissa retomber le bras qui tenait son téléphone.

– C'est photoshopé ? Parce qu'on dirait un tête-à-tête romantique.

– J'étais en train d'interroger Thayer au sujet de la nuit du 31 août, révéla Emma. Tu ne vas pas en croire tes oreilles…

Soudain, une haie s'abattit sur le sol avec fracas. La prof d'athlétisme se précipita pour la redresser.

Emma déglutit péniblement. Ils ne pouvaient pas continuer à discuter ici, où n'importe qui pouvait les entendre.

– On marche un peu ? demanda-t-elle d'une toute petite voix.

Un moment, Ethan ne réagit pas. Quand il se décida enfin à se lever, Emma poussa un soupir de soulagement.

Ils se mirent à faire le tour de la piste d'asphalte rouge. Un groupe d'élèves les dépassa en courant. Lorsqu'ils arrivèrent à l'angle du local technique, Emma entraîna Ethan sur le côté et à l'intérieur de la petite pièce où les profs rangeaient les tapis de sol, les perches et les poids. Elle tira la porte derrière eux. Seul un rayon de soleil filtrait encore par l'entrebâillement ; ça aurait été très romantique si Ethan ne l'avait pas regardée avec les bras croisés sur la poitrine et une mine sévère.

– Thayer m'a dit que Laurel n'était pas restée avec lui à l'hôpital, chuchota Emma, sa voix résonnant contre le plafond bas du réduit. Elle l'a juste déposé aux urgences, et elle est repartie. Apparemment, elle était furieuse contre Sutton. Thayer a dit mot pour mot qu'elle voulait la tuer.

– Wouah. (Ethan siffla, toute colère évaporée face à cette nouvelle.) C'est dingue.

– Maintenant, il faut que je prouve sa culpabilité avant qu'elle m'élimine aussi. (Par l'entrebâillement de la porte, Emma regarda deux élèves rebondir sur le tapis de saut à la perche.) Je veux en finir avec cette histoire avant que ça tourne mal. La situation est en train de m'échapper. Outre le fait que je veux faire coffrer l'assassin de Sutton, j'en ai plus qu'assez de jouer un rôle. Je veux redevenir moi-même. Mais tant que ce meurtre ne sera pas résolu, ma vie restera en suspens. L'autre jour, j'ai réalisé que je ne pourrais peut-être pas aller à la fac.

Ethan se radoucit.

– Je sais, dit-il en l'enlaçant.

Emma enfouit la tête au creux de son épaule. Elle se sentait déjà mieux.

– Donc, tu n'es pas fâché contre moi ?

Ethan hésita.

– C'est dur de te voir avec Thayer.

– Tu sais que c'est avec toi que je veux être – et seulement avec toi.

– Oui. Mais je suis vexé que tu ne m'aies pas invité à vous accompagner aux sources chaudes. J'aimerais bien savoir où elles sont.

– Maintenant que je connais le chemin, je pourrais t'y emmener, le taquina Emma en enfonçant un index entre ses côtes. Ce serait encore mieux d'y aller seuls, non ?

– Si, sûrement, murmura Ethan.

– Tu as toujours l'intention de venir à la soirée d'anniversaire de M. Mercer demain, j'espère ? s'inquiéta Emma. Je ne crois pas que je pourrai tenir le coup sans toi. Surtout avec Laurel dans les parages. C'est déjà assez flippant de dormir dans la chambre voisine de la sienne. La nuit dernière, j'avais verrouillé ma porte et mes fenêtres.

Ethan fit mine de réfléchir.

– Je suppose que je pourrais venir, finit-il par lâcher du bout des lèvres. Mais seulement si tu es très, très sage. Et si tu promets de me présenter à cette fameuse grand-mère.

– Tu vas l'adorer. (Emma leva les yeux au ciel.) Mais elle empeste le Chanel N° 5 comme si elle s'était baignée dedans, et elle t'offrira sans doute une cigarette.

– Tu fais bien de me le dire : je penserai à apporter mon briquet, plaisanta Ethan. Oh, et en parlant de vieilles dames, j'ai presque réussi à craquer le code des caméras de sécurité. Je pourrai bientôt vous fournir la preuve que ce n'est pas vous qui avez décoré les arbres du lycée.

– Génial ! (Emma leva les mains d'un air extatique.) Les filles du Jeu du Mensonge vont vraiment t'adorer, pour le coup.

Ethan haussa un sourcil.

– Vous n'allez rien faire d'horrible à l'autre bande, pas vrai ? Je sais qu'elles vous ont cherchées, mais je sais aussi de quoi vous êtes capables.

– Ne me mets pas dans le même sac que les autres, s'il te plaît. Et nous ne ferons que leur rendre la monnaie de leur pièce, se défendit Emma. (Puis elle eut une idée.) En guise de blague à l'intérieur de la blague, on pourrait projeter la vidéo des caméras de sécurité sur un grand écran pendant le bal. Comme ça, tout le bahut saurait que ce n'est pas nous qui avons décoré les arbres, et les Quatre Canailles seraient forcées d'assumer.

Je trouvais que c'était une bonne blague, efficace mais pas cruelle.

Ethan acquiesça.

– Ça me va. Mais c'est de la photo en time-stop, pas un film en continu.

– Encore mieux, se réjouit Emma. (Brusquement pensive, elle s'adossa au mur du réduit.) Si seulement il existait une vidéo de la mort de Sutton ! Ça nous faciliterait drôlement la vie, hein ?

Ethan redevint grave.

– Tu crois vraiment que c'est Laurel qui l'a tuée ?

– Oui, vraiment. Mais ça ne signifie pas que la police sera du même avis.

– Tu as déjà fouillé sa chambre ?

Emma grimaça.

– Plusieurs fois, notamment le soir de l'anniversaire de Sutton. Et j'ai remarqué qu'elle avait inscrit les initiales de Thayer sur son calendrier à la date du 31 août.

Elle leva la tête vers Ethan. Laurel savait-elle que Thayer reviendrait à Tucson ce jour-là ? Avait-elle suivi Thayer et Sutton jusqu'à Sabino Canyon et renversé le jeune homme par erreur, alors qu'elle visait sa sœur ?

– Mais je n'ai encore jamais regardé dans ses tiroirs. J'imagine que je vais devoir m'y coller.

– Bonne idée. (Ethan se pencha pour l'embrasser.) On ne sait jamais. Si ça se trouve, j'assisterai au prochain bal du lycée avec Emma Paxton.

– Peut-être, murmura Emma, une lueur d'espoir se rallumant dans son cœur

Ethan lui prit la main, et ils sortirent ensemble du réduit.

Le soleil les éclairait tel un projecteur. Je me demandai si Emma aurait droit à sa fin heureuse. Si, après avoir envoyé Laurel en prison, elle continuerait à vivre dans ma maison et à fréquenter mes amies. Si elle irait à l'université d'Arizona avec Ethan grâce à une bourse qui couvrirait tous ses frais. D'un autre côté, j'étais bien placée pour savoir que tout le monde n'a pas droit à une fin heureuse...

13

FAITES CONFIANCE AUX MAMIES

– Sutton ? appela une voix à travers la porte de sa chambre le vendredi soir.

Emma sauta au bas du lit, sur lequel elle s'était vautrée pour passer en revue la liste de suspects commencée peu de temps après son arrivée à Tucson. Tout en haut de la page, le nom de Laurel avait été barré d'un épais trait à l'encre noire, mais Emma l'avait de nouveau inscrit en bas, sous celui de Thayer, barré lui aussi, et souligné trois fois.

Comme elle refermait son carnet en hâte et le fourrait sous le lit de Sutton, Grand-Mère Mercer passa la tête dans la pièce.

– C'est quoi, ça ? demanda-t-elle en fixant quelque chose par terre, les yeux plissés.

Emma suivit la direction de son regard. Le carnet dépassait du couvre-lit blanc orné de volants.

– Juste mon journal, marmonna-t-elle comme si ça n'avait pas la moindre importance, en le poussant du pied pour le faire disparaître sous le lit.

Grand-Mère ouvrit la porte en grand. Fidèle à son habitude, elle était tirée à quatre épingles : tailleur en tweed sur mesure et escarpins à talons hauts. Son rouge à lèvres ne bavait pas, et ses cheveux ne bougeaient pas quand elle marchait. Une légère odeur de fumée émanait de ses vêtements. Emma se demanda si cela avait réellement pu échapper à M. Mercer.

– Tu as des devoirs ?

– Pas vraiment. J'ai presque fini, répondit Emma.

– Tant mieux. Du coup, tu peux venir avec moi, se réjouit Grand-Mère en lui tendant la main. La soirée d'anniversaire de ton père a lieu demain, et il m'a confié une mission de dernière minute. (Elle grimaça.) Bon d'accord, il ne m'a rien demandé, mais je pense que certains détails ont été négligés. Par exemple, sais-tu que ta mère n'a prévu aucun plan d'éclairage ?

Emma ouvrit la bouche et la referma très vite. Il lui semblait que Mme Mercer avait tout planifié dans le moindre détail. Elle avait passé la semaine à appeler le traiteur pour modifier le menu. Elle avait engagé un orchestre latino et passé ses soirées à s'entraîner, en stressant parce que ce serait la première fois qu'elle danserait la salsa. Emma la trouvait adorable de déployer autant d'efforts pour offrir une soirée mémorable à son mari. Mais il était inutile de discuter avec Grand-Mère Mercer. C'était le genre de femme qui parvenait toujours à ses fins, et qui ne tolérait aucun « mais ».

Je me demandai si c'était d'elle que je tenais mon caractère têtu. Puis je me souvins : j'étais une enfant adoptée. Je n'avais pas de gènes en commun avec Grand-Mère.

Celle-ci ayant décrété que son jean et son T-shirt étaient une tenue « trop débraillée » pour se rendre chez Neiman Marcus, Emma les ôta pour enfiler une robe en coton et des chaussures à petits talons. Bientôt, elle se retrouva assise dans le confortable siège passager de la Cadillac noire – et, quelques minutes plus tard, elle déambulait dans le rayon parfumerie de Neiman Marcus avec la vieille dame, fronçant le nez à cause de toutes les odeurs mélangées.

Un souvenir s'imposa à mon esprit. Je me revis dans ce magasin avec ma grand-mère quand j'étais beaucoup plus jeune. Au comptoir Estée Lauder, une vendeuse avait demandé si je voulais qu'elle me maquille, et Grand-Mère m'avait fait asseoir sur le tabouret.

– Ce sera notre petit secret, avait-elle dit sur un ton de conspiratrice.

Peut-être n'était-elle pas si terrible, en fin de compte.

Grand-Mère ôta ses gants de conduite en cuir blanc.

– Tu es contente qu'on fête l'anniversaire de ton père demain soir ?

– Bien sûr. Ne serait-ce que parce que Maman pourra enfin se détendre après ça, sourit Emma.

– Tu as invité un garçon ? s'enquit Grand-Mère en s'arrêtant pour sentir le nouveau parfum de chez Dior.

– Oui.

– Celui qui t'a attiré tous ces ennuis ?

– Thayer ? Comment tu es au courant ? s'étonna Emma.

Après tout, Sutton et lui se fréquentaient en secret.

– Ta sœur m'en a parlé il y a quelques mois, révéla Grand-Mère. Elle a dit que ça crevait les yeux, et que ton amour pour lui était… quel mot a-t-elle employé, déjà ? Obsessionnel, peut-être. Ou dangereux.

Soudain, la tête d'Emma lui tourna. Pourquoi Laurel avait-elle parlé de Sutton et de Thayer à leur grand-mère ?

Et si quelqu'un éprouvait un amour obsessionnel pour Thayer, ce n'était pas moi, mais elle !

– Oh, lâcha Emma. Non, c'est quelqu'un d'autre. Il s'appelle Ethan Landry.

– Tant mieux, approuva Grand-Mère. Pour te dire la vérité, je crois que ta sœur était un peu jalouse. (Elle s'arrêta au milieu du rayon des foulards et prit les mains d'Emma.) Je sais que je suis dure avec toi, ma chérie. Et que j'ai l'air froide la plupart du temps. Mais je veux juste ce qu'il y a de mieux pour toi. Je veux que tu aies la meilleure vie possible. Du coup, quand j'apprends que tu voles dans les magasins, que tu sors avec des garçons peu recommandables, que tu as des notes bien en dessous de tes capacités ou que tu te disputes constamment avec ta sœur… je me fais du souci. Je ne veux pas qu'il t'arrive malheur, tu comprends ? Je ne veux pas que tu finisses comme…

Sans achever sa phrase, elle pinça les lèvres.

Emma fronça les sourcils.

– Comme qui ?

Une expression indéchiffrable passa sur le visage de Grand-Mère. On aurait presque dit de la peur. Puis un grand fracas se fit entendre non loin d'elles, et la vieille femme se retourna. Quelqu'un venait de faire tomber un présentoir. Des vendeuses se précipitèrent pour le redresser.

Quand Grand-Mère reporta son attention sur Emma, elle s'était ressaisie.

– Et pour être honnête, je m'inquiète aussi un peu pour Laurel. C'est moi, ou elle a l'air… distraite ces derniers temps ? Comme si elle était préoccupée par quelque chose dont elle ne pouvait pas parler ?

Emma sentit ses oreilles devenir brûlantes.

– On peut dire ça comme ça, oui, murmura-t-elle, davantage pour elle-même que pour la grand-mère de Sutton.

– Tu sais de quoi il s'agit ?

De la sueur perlait dans la nuque d'Emma. Du coin de l'œil, la jeune fille aperçut un éclair de cheveux blonds. Elle se retourna, certaine d'avoir vu quelqu'un bondir pour se cacher.

– Je n'en ai pas la moindre idée, répondit-elle en déglutissant avec difficulté.

– Ah. (Serrant son sac à main contre elle, Grand-Mère se dirigea vers les escalators.) En tout cas, j'ai l'impression qu'elle ne mijote rien de bon.

Sans déconner, songea Emma en suivant la vieille dame dans les escaliers roulants.

Une angoisse glaciale me saisit. Une chose était sûre : Emma devait fouiller la chambre de Laurel le plus vite possible afin de dégoter une preuve tangible et de mettre fin à cette mascarade une bonne fois pour toutes.

14

RAQUETTÉE

Le samedi après-midi, Emma se tenait devant la porte de la chambre de Laurel, une main posée sur la poignée. Au rez-de-chaussée, elle entendait M. et Mme Mercer s'agiter, réglant les détails de dernière minute pour la réception du soir, mais Laurel ne se trouvait pas dans la maison. Sans doute était-elle sortie avec Thayer.

Tournant la poignée, Emma pénétra dans sa chambre. L'odeur de tubéreuse du parfum qu'utilisait la sœur de Sutton l'assaillit telle une vague de chaleur. Deux bougies reposaient sur son bureau, où elles voisinaient avec un pot plein de stylos et une photo encadrée de cinq mustangs sauvages courant à travers une prairie. C'est le genre d'image impersonnelle qu'on aurait pu trouver dans un hôtel, et elle contrastait fortement avec le collage de rubans de tennis et de photos de l'équipe que Laurel avait punaisé au mur.

Près de la penderie, Emma aperçut une photo en noir et blanc qui montrait Thayer debout dans le parking de Sabino Canyon, un bras passé autour des épaules de Laurel. La photo était légèrement de travers, si bien qu'on devinait le bord d'un autre cliché dessous. En la soulevant, Emma découvrit une photo de Sutton et Laurel bras dessus bras dessous, dans une pose presque identique à celle de Thayer et Laurel.

Un long moment, elle étudia le visage souriant des deux sœurs. On aurait dit les meilleures amies du monde.

Moi aussi, je scrutais la photo en essayant de me rappeler quand elle avait été prise. L'année précédente, pendant les vacances d'été ? Après un tournoi de tennis ? Peut-être même avant. Laurel et moi avions l'air si heureuses ! Je ne voyais vraiment pas ce qui avait bien pu se produire pour que nos rapports changent à ce point. On s'était peut-être éloignées l'une de l'autre quand je m'étais fait des amies plus cool. Ou peut-être était-ce entièrement à cause de Thayer.

Emma ouvrit un des tiroirs du bureau, qui coulissa avec un grincement. Il contenait une gomme rose vif en forme de cœur, des trombones aux couleurs de l'arc-en-ciel et une agrafeuse. Des stylos Bic roulaient dans le fond. Des feuilles de carnet arrachées étaient entassées pêle-mêle. Emma en saisit une.

Mads, il faut que je te parle de quelque chose. C'est très important. Laurel avait souligné le « très » trois fois. *Il s'est passé un truc cet été, et j'ai besoin de me confesser. La culpabilité me ronge. Laurel.* Le message était daté du 6 septembre, une semaine après la disparition de Sutton.

Emma lâcha le papier comme si elle s'était brûlée. Laurel n'avait quand même pas envisagé de tout avouer à Madeline, si ? Ou comptait-elle juste lui dire qu'elle avait vu son frère ? Dans un cas comme dans l'autre, elle n'avait visiblement pas été jusqu'au bout de son impulsion.

Fourrant la note dans la poche arrière de son jean, Emma regarda sous le lit, sous le matelas et à l'intérieur de la penderie. *Rien.* Elle était sur le point de battre en retraite quand elle aperçut un bout de scotch bleu qui dépassait de dessous le fauteuil – le genre de scotch dont Laurel et elle enveloppaient le manche de leurs raquettes de tennis.

En s'accroupissant, elle découvrit une raquette que quelqu'un avait poussée sous le fauteuil. Elle la sortit et l'examina. Les cordes teintes en rouge étaient tellement enfoncées au milieu que c'était un miracle qu'elles n'aient pas cassé. Quand Emma les toucha, quelques flocons rouges se détachèrent. Ce n'était pas de la teinture, mais du sang séché.

Les mains d'Emma se mirent à trembler. Le cadre aussi était plié, comme s'il avait servi à frapper quelque chose – ou quelqu'un. En se penchant pour l'examiner de plus près, Emma vit un long cheveu châtain enroulé autour du bois – un cheveu identique aux siens. Un cheveu de Sutton ? La nausée l'assaillit. Tenait-elle en main l'arme du crime ?

Emma lâcha précipitamment la raquette. Maintenant, ses empreintes étaient dessus avec celles de Laurel. Elle se souvint de ce qu'Ethan lui avait dit après qu'elle lui avait révélé sa véritable identité : *Si tu t'enfuis, tout le monde pensera que c'est toi qui l'as tuée pour prendre sa place.* Laurel comptait peut-être là-dessus. Elle espérait peut-être qu'Emma découvrirait la raquette, et qu'elle pourrait ainsi lui faire porter le chapeau.

Crac.

Des pas résonnèrent dans l'escalier. Emma se redressa en sursaut au moment où la porte de la chambre s'ouvrait. M. Mercer apparut sur le seuil, l'air surpris.

– Sutton ?

– Coucou, bredouilla Emma en passant une main dans ses cheveux.

Son cœur battant la chamade, elle fit un pas pour se placer devant la raquette tombée à terre.

M. Mercer s'appuya contre le chambranle de la porte en haussant un sourcil.

– Laurel sait que tu es dans sa chambre ?

– Euh… (L'esprit d'Emma s'éparpilla dans un million de directions tandis que la jeune fille s'efforçait d'inventer une excuse.) Je cherchais un bracelet qu'elle m'a emprunté. Je voulais le porter ce soir. (Elle haussa les épaules et écarta les mains en signe d'impuissance.) Mais je ne l'ai pas trouvé. Elle a dû sortir avec.

M. Mercer consulta sa montre.

– En parlant de ça, je ferais bien de commencer à me préparer. Je ne peux pas arriver en retard à ma propre soirée, pas vrai ?

Emma se força à sourire. Dès que le père de Sutton eut tourné les talons, elle poussa de nouveau la raquette sous le fauteuil, comme si c'était un accessoire de sport ordinaire et non la possible arme d'un crime qui la touchait de très près. Son estomac se souleva tandis qu'elle imaginait involontairement Laurel défonçant le crâne de Sutton.

Les mêmes visions tourbillonnaient dans ma tête. Fermant les yeux, je tentai d'invoquer le souvenir de Laurel me portant un coup mortel… mais rien ne vint.

J'étais sur le point d'abandonner quand une image s'imposa à mon esprit : Laurel et moi, perchées au bord d'une falaise rocheuse surplombant Sabino Canyon – cette même falaise en haut de laquelle j'avais emmené Thayer.

– La vue est magnifique, tu ne trouves pas ? demandais-je à Laurel.

Ses yeux clairs balayaient le paysage du regard, et un sourire timide fleurissait sur ses lèvres. Puis, d'une voix parfaitement claire, elle répondait :

– C'est l'endroit parfait pour disparaître.

15

La surprise d'anniversaire

Emma descendit de la voiture de M. Mercer et regarda celui-ci tendre les clés à un employé blond en uniforme rouge et doré.

– Bienvenue à Loews Ventana Canyon, monsieur Mercer, entonna le voiturier en désignant l'hôtel derrière eux.

– Merci.

Le père de Sutton salua l'employé d'un signe de tête, puis se dirigea vers l'entrée de l'hôtel comme quelqu'un qui était déjà venu là des centaines de fois. Ce qui était sans doute son cas, et celui de Sutton. Mais pour Emma, cet endroit était très nouveau avec son parking rempli de Bentley, de Mercedes et de Porsche à la carrosserie étincelante.

La façade en pierre couleur d'argile semblait se fondre dans la montagne parsemée de cactus qui se dressait derrière elle. Deux gros chaudrons flanquaient l'entrée, et à travers l'imposante double porte vitrée, Emma apercevait un hall en marbre. « *Un cinq-étoiles pour la petite provinciale* », rédigea-t-elle dans sa tête. À côté de ce palace, le spa du Nevada où elle avait travaillé comme préposée aux serviettes ressemblait à une station de lavage automatique de voitures – et pas la plus reluisante !

Des fragments de souvenir s'agitaient à la lisière de ma mémoire. Je nous voyais, mes amies et moi, suivant un cours de yoga ici. Je devinais que c'était l'été, parce que l'horloge murale affichait sept heures du matin et que nous transpirions déjà. Pendant la relaxation finale, alors que nous étions toutes allongées sur nos tapis et censées faire le vide dans notre esprit, des pensées désagréables s'étaient mises à tourbillonner dans le mien. Mais impossible de me rappeler lesquelles. Culpabilisais-je de tromper Garrett avec Thayer ? Étais-je préoccupée par la jalousie féroce de ma petite sœur ? Avais-je conscience que quelques semaines à peine – quelques jours, peut-être – me séparaient de ma propre mort ?

– On arrive à l'instant, dit Laurel dans son téléphone comme Emma et elle pénétraient dans le hall.

Elle parlait à Mme Mercer, qui était venue en début d'après-midi pour mettre la dernière main aux préparatifs. Grand-Mère l'avait accompagnée, sans doute pour réarranger les serviettes de table et les couverts en argent.

Laurel glissa son iPhone dans son sac de soirée et jeta un regard en biais à Emma.

– Tu n'as franchement pas l'air d'humeur à faire la fête ce soir. Souris un peu !

Emma réprima un frémissement. Laurel était rentrée à la maison quelques minutes après qu'Emma avait battu en retraite dans la chambre de Sutton. Se glissant en douce dans le couloir, Emma l'avait regardée se planter au milieu de sa propre chambre et se tapoter la lèvre avec l'index. Puis Laurel avait fait volte-face et dévisagé Emma, qui s'était dépêchée de s'enfermer dans les toilettes comme si elle n'avait pas été en train de l'espionner. Laurel s'était-elle rendu compte qu'elle avait fouillé dans ses affaires ? Savait-elle ce qu'Emma avait découvert ?

Une image de la raquette ensanglantée s'imposa à mon esprit tandis que j'observais Laurel. Éprouvait-elle du remords ? Comment parvenait-elle à se comporter comme si tout allait bien ?

Haussant les épaules suite à la remarque de Laurel, Emma suivit M. Mercer qui montait les marches pavées et dépassait une fontaine en cristal pleine de poissons orange et blanc gros comme des hamsters.

Quand elle aperçut son reflet dans les miroirs sur le plafond du hall, la jeune fille se reconnut à peine. Elle avait choisi dans la penderie de Sutton une robe de cocktail vert émeraude et des escarpins dorés à petits talons. L'étiquette de la robe n'avait pas été coupée, et elle indiquait un prix supérieur à sept cents dollars. Emma l'avait enfilée avec mille précautions, terrifiée à l'idée de déchirer une couture ou de faire une tache de déodorant.

– Et voilà le héros du jour ! lança une voix rauque familière.

Grand-Mère Mercer, vêtue d'une robe de bal noir et doré qu'une actrice d'un certain âge aurait pu arborer le soir des Oscars, traversa le hall d'une démarche aussi élégante que si elle flottait au-dessus du sol.

– Viens par ici ! dit-elle en saisissant le bras de son fils. (Sa bouche était soulignée par un rouge à lèvres rose vif.) Cet endroit est fabuleux !

Elle sourit à Laurel et Emma, puis les entraîna vers les canapés en cuir blanc qui entouraient une cheminée. Des peaux de vache tachetées noir et blanc recouvraient le plancher. Grand-Mère poussa une double porte vitrée, et ils sortirent sur une terrasse de pierre qui surplombait un bassin bleu foncé. Au-delà s'étendaient des kilomètres et des kilomètres de désert.

Les invités se pressaient déjà dehors : hommes en costume sombre ou chemise de soirée et pantalon de lin, femmes en robes aux couleurs de joyaux. Le soleil déclinait vers l'horizon, teintant le ciel en rose barbe à papa, et des serveuses circulaient parmi la foule avec des plateaux de cocktails.

– Kristin s'est vraiment surpassée, déclara M. Mercer comme s'il trouvait que c'était beaucoup trop.

Mais Emma voyait bien que ça lui faisait plaisir.

Grand-Mère se rembrunit.

– J'ai participé à l'organisation, moi aussi.

Au lieu de lui répondre, M. Mercer braqua son regard sur quelqu'un qui se tenait de l'autre côté de la terrasse. Emma se dressa sur la pointe des pieds pour mieux voir. Elle frissonna. C'était Thayer Vega, incroyablement séduisant avec son pantalon en toile moulant et sa chemise blanche. Il avait repoussé ses cheveux mi-longs en arrière et parlait à son père en acquiesçant d'un air grave.

M. Mercer blêmit. Il se tourna vers ses filles.

– C'est l'une de vous qui l'a invité ?

Mme Mercer se glissa entre eux. Elle était superbe avec sa robe portefeuille Diane von Furstenberg et ses clous d'oreille en diamant.

– Tout va bien, chéri ? La soirée est à ton goût ?

Son mari la toisa sévèrement.

– Qu'est-ce qu'il fout ici ?

Mme Mercer suivit la direction de son regard et pinça les lèvres.

– J'ai invité les Vega, dit-elle en faisant un effort visible pour garder son calme. De toute évidence, ils ont pensé qu'ils pouvaient emmener leur fils. Maintenant, détends-toi et profite de la fête. Ne faisons pas de vagues, s'il te plaît.

Le visage de M. Mercer se changea en masque de pierre.

– J'étais sérieux l'autre jour, quand je vous ai demandé de vous tenir à l'écart de ce garçon, dit-il à Emma et Laurel, les yeux étincelants. Promettez-moi que je peux vous faire confiance.

Emma leva les mains.

– Pas de problème.

– Tu peux toujours me faire confiance, Papa, affirma Laurel d'une voix sucrée en coinçant une mèche de cheveux blonds derrière son oreille.

Presque aussitôt, M. Mercer fut happé par certains de ses invités. Emma se dirigea vers le buffet, sur lequel s'étalaient tous les types de nourriture possibles et imaginables : canapés de toutes sortes, filet mignon, légumes grillés, soufflés...

Après avoir enfourné un cube de fromage dans sa bouche, Emma regarda autour d'elle, cherchant Ethan et ses amies. À travers la foule, elle repéra une voisine des Mercer qui gesticulait en parlant à un groupe d'autres femmes.

– ... Et nous avions invité le pasteur Wilkins à cette réunion de notre club de lecture. Qui aurait pu deviner qu'un roman sélectionné par Oprah contiendrait des scènes aussi cochonnes ?

Près du bar, deux fillettes sirotaient des cocktails aux fruits en prenant des mines d'adultes. Puis Emma aperçut M. Chamberlain, le père de Charlotte. Il avait un bras passé autour de la taille de sa femme, dont la mini-robe à imprimé léopard moulait chacune des courbes parfaites.

Au même moment, M. Mercer s'approcha d'eux et donna une grande claque dans le dos de M. Chamberlain. Celui-ci lui dit quelque chose à l'oreille, et le père de Sutton s'esclaffa en rejetant la tête en arrière.

Emma cligna des yeux. Elle n'avait pas réalisé que les deux hommes se connaissaient. Elle n'avait rencontré M. Chamberlain qu'une seule fois, le soir même de son arrivée à Tucson. Il l'avait saluée dans le parking de Sabino Canyon avec un air gêné, comme si elle l'avait surpris dans un endroit où il n'était pas censé se trouver. Emma sentait que quelque chose ne tournait pas rond chez les Chamberlain, mais Charlotte ne lui en avait jamais parlé, et Emma n'avait pas voulu se montrer indiscrète.

– Sutton ? s'exclama quelqu'un derrière elle.

Faisant volte-face, Emma faillit percuter Charlotte, Madeline et les Jumelles Twitteuses. Les quatre filles portaient chacune une robe de cocktail. Celle de Charlotte était rouge, ce qui mettait en valeur son teint laiteux. Celle de Madeline était pourpre et lui donnait des allures de vamp. Celles de Gaby et Lili étaient doré et argent, et leur couvraient à peine le haut des cuisses.

– Souriez ! claironna Gaby en levant son téléphone pour prendre une photo. Je vais tweeter qu'une soirée d'anniversaire pour les 55 ans de quelqu'un, ça peut être super fun quand on a la bonne attitude.

Elle fit un clin d'œil à Laurel et à Emma.

Charlotte passa un bras autour des épaules de cette dernière.

– Alors, tu t'amuses bien ?

– C'est un très bel endroit, éluda Emma en observant le couple Mercer, qui se tenait maintenant devant une table couverte de cadeaux.

Le père de Sutton secoua la tête d'un air incrédule, comme pour dire : « C'est impossible que tous ces paquets soient pour moi. »

– Où est Laurel ?

Madeline balaya la foule du regard. Avant que quiconque puisse lui répondre, elle annonça qu'elle devait la trouver et partit à sa recherche, faussant compagnie au reste de la bande. À en juger son air pincé, Emma devina qu'elle craignait que Laurel soit avec Thayer.

Gaby suivit Madeline des yeux en se déhanchant.

– Wouah. Elle le piste comme un chien de chasse.

– Je te parie que c'est à cause de leur père, avança Lili en désignant l'autre côté de la terrasse, où M. Vega et sa femme picoraient des fraises enrobées de chocolat.

– Vous savez ce que j'ai entendu ? chuchota Gaby en continuant à pianoter sur l'écran de son iPhone. Le père de Madeline met la pression à Thayer pour qu'il rattrape son retard au lycée, et il l'a privé de sortie, genre à vie, pour leur avoir fait subir un enfer quand il a disparu. (Elle écarquilla les yeux.) D'ailleurs, à votre avis, pourquoi Thayer s'est-il enfui ? Mads ne veut rien nous dire. Vous pensez qu'il trempait dans un trafic de films pornos ?

– Non ! s'exclama Emma sans réfléchir.

Charlotte la dévisagea avec curiosité.

– Tu sais où Thayer était passé pendant tout l'été ?

Emma se mordit les lèvres.

– Bien sûr que non, répondit-elle avec raideur. Mais je sais qu'il ne ferait jamais ce genre de chose.

Puis, à travers les sculptures de glace qui fondaient lentement, elle repéra un jeune homme en pantalon noir et chemise bleu clair, debout près de la porte-fenêtre. Son cœur se gonfla de joie.

– Ethan ! appela-t-elle en lui faisant signe.

Son petit ami scruta la foule un moment avant de la repérer. Avec un large sourire, il s'avança vers elle sans prêter attention aux serveuses chargées de plateaux de nourriture ou d'alcool.

– Salut, dit-il en détaillant Emma de la tête aux pieds. Tu es superbe.

Emma l'embrassa sur la joue tandis que son estomac faisait une petite cabriole.

– Toi aussi.

Elle passa ses mains dans les cheveux encore humides d'Ethan. Sa peau sentait le savon Ivory.

Ethan dit bonsoir à Charlotte et aux Jumelles Twitteuses, qui l'accueillirent comme s'il était un vieil ami. Puis il examina le buffet, sur lequel trônaient désormais une fontaine de chocolat et une dizaine de gâteaux différents. Il siffla tout bas.

– La vache.

– Mme Mercer n'a pas lésiné sur les moyens, commenta fièrement Emma.

– J'ignorais qu'il y aurait tant de gens de Hollier, commenta Ethan.

Alors seulement, Emma remarqua combien leurs camarades étaient nombreux parmi les invités. Elle reconnut des filles de l'équipe de tennis venues avec leurs parents – dont Nisha, radieuse dans sa courte robe blanche. Une élève de son cours d'allemand traînait au bar en compagnie de deux garçons de l'équipe de tennis masculine, et d'autres filles qu'Emma avait aperçues à la soirée d'anniversaire de

Sutton gloussaient près de l'orchestre. Beaucoup de ces lycéens observaient Emma et Ethan comme s'ils étaient le nouveau couple vedette de Hollier.

Emma prit un verre d'eau gazeuse sur le plateau d'un serveur qui circulait parmi la foule et haussa les épaules.

– Je crois que Mme Mercer fait partie de l'association de parents d'élèves. Elle s'est peut-être liée avec les autres parents au fil des ans.

Ethan baissa les yeux.

– Les miens ne se sont jamais beaucoup impliqués dans ma scolarité.

Emma lui pressa le bras et lui donna un baiser rapide avant de l'entraîner dans un coin tranquille.

– J'ai trouvé quelque chose dans la chambre de Laurel, lui annonça-t-elle à voix basse. (Elle prit une grande inspiration.) Je crois que c'est l'arme du crime.

Ethan écarquilla les yeux tandis qu'elle lui racontait sa découverte de la raquette de tennis.

– Tu l'as emportée ?

Emma grimaça.

– Non, je craignais que Laurel remarque sa disparition. Et maintenant, il y a mes empreintes dessus.

Ethan se tourna vers la foule et regarda passer un serveur qui portait un plateau de tartelettes aux fruits.

– C'est peut-être la preuve que tu cherchais, dit-il à Emma d'une voix pressante.

– Je sais, mais comment faire ? désespéra la jeune fille. Si seulement on pouvait faire analyser le cheveu, ou une partie du sang… mais ça impliquerait de révéler à la police que Sutton est morte. (Elle réfléchit en se mordant la lèvre.) J'imagine que je pourrais leur envoyer un message anonyme pour tout leur raconter, et quitter la ville immédiatement. Comme ça, même s'ils essaient de me faire porter le chapeau, je serai loin. Et pour ce qui est de recommencer ma vie à zéro sous un faux nom, j'ai de l'expérience.

Elle partit d'un petit rire amer.

Cette suggestion eut l'air d'horrifier Ethan.

– Mais si tu révèles que Sutton est morte et que tu quittes la ville, l'assassin risque de se lancer à ta poursuite. Et puis, tu irais où, et pour faire quoi ? Ta vie est ici, et c'est une vie géniale.

– C'est la vie de Sutton, lui rappela Emma. (Puis ses épaules s'affaissèrent.) Mais tu as raison. Je n'ai aucune idée de ce que je ferais. Je n'ai plus de vie à moi. Je n'ai plus rien du tout.

Pivotant vers le désert, elle balaya du regard les lumières qui entouraient le bassin, les amas de rochers et le ciel teinté de rose par le soleil couchant. Les notes mélodieuses du quatuor à cordes flottaient dans l'air. Emma s'autorisa à savourer ce moment, à faire comme si sa place était réellement là.

Ethan se pencha vers elle.

– Tu m'as, moi, dit-il doucement.

Emma l'enlaça.

– Dieu merci.

Quand ils se séparèrent, la jeune fille eut l'impression que quelqu'un la regardait depuis l'autre côté de la terrasse. C'était Laurel, qui bavardait avec Madeline et se tenait bien plus près de Thayer que M. Mercer ne l'y avait autorisée. Mais ce dernier n'était nulle part en vue pour le moment. Laurel fixait Emma d'un air menaçant, et la peur étreignit la jeune fille.

Ethan, qui avait lui aussi remarqué Laurel, attira Emma contre lui en un geste protecteur. Emma ne se sentit pas mieux pour autant. Au contraire, la présence de tant de monde autour d'elle lui donnait l'impression d'étouffer. Elle posa une main sur le bras d'Ethan.

– J'ai besoin de me rafraîchir. Je reviens tout de suite.

Ethan acquiesça.

– Tu veux que je t'accompagne ?

– Inutile, ça me fera du bien d'être un peu seule.

Emma rebroussa chemin vers le hall de l'hôtel. Les peaux de vache étaient toujours étalées par terre devant la cheminée. Des orchidées en pot reposaient sur des consoles en pierre ; des photos de gens à l'air important étaient accrochées aux murs dans des cadres en argent.

Comme Emma longeait un couloir interminable, un murmure fébrile l'arrêta net. Deux personnes parlaient à voix basse dans une des salles de conférences. Emma les aurait dépassées sans leur prêter attention si elle n'avait pas reconnu la voix rauque d'une grande fumeuse.

– Tu l'as revue ? demanda Grand-Mère Mercer, frémissante de rage.

– Oui, répondit une voix masculine tremblante.

Emma se plaqua la main sur la bouche. C'était le père de Sutton.

Elle jeta un coup d'œil par la porte entrebâillée. M. Mercer et sa mère se tenaient au fond de la pièce, devant un grand écran blanc. La grand-mère de Sutton avait l'air très contrariée.

– Qu'est-ce que tu as dans la tête ? siffla-t-elle en se penchant vers son fils comme si elle brûlait d'envie de le gifler. Elle est toxique pour cette famille. Tu dois arrêter ça tout de suite !

– Mais…, protesta faiblement M. Mercer.

– Il n'y a pas de « mais » qui tienne ! aboya sa mère. Et si Kristin découvrait la vérité ?

Emma cligna des yeux. M. Mercer fréquentait une femme « toxique pour cette famille ». Il venait de le confirmer lui-même ; pourtant, Emma avait du mal à croire qu'il puisse tromper Mme Mercer.

Franchement, je n'y croyais pas non plus. Ce n'était pas du tout son genre. Mon père avait toujours été un citoyen respectueux des lois, dévoué à sa famille et à ses patients. Pourquoi fallait-il que tout le monde dans ma famille cache un secret terrible ?

– Sutton ?

Des bruits de pas résonnèrent derrière Emma. La jeune fille sursauta et se retourna, heurtant la console dressée contre le mur. Le visage de Thayer tangua devant ses yeux tandis que le jeune homme répétait :

– Sutton ?

Mais avant qu'Emma puisse répondre, un grand soliflore posé sur la console vacilla et tomba comme au ralenti. Il s'écrasa par terre, où il se brisa en mille morceaux.

Dans la salle de conférences, M. Mercer et sa mère se retournèrent d'un même mouvement. Ils regardèrent d'abord le vase brisé, puis Emma. Tout le sang reflua du visage de Grand-Mère Mercer, tandis que la bouche de son fils s'arrondissait en un O consterné.

Passant une main dans ses cheveux, M. Mercer fonça vers Emma. Ses yeux jetaient des éclairs.

– Oh mon Dieu, couina la jeune fille, prise en flagrant délit.

Quand elle se retourna, Thayer n'était plus derrière elle, mais en train de se faufiler dans les toilettes des hommes. Sans prêter attention à la porte battante qui oscillait derrière lui, Emma s'élança vers la sortie la plus proche pour fuir l'hôtel.

Je fus entraînée à sa suite, loin de mon père, loin de sa soirée d'anniversaire, et dans l'immense désert qui s'étendait au-delà. Mais quelque chose dans le regard de mon père et la course éperdue de ma jumelle mit des rouages en branle dans ma tête. Une fois de plus, je basculai tête la première dans un souvenir retrouvé.

Un souvenir que je n'avais aucune envie de revivre.

16

Encore une qui mord la poussière

Si je te mets la main dessus, je te tue.

Qu'est-ce qu'elle peut faire comme cinéma ! *Voilà ce que je pense en rangeant mon téléphone dans ma poche après avoir effacé le texto de Laurel.*

Mais tout de suite après, j'éprouve un léger pincement d'angoisse. Nous n'aurions peut-être pas dû lui demander d'emmener Thayer à l'hôpital. Je sais à quel point elle en pince pour lui. Je savais le mal que ça lui ferait d'apprendre qu'on sort ensemble en secret. Et d'un autre côté, j'avais un peu envie de m'en vanter. De damer une fois de plus le pion à ma petite sœur. Mais peut-être ai-je poussé le bouchon trop loin.

Je regarde autour de moi. Il fait si noir dans le canyon que c'est à peine si je distingue mes doigts devant ma figure, et je n'ai de nouveau plus de réseau. Au sommet de la pente, je devine vaguement la route.

Le bitume est craquelé, et des graviers y dessinent des lignes en zigzag.

Mon cœur bat dans ma gorge. Depuis le temps, j'aurais dû atteindre le lotissement de Nisha. Suis-je perdue ? Ai-je pris un mauvais tournant ? Je pense à toutes ces histoires que j'ai entendues aux infos, à propos de gens qui se sont paumés dans les montagnes et qu'on n'a jamais retrouvés. Et si j'étais la prochaine ? Et si je mourais toute seule ici, et que des coyotes dévoraient mon cadavre ?

Je n'irai pas à mon bal de promo. Je ne m'achèterai pas ce sac Marc Jacobs qui me faisait de l'œil depuis des mois. Je ne dirai plus à Thayer que je l'aime. Je ne réaliserai jamais aucun de mes rêves.

Les jambes en coton, je tourne sur moi-même. Le désert m'entoure dans toutes les directions. Je lève les yeux vers le haut du canyon. Une arche de pierre aux contours irréguliers se dresse non loin de moi, mais c'est bien la première fois que je la vois. Et tandis que j'essaie vainement de me repérer, j'aperçois un banc à mi-hauteur de la falaise. Une silhouette semble penchée vers moi.

Puis des nuages passent devant la lune, et je ne distingue plus rien du tout. Tu es en train de dérailler, Sutton, *me dis-je sévèrement.* Ressaisis-toi. Concentre-toi. Tu ne vas pas mourir ici. Tu vas retrouver ton chemin. Et ce n'est pas parce qu'un malade vous a poursuivis, Thayer et toi, qu'il se trouve encore dans les parages. Tu es Sutton Mercer. Si quelqu'un a suffisamment de ressources pour se tirer de ce mauvais pas, c'est bien toi.

Un moteur gronde dans le lointain. Pivotant, je vois des phares illuminer la route sur la crête. Je crie en agitant les bras. Je n'ai jamais été aussi contente de voir une voiture. J'envisage même de faire du stop – ça m'est déjà arrivé, et il faut vraiment que je rentre chez moi.

Soudain, je réalise à quel point je veux rentrer chez moi. Je ne veux pas aller chez Nisha ni chez Madeline. J'ai tellement envie de voir ma famille que ça me serre le cœur. Je veux que ma mère me fasse du bouillon de poulet en me promettant que tout va s'arranger. Je veux que mon père me borde dans mon lit et me dise que les méchants ne m'attraperont jamais.

Et je veux leur dire que je suis désolée pour toutes les conneries que j'ai faites ces derniers temps. Je me suis comportée comme une vraie emmerdeuse en enfreignant toutes leurs règles et en leur balançant des vannes à la première occasion. À cause de moi, l'atmosphère est tendue depuis des semaines à la maison.

Mais mon dix-huitième anniversaire approche, et ça me donne envie de découvrir qui était ma mère biologique. Je veux savoir d'où je viens. Si ça se trouve, j'ai une autre famille que je ne connais pas – peut-être même des « vrais » frères et sœurs. Mais chaque fois que j'évoque le sujet, ma mère se met à pleurer et mon père pince les lèvres comme si je l'avais mortellement blessé. J'ai l'habitude d'obtenir ce que je veux ; je ne sais pas comment réagir quand on me le refuse – sinon en faisant la fête toute la nuit avec Mads, ou en donnant des rendez-vous secrets à Thayer.

La voiture approche en cahotant sur la route inégale et en soulevant un nuage de poussière avec ses pneus.

– Hou hou !

Je continue à crier en agitant les bras. Mais soudain, je les laisse retomber. Que fait une voiture dans ce cul-de-sac ? Et pourquoi ces phares me semblent-ils familiers ? Serait-ce ma Volvo ? Le mystérieux conducteur est-il revenu ?

Mais non. Ces phares n'ont pas la même forme que les miens. Pourtant, je les connais. Je me redresse brusquement lorsque la voiture accélère avec un grondement et me fonce dessus à toute allure. Elle va me renverser ! *D'un bond, je m'écarte du chemin.* Comme Thayer !

Je suis prise de vertige. Si je te mets la main dessus, je te tue. *Se peut-il que ce soit Laurel ? A-t-elle perdu la tête ?*

Faisant volte-face, je m'élance vers les profondeurs du désert. En guise de réponse, la voiture accélère encore et quitte la route. Une voix m'appelle, mais je ne comprends pas ce qu'elle dit par-dessus le rugissement du moteur et le crissement des pneus qui font jaillir des gravillons sur leur passage.

Je cours de toute la vitesse de mes jambes, mais la voiture gagne du terrain jusqu'à ce que je sente la chaleur de son moteur sur mes talons. Les phares déversent leur lumière dorée devant moi, découpant ma silhouette dont les bras s'agitent désespérément comme des pistons.

Je me retourne à demi en hurlant : « Pitié ! » J'essaye de voir le conducteur, mais il fait trop sombre, et j'ai les yeux remplis de larmes.

– Pitié, ne m'écrasez pas !

La voiture ne se trouve plus qu'à quelques mètres de moi. Elle va me renverser. Mais soudain, elle pile dans un hurlement de pneus. Par-dessus mon épaule, je vois descendre la vitre du conducteur. Il a un flingue ! *Telle est la première pensée qui me vient à l'esprit, et je bondis derrière un gros cactus pour éviter la balle.*

– Sutton ! crie quelqu'un.

Je m'arrête tout net. Je connais cette voix. En me retournant, je vois mon père penché par la fenêtre ouverte. Je cligne des yeux, et les battements frénétiques de mon cœur commencent à ralentir. Je bredouille : « P-Papa ? » en rebroussant lentement chemin vers lui.

Mais quelque chose cloche. Mon père a les traits tirés. Le clair de lune révèle les fils gris dans sa chevelure brune. Ses sourcils se touchent au-dessus de son nez, et il me regarde comme si je le dégoûtais. Jamais encore je ne lui avais vu cette tête. Descendant de voiture, il se jette sur moi tel un serpent à sonnettes furieux et me saisit le bras.

J'en reste bouche bée.

– Papa. (Gémissant, je baisse les yeux vers mon poignet où cinq marques rouges se forment déjà sous ses doigts.) Lâche-moi. Tu me fais mal !

Mais au lieu d'obtempérer, il me dévisage de ses yeux étincelants comme si la rage l'étouffait et l'empêchait de dire quoi que ce soit. Finalement, il parvient à cracher :

– Qu'est-ce que tu as vu ?

– R-rien !

Il me serre le poignet plus fort. Je réprime un hoquet tandis qu'un éclair de douleur remonte jusqu'à mon épaule.

– Je sais que vous avez vu quelque chose. Sans ça, pourquoi vous seriez-vous enfuis ?

Soudain, il s'exprime si calmement que je mets quelques instants à comprendre le sens de ses paroles.

Je sais que vous avez vu quelque chose. *Mon pouls accélère de nouveau tandis que j'assemble les pièces du puzzle. Voilà pourquoi Thayer m'a entraînée à l'écart du panorama et pratiquement poussée vers le bas de la piste. Il a vu mon père faire... quelque chose. Quelque chose qui l'a effrayé. Quelque chose qu'il valait mieux que j'ignore.*

Alors, je remarque que mon père est couvert de poussière. La poussière du désert, la même poussière dont je suis également couverte après ma course folle à travers le canyon. Je frissonne. Dans ma tête, j'entends de nouveau un bruit de course derrière Thayer et moi. Quelqu'un nous a poursuivis. Quelqu'un a renversé Thayer.

Mais il me semble impossible que ça ait été mon père. Il m'aime. Quand je suis tombée de vélo, il m'a apporté de la glace au beurre de cacahuète. C'est lui qui m'a appris à servir au tennis. Il a passé des heures à m'aider à restaurer ma Volvo de course vintage – cette Volvo qui a failli écraser le garçon que j'aime.

Mais l'homme qui me serre le poignet à me le briser... cet homme-là, je ne le connais pas du tout. C'est quelqu'un qui est capable de me faire du mal – quelqu'un qui est capable de tout. Je hurle :

– Lâche-moi !

Sans tenir compte de mes protestations, mon père m'entraîne vers sa voiture. Je tente de me dégager, mais il est trop fort. Je plante mes talons dans le sol et, sous le coup de l'adrénaline, lui saute dessus pour lui assener un coup de coude dans la poitrine.

– Sutton ! crie-t-il en me lâchant.

Je me détourne et m'élance malgré mes jambes en feu. Mes pieds soulèvent de la poussière en martelant le sol ; mes cheveux volent devant ma figure, et je tente de les repousser en arrière. Non que ça ait la moindre importance : de toute façon, je ne vois pas où je vais. Et peu importe, d'ailleurs. La seule chose à faire, c'est courir jusqu'à ce que j'aie semé mon poursuivant.

Puis j'entends un moteur gronder derrière moi, et je réalise que je n'ai aucune chance d'y arriver. Pas si mon père a l'intention de me renverser comme il a déjà renversé Thayer.

17

DÉLIT DE FUITE

La poussière crissait sous les pieds d'Emma tandis qu'elle courait le long d'une piste en plein désert. La jeune fille ne voulait qu'une seule chose : mettre le plus de distance possible entre elle et M. Mercer. Elle avait déjà vu cette fureur dans les yeux de certains de ses pères d'accueil. Avec tout ce qui lui arrivait, la dernière chose dont elle avait besoin, c'était de se battre aussi avec celui de Sutton.

Mais elle n'aurait peut-être pas le choix. J'espérai ardemment avoir mal interprété le souvenir qui venait juste de remonter à la surface de ma mémoire. Peut-être que mon cerveau mort me jouait des tours. Peut-être qu'il s'agissait seulement d'un rêve. Jamais mon père ne m'avait regardée ainsi de mon vivant ; jamais il ne m'avait fait du mal.

Jamais. Pourtant, cette nuit-là, si j'en croyais ma vision...

Bientôt, les bruits de la fête diminuèrent dans le lointain, et Emma n'entendit plus que les battements affolés de son cœur et le crissement des gravillons sous ses pieds. Elle se repassa mentalement la conversation qu'elle avait surprise entre M. Mercer et sa mère, leurs deux voix se répercutant à l'intérieur de sa tête. Le père de Sutton avait une liaison. Était-ce sérieux ?

Devant elle se dressait un gros rocher lisse éclaboussé par le clair de lune. Emma s'y laissa tomber, les pieds endoloris d'avoir couru en talons hauts. Comme elle suivait du doigt une fissure minuscule dans la roche, un souvenir d'enfance lui revint. Sa mère sortait parfois avec des hommes, et même si elle n'avait que cinq ans quand Becky l'avait abandonnée, Emma se souvenait encore de certains de ses petits amis.

La plupart d'entre eux étaient routiers, VRP ou chômeurs. Mais Becky était particulièrement attachée à un certain Joe, qu'Emma aimait beaucoup elle aussi. Joe regardait des dessins animés avec la fillette, et quand il travaillait de nuit au 7-Eleven, il lui rapportait des bonbons et des petits jouets. Il était tellement plus gentil que les autres copains de Becky ! Emma avait fini par espérer qu'il soit son père – elle voulait désespérément en avoir un.

Puis un jour, Joe avait cessé de venir, et Becky n'avait plus parlé de lui.

– Ce salopard m'a trompée, avait-elle aboyé quand Emma lui avait demandé où il était.

La fillette n'avait pas compris. Elle croyait qu'on disait que quelqu'un *se* trompait, et puis, de quoi Joe aurait-il bien pu se tromper ? De famille ?

Avec un gros soupir, Emma se leva de son rocher et s'étira. Elle devait retourner à l'hôtel avant qu'on commence à se poser des questions.

Soudain, une main s'abattit sur son épaule. Emma sursauta violemment. *Laurel.* C'était forcément elle. Une image de la raquette de tennis ensanglantée s'imposa à l'esprit de la jeune fille. Celle-ci fit volte-face, certaine de trouver la sœur de Sutton derrière elle. Au lieu de ça, ce fut Thayer qui la dévisagea en clignant de ses yeux noisette.

– Oh, souffla Emma en vacillant.

La chemise blanche de Thayer était sortie de son pantalon.

– Tu vas bien ? Tu... tu les as entendus ?

– Oui, admit Emma.

Thayer fit mine de l'enlacer ; puis il se rappela qu'ils ne sortaient plus ensemble et fourra maladroitement les mains dans ses poches.

– C'est ce que j'ai essayé de te cacher le soir où on était à Sabino Canyon, avoua-t-il. Ton père se trouvait là avec... une femme qui n'était pas ta mère. C'est pour ça que j'ai voulu t'éloigner et que je t'ai dit de courir.

Emma releva brusquement la tête. Elle ne s'attendait pas à ça.

– Attends. C'était mon père, à Sabino Canyon ?

Thayer souffla bruyamment.

– Ouais. C'est pour ça qu'il nous a couru après. Il a compris que je l'avais vu, poursuivit-il, l'air visiblement déchiré. Je suis désolé de ne pas t'en avoir parlé. Je comptais le faire, mais... J'ai fini la nuit à l'hôpital, puis je suis retourné en désintox, et tu as cessé de répondre à mes mails.

La tête me tournait. La poussière du désert sur les vêtements de mon père... Ainsi donc, j'avais vu juste. C'était lui qui nous avait poursuivis. Lui et son horrible briseuse de ménage. Voilà pourquoi il m'avait demandé si j'avais vu. Mais m'avait-il couru après pour me convaincre de garder le silence, ou pour me faire taire à jamais ?

– Je n'ai rien dit à Laurel, reprit Thayer en essuyant la sueur sur son front. Et je pense que tu ne devrais pas le faire non plus.

Emma le dévisagea. Elle avait l'impression que sa tête était bourrée de coton.

– Pourquoi ?

Thayer se mordit la lèvre.

– Elle n'est pas aussi costaud que toi. Je viens juste d'apprendre qu'elle s'est écroulée après m'avoir déposé aux urgences.

– Elle m'en voulait à mort, lui rappela Emma. Tu as dit qu'elle parlait de me tuer.

Thayer secoua la tête.

– Oui, mais... Ce matin, je suis allé faire ma rééducation, et une des infirmières m'a demandé des nouvelles de ma copine. Au début, j'ai cru qu'elle parlait de toi. Mais elle a précisé « la blonde qui est restée la nuit où vous avez été blessé ». Apparemment, même si je lui avais dit de s'en aller, Laurel a passé la nuit à pleurer dans la salle d'attente. (Thayer prit une grande inspiration et passa une main dans ses cheveux.) D'après l'infirmière, elle était dans un tel état qu'ils lui ont donné un sédatif et qu'ils l'ont gardée en observation jusqu'au lendemain. Ils ne voulaient pas qu'elle conduise dans cet état.

Emma cligna des yeux en prenant conscience de ce que ça signifiait. Elle croisa ses doigts sur sa nuque.

– Attends un peu... Laurel a passé la nuit à l'hôpital, et c'est mon père qui nous a poursuivis dans le canyon, répéta-t-elle lentement.

– Oui, acquiesça Thayer tout bas.

Un hibou hulula au loin. Un nuage passa devant la lune. Emma dévisagea Thayer.

– Mon père t'a reparlé de cette nuit par la suite ? Il t'a donné une explication à sa présence ?

Thayer plissa les yeux et émit un petit bruit de gorge incrédule.

– Le fait qu'il m'ait renversé avec ta voiture indique assez clairement qu'il ne voulait pas en reparler, non ?

Emma se redressa brusquement, le corps en feu.

– C'est lui qui t'a renversé ?

Non, songeai-je, désespérée. *Non*. Ainsi, ma vision n'était pas un rêve, mais bien un souvenir réel jusque dans ses détails les plus horribles.

Thayer haussa les épaules.

– Qui d'autre ça aurait pu être ? Il nous pourchassait. Et la personne qui m'a renversé conduisait ta voiture. Ton père a les clés, pas vrai ?

J'avais laissé tomber les miennes par terre cette nuit-là, mais il est vrai que mon père en possédait un double.

L'esprit d'Emma était sens dessus dessous. Tout ce qu'elle avait cru vrai jusque-là se trouvait complètement chamboulé, remplacé par une image très différente. Laurel n'était pas coupable. Mais quelqu'un d'autre se trouvait sur les lieux la nuit de la mort de Sutton. Quelqu'un qui avait une bonne raison de la faire taire – M. Mercer.

Puis une idée traversa l'esprit d'Emma. Et si M. Mercer n'essayait pas seulement de préserver le secret de sa liaison ? Et si Sutton avait menacé de dire à la police qu'il avait renversé Thayer ? Tout de même... c'était sa fille. Avait-il réellement pu la tuer ?

Emma se laissa de nouveau tomber sur le rocher et, enfouissant son visage dans ses mains, éclata en sanglots. Le stress des derniers mois avait fini par la submerger. Des larmes brûlantes ruisselaient sur son visage.

Moi aussi, j'aurais bien voulu pleurer. J'étais tellement choquée ! Et incrédule, aussi. Tout ça était si injuste... Mais dans mon état, impossible de verser la moindre larme.

– C'est pour ça que mon père ne voulait plus qu'on te parle, Laurel et moi ? demanda Emma d'une voix étouffée à travers ses mains. Il craignait que tu nous dises qu'il avait une liaison ?

Et qu'il t'avait renversé avec ma voiture avant de tuer la jumelle dont je ne connaissais même pas l'existence ? acheva la jeune fille en son for intérieur.

– Je ne sais pas, répondit doucement Thayer. (Il fit un pas vers Emma.) Mais c'est possible. (Puis il s'assit près d'elle, la prit dans ses bras et la serra très fort contre lui.) Ça va aller, chuchota-t-il à son oreille. Promis.

Emma, qui s'était d'abord raidie au contact du jeune homme, ne tarda pas à se détendre dans son étreinte. Elle avait bien besoin que quelqu'un lui fasse un câlin et lui dise que tout irait bien. Pendant quelques minutes, elle s'autorisa à pleurer jusqu'à ce que ses sanglots se tarissent d'eux-mêmes et se changent en petits hoquets.

Je les regardais, Thayer et elle, en proie à un malaise qui ne devait rien à ce que je venais d'apprendre au sujet de mon père. Le garçon que j'aimais tenait dans ses bras une fille qui était mon double parfait, et je ne pouvais rien faire pour l'en empêcher.

Au bout d'un moment, Emma se dégagea de l'étreinte de Thayer.

– Il faut..., bredouilla-t-elle, embarrassée, en essuyant son visage baigné de larmes. J'ai besoin d'être un peu seule.

Ce qui était la vérité – mais elle avait aussi besoin de s'éloigner de lui. Ce n'était pas bien vis-à-vis d'Ethan de trouver du réconfort dans les bras d'un autre garçon, et particulièrement dans ceux de Thayer.

Ce dernier la dévisagea d'un regard doux au clair de lune.

– Tu sais que je serai toujours là pour toi, Sutton.

– Merci, répondit faiblement Emma.

Puis elle rebroussa chemin vers l'hôtel en prenant de grandes inspirations pour se calmer et en repassant dans sa tête ce que Thayer venait de lui dire. M. Mercer avait tué sa propre fille parce qu'elle savait ce qu'il avait fait.

Mais c'était faux. J'ignorais que mon père trompait ma mère, et j'ignorais que c'était lui qui avait renversé Thayer jusqu'à ce qu'il revienne à la charge avec sa propre voiture. Il faisait si noir cette nuit-là que je n'avais pas pu distinguer le visage du chauffard. Et je ne l'avais pas vu avec sa maîtresse parce que Thayer m'en avait empêchée. Mon petit ami avait fait ce que mon père était censé faire : il m'avait protégée.

Comment mon père pouvait-il encore se regarder dans une glace ? Ne m'avait-il donc jamais aimée ? Le souvenir que je venais de revivre s'imposa à mon esprit. Plus je souhaitais qu'il s'efface, plus il devenait noir et obsédant. La voiture qui fonçait sur moi. La voix dure de mon père. Sa main autour de mon poignet, son bras puissant qui me traînait dans la poussière.

Même si personne ne pouvait m'entendre, j'ouvris la bouche et poussai un cri déchirant. C'était mon père qui m'avait tuée.

18

SURVEILLE TES ARRIÈRES

Cette nuit-là, Emma ne parvint pas à trouver le sommeil. Elle resta allongée dans le lit de Sutton, les yeux grands ouverts. Après sa conversation avec Thayer, elle avait fui l'hôtel car elle n'était pas en état d'affronter M. Mercer. Elle avait envoyé des textos aux amies de Sutton pour leur dire qu'elle ne se sentait pas bien et qu'elle rentrait, mais elle avait dû passer pour une folle.

Une fois chez les Mercer, elle avait appelé Ethan. Les deux jeunes gens avaient longuement discuté de ce qu'elle venait d'apprendre. Ethan voulait venir la chercher ; il n'avait renoncé que lorsque Emma avait promis de lui téléphoner le lendemain matin dès son réveil. Elle ne voulait pas courir le risque que M. Mercer devine que le jeune homme était au courant lui aussi.

Puis elle s'était enfermée à double tour dans la chambre de Sutton ; elle avait poussé la commode devant la porte et rabattu les couvertures sur sa tête. Une heure auparavant, Mme Mercer avait frappé à la porte et lui avait demandé si elle se sentait bien. Emma avait fait semblant de dormir.

– C'est sans doute quelque chose qu'elle a mangé, avait-elle entendu Mme Mercer chuchoter dans le couloir.

– Ou bu, avait grommelé Grand-Mère.

M. Mercer n'avait rien dit du tout. Sans doute n'était-il même pas là.

Emma savait qu'elle ne pourrait pas rester éternellement cloîtrée dans sa chambre. Tôt ou tard, elle devrait affronter le reste de la famille Mercer. Le père de Sutton savait qu'elle l'avait entendu. Mais se doutait-il qu'elle avait assemblé les pièces du puzzle ? Et qu'attendait-il au juste ? Pourquoi ne l'avait-il pas déjà tuée ? Il devait s'être rendu compte qu'elle enquêtait sur la mort de sa jumelle. Voulait-il faire en sorte que ça ait l'air d'un accident ? Ainsi, il serait débarrassé à jamais d'Emma comme de Sutton.

Moi aussi, je me demandais si mon assassin attendait juste une occasion d'éliminer Emma de manière à ce que personne ne le soupçonne. Accident de voiture, overdose, mauvaise chute... les possibilités ne manquaient pas. En tant que docteur, il avait accès à tout un tas de produits dangereux. Comptait-il empoisonner Emma dans son sommeil, puis endosser le rôle du père éploré aux yeux du reste du monde ?

Les rideaux blancs ondulaient comme des spectres. La porte de la penderie était entrouverte, révélant des rangées de robes soigneusement suspendues et de T-shirts non moins soigneusement pliés. L'économiseur d'écran de l'ordinateur posé sur le bureau faisait défiler des photos de Sutton et de ses amies. Emma en avait téléchargé de nouvelles, si bien que son visage souriant alternait avec celui de sa jumelle. Sutton en tenue de tennis de Hollier. Emma et Charlotte posant avec des fringues délirantes dans la cabine d'essayage du Neiman Marcus de La Encantada. La seule différence entre elles deux, c'est qu'Emma avait une cicatrice minuscule sur le menton depuis qu'elle était tombée d'un portique dans l'aire de jeux d'un McDonald's quand elle était petite.

Emma se redressa brusquement. M. Mercer avait remarqué cette cicatrice le premier matin où elle avait pris son petit-déjeuner avec eux. Peut-être avait-il voulu lui adresser un avertissement : le plus petit détail pouvait la trahir si elle ne faisait pas suffisamment attention.

Emma se laissa retomber sur l'oreiller en proie à un mélange d'angoisse, de peur et de tristesse. M. Mercer avait l'air tellement gentil et attentionné, le genre d'homme qui ferait n'importe quoi pour ses filles. Par contraste, le geste terrible qu'il avait commis semblait encore plus choquant.

Dégoûtée, je fermai les yeux. De tout ce qui s'était passé depuis ma mort, cette révélation était la plus difficile à digérer. Chaque fois que je pensais à mon père, j'avais l'impression de me noyer.

Comment pouvait-il tromper ma mère ? Il devait se douter que ça finirait par détruire notre famille. Et comment avait-il pu me tuer ? Comment avait-il pu supprimer sa propre fille ? Peut-être ne m'avait-il jamais aimée. Après tout, je n'étais qu'une enfant adoptée. Si ça se trouve, il ne voulait pas de moi dès le départ.

N'arrivant pas à trouver le sommeil, Emma roula sur le côté, sortit le carnet de notes qu'elle avait planqué sous le lit et l'ouvrit à une page vierge. « M. Mercer », écrivit-elle en haut. Cela lui faisait tant de peine de l'ajouter à la liste des suspects !

Puis elle se rallongea pour réfléchir. Connaissait-il son existence dès le début ? En donnant Sutton à adopter, Becky avait-elle indiqué que la fillette avait une jumelle ? M. Mercer avait-il mis le snuff movie sur Internet en espérant qu'Emma le verrait et qu'elle se manifesterait ?

La jeune fille avait toujours trouvé que c'était une sacrée coïncidence que son frère d'accueil Travis soit tombé sur la vidéo qui l'avait conduite à sa sœur, le soir même de la mort de celle-ci. M. Mercer avait dû regarder toutes les vidéos du Jeu du Mensonge sur l'ordinateur de Laurel, et choisir celle qui lui semblait le plus susceptible d'attirer l'attention. Puis il avait piraté le compte Facebook de Sutton et répondu à Emma. Sutton avait coché l'option de connexion automatique ; ça n'avait donc pas dû être difficile.

Emma pensa de nouveau au premier matin où elle avait pris son petit-déjeuner avec les Mercer. Le père de Sutton s'était absenté un moment, disant qu'il allait chercher le journal. Il avait eu le temps de déposer un message sur le pare-brise de la Jetta de Laurel. Il était ami avec le père de Charlotte ; si Sutton et ses amies connaissaient le code de l'alarme des Chamberlain, peut-être le connaissait-il aussi. Pour ce qu'en savait Emma, les Mercer passaient peut-être relever le courrier et arroser les plantes des Chamberlain quand ceux-ci partaient en vacances.

En revanche, Emma ne voyait pas trop comment le père de Sutton aurait pu s'introduire dans l'auditorium du lycée sans être vu, mais il était du genre athlétique : il courait chaque matin avant de partir au travail, et faisait parfois des randonnées le week-end. Une telle chose devait être dans ses capacités.

Un craquement résonna dans le couloir, et un étau de panique comprima la poitrine d'Emma. Et si c'était M. Mercer ? Il y eut un autre craquement – un bruit de pas, à n'en pas douter. Emma réprima un sanglot. C'était déjà terrifiant de vivre sous le même toit que Laurel quand elle pensait que celle-ci avait tué Sutton. Mais M. Mercer faisait deux fois sa taille. Contre lui, Emma n'aurait pas l'ombre d'une chance.

La poignée de la porte commença à tourner. Le cœur dans la gorge, Emma attendit que le battant cogne contre la commode en chêne. Puis Drake poussa un aboiement, et la poignée revint dans sa position initiale.

Le pouls battant la chamade, Emma écouta les pas battre en retraite dans le couloir du premier étage. Elle leva les yeux vers le plafond. Le clair de lune mettait en évidence un réseau de fissures minuscules qui partaient en étoile autour du lustre. Elle entreprit de les compter en se demandant si elle parviendrait jamais à retrouver le sommeil.

19

UNE GRANDE FAMILLE MALHEUREUSE

Les couvertures remontées jusque sous le menton, Emma ne ferma pas l'œil de la nuit. Chaque fois qu'une canalisation gargouillait ou que le vent soufflait dans une bouche d'aération, son cœur se remettait à battre la chamade.

Quand elle entendit le réveil de M. Mercer sonner à six heures, suivi par une série de craquements tandis que le père de Sutton descendait l'escalier en baskets, Emma bondit jusqu'à la fenêtre pour le regarder s'éloigner dans la rue à petites foulées désinvoltes – comme s'il n'était pas un assassin. Comme s'il n'avait pas essayé de s'introduire dans sa chambre pendant la nuit, sans doute pour la tuer elle aussi.

Lorsque dix heures arrivèrent, Emma avait désespérément besoin d'aller aux toilettes. À contrecœur, elle sortit du lit, écarta la commode et se faufila dans le couloir en refermant la porte derrière elle. Elle se déshabilla et entra dans la douche, où elle laissa le bruit de l'eau noyer celui de ses sanglots.

Lorsqu'elle se fut enfin ressaisie, elle s'enveloppa d'un drap de bain et, avec sa paume, essuya la buée sur le miroir. Elle détailla son reflet et, l'espace d'un instant, fit comme si c'était les yeux pervenche de Sutton qui lui rendaient son regard.

– J'ai besoin de toi, Sutton, chuchota-t-elle. (Elle savait que c'était un peu dingue de parler à sa jumelle morte, mais étant donné les circonstances…) Dis-moi ce que je dois faire. Dis-moi comment résoudre l'énigme de ta mort. Dis-moi comment faire arrêter ton assassin.

Je la regardai en souhaitant de tout mon cœur pouvoir graver mes souvenirs sur un DVD qu'elle n'aurait plus qu'à remettre à l'inspecteur Quinlan. Mais c'était impossible. Je ne pouvais qu'observer ma sœur et espérer qu'elle ne finisse pas comme moi.

Après s'être habillée, Emma ouvrit la porte de la chambre de Sutton et découvrit Laurel qui s'apprêtait justement à frapper.

– Ah, te voilà ! Tu viens déjeuner, ou tu te sens encore trop mal ?

Emma dévisagea la jeune fille d'un œil torve. Par réflexe, ses muscles et ses mâchoires se crispèrent. Puis elle se souvint : Laurel n'était plus suspecte dans le meurtre de sa sœur. Tout à coup, Emma eut envie de lui sauter au cou pour la seule raison qu'elle n'avait pas tué Sutton.

Elle réfléchit à la question de Laurel. Descendre déjeuner signifiait affronter M. Mercer.

– Euh, je crois que je vais retourner au lit, marmonna-t-elle.

– Mais non, dit Laurel en passant un bras sous le sien. Les célèbres crêpes de Papa vont te remettre sur pied en moins de temps qu'il n'en faut pour le dire !

Avant qu'Emma puisse protester, elle l'entraîna vers l'escalier et dans la cuisine. À la vue du dos de M. Mercer qui, debout devant le fourneau, versait de la pâte dans une poêle à frire, Emma se figea. *« L'assassin se fait passer pour un père irréprochable »*, songea-t-elle en imaginant une photo en noir et blanc de M. Mercer, brandissant une spatule et adressant un sourire inquiétant à l'objectif.

Moi aussi, je regardais mon père avec une furieuse envie de l'empoigner par-derrière et de le secouer comme un prunier.

– Comment tu as pu faire ça ? glapis-je dans son dos. J'avais confiance en toi ! Je t'aimais.

Bien entendu, ma voix s'évapora instantanément, comme si j'avais crié dans un trou noir.

M. Mercer se retourna vers Emma. Un tic nerveux agita le coin de sa bouche, comme s'il faisait un gros effort pour contenir sa colère devant Laurel.

– Oh, Sutton. Tu es réveillée. (D'un air gêné, il se gratta une aile du nez.) Tu te sens mieux ?

Emma baissa les yeux et sentit ses joues s'empourprer.

– Uh uh, grogna-t-elle.

Laurel se laissa tomber à sa place habituelle.

– Tu as raté le meilleur de la soirée d'anniversaire de Papa, Sutton : le gâteau ! Il était fa-bu-leux. D'un autre côté, tu sèches presque systématiquement les soirées depuis quelque temps – y compris celles qui sont organisées en ton honneur.

Elle leva les yeux au ciel.

– C'était une vilaine intoxication alimentaire, marmonna Emma en se tenant le ventre pour être plus crédible. En fait, je devrais remonter dans ma chambre pour m'allonger. J'ai encore un peu la nausée.

– Justement. Manger te fera du bien, lança une voix sèche sur sa gauche.

Levant les yeux, Emma vit Grand-Mère Mercer attablée devant une tasse de café. La vieille femme la dévisagea froidement en faisant la moue.

– C'est drôle, tu n'as pas l'air malade, commenta-t-elle. (Elle jeta un coup d'œil à M. Mercer.) Tu ne trouves pas ?

Son fils frémit et laissa retomber sa louche dans le saladier de pâte à crêpe.

Le cœur d'Emma battait si fort qu'elle était certaine que tout le monde pouvait l'entendre.

– Tu as mangé quoi hier soir ? s'enquit Laurel, un peu inquiète. J'espère que je ne vais pas être malade moi aussi !

Emma se dandina, incapable de se rappeler un seul des plats qui avaient été servis la veille.

– Euh… un hot-dog ? improvisa-t-elle en repensant à la fois où elle avait été malade après en avoir ingurgité un acheté dans un stand de rue à Las Vegas.

Grand-Mère Mercer la dévisagea d'un air entendu.

– Mmmmh. Tout m'a semblé délicieux, pourtant. Tu es sûre que ce n'est pas autre chose qui te dérange… l'estomac ?

– Elle te dit que c'était la nourriture, Maman, intervint M. Mercer sur un ton tranchant. Laisse tomber.

Contrariée, Grand-Mère pinça les lèvres mais n'ajouta rien.

Laurel les dévisagea tour à tour.

– Quelqu'un peut m'expliquer ce qui se passe ?

Personne ne répondit. Emma se recroquevilla contre le mur en priant pour que la grand-mère de Sutton tienne sa langue. La vieille dame jouait avec le feu – et elle ne se rendait même pas compte à quel point.

À cet instant, Mme Mercer entra dans la cuisine avec un sourire rayonnant.

– Tout le monde est debout, c'est merveilleux ! se réjouit-elle. Et on a des crêpes pour le petit-déjeuner – encore mieux ! (Elle s'approcha de son mari.) Comment va le héros d'hier ? Tu as aimé ta soirée d'anniversaire ?

M. Mercer déglutit et marmonna un « Oui » peu enthousiaste. Sa femme lui enfonça un doigt entre les côtes.

– Cache ta joie, le taquina-t-elle gentiment. Moi, j'ai trouvé ça très réussi. Pas vous, Gloria ?

Elle se tourna vers Grand-Mère Mercer, qui fixait toujours Emma.

– Il y a eu de bons moments et d'autres moins bons, répondit la vieille femme sur un ton pincé.

Mme Mercer fronça légèrement les sourcils et regarda tour à tour son mari, la mère de celui-ci et Emma.

– J'ai raté quelque chose ? demanda-t-elle, hésitante.

– Je me posais justement la même question, déclara Laurel. Ils sont tous bizarres ce matin.

– Nous sommes parfaitement normaux, contra très vite M. Mercer en faisant glisser la dernière crêpe sur le plat d'un geste si énergique qu'il faillit tout renverser par terre. (Il s'approcha de la table.) Et voilà. Bon appétit.

Mme Mercer saisit une crêpe et retrouva aussitôt sa bonne humeur.

– Alors, les filles... J'ai appris hier soir, par M. Banerjee, que le bal des moissons avait été annulé à cause d'un acte de vandalisme. Que s'est-il passé au juste ?

Laurel attrapa le broc en céramique rayé qui contenait le sirop d'érable.

– Un truc idiot. Ce sont des filles de troisième qui ont fait ça, mais elles refusent de se dénoncer. Du coup, le proviseur a décidé de sévir. (Elle versa du sirop sur sa pile de crêpes.) En fait, j'ai entendu dire que le bal était annulé parce que les profs voulaient utiliser l'argent pour se rendre à une conférence qui a lieu dans un spa de Sedona.

– C'est vrai ? (Mme Mercer fronça les sourcils.) Je ne manquerai pas d'évoquer le sujet à la prochaine réunion de parents d'élèves.

Laurel mordit dans une crêpe et fit descendre sa bouchée avec du jus d'orange.

– Mais Sutton et moi rentrerons quand même tard ce soir-là : l'équipe de tennis organise une sortie après l'entraînement.

Bien entendu, elle mentait. Mais il était peu probable que les Mercer donnent leur bénédiction à leurs filles s'ils savaient qu'elles comptaient s'introduire par effraction dans le gymnase du lycée.

– Ce sera sympa de passer un peu de temps ensemble hors des courts, ajouta gaiement Laurel. Tu ne trouves pas, Sutton ?

Emma leva les yeux de son assiette.

– Euh, si. Très sympa, marmonna-t-elle.

– Et c'est Nisha qui en a eu l'idée, ajouta Laurel en la regardant bien en face.

Le visage de Mme Mercer s'éclaira. Elle avait mis Nisha sur un piédestal, et la prenait pour une sorte de version adolescente de Mère Teresa.

– Elle pense toujours à ce qui est bon pour l'équipe, approuva-t-elle.

Grand-Mère Mercer dévisagea Emma.

– Comme toi, Sutton. Tu te souviens, l'année dernière, quand tu as fait fabriquer ces T-shirts pour toutes tes coéquipières ? Ton père trouvait le jeu de mots de ton slogan très drôle. C'était comment, déjà ?

Quatre paires d'yeux étaient braquées sur Emma. Ceux de Mme Mercer, de Laurel et de Grand-Mère n'exprimaient qu'une simple curiosité ; en revanche, le regard de M. Mercer était froid et menaçant.

Emma l'entendait presque penser *Continue à jouer le jeu. Ne dis rien.*

Elle se leva brusquement, manquant renverser le broc de sirop d'érable. Elle ne pouvait pas supporter cette mascarade une seconde de plus.

– Je peux quitter la table ?

Mme Mercer parut surprise.

– Tu te sens de nouveau mal ?

Emma acquiesça en prenant bien garde à ne croiser le regard de personne.

– Oh, ma pauvre chérie, se désola Mme Mercer en la suivant hors de la pièce. Je peux faire quelque chose pour toi ? Tu veux que je te monte un soda ? Un de tes DVD préférés ?

Elle était si gentille, si sincère, si attentionnée ! Le cœur d'Emma se gonfla de compassion pour elle. *Votre mari vous trompe*, avait-elle envie de lui dire. *Et je crois qu'il a tué votre fille.*

– Merci, murmura-t-elle en se dressant sur la pointe des pieds pour enlacer la mère de Sutton.

Quand elle la lâcha, Mme Mercer semblait surprise mais touchée.

La tristesse me submergea. C'était exactement ce après quoi j'avais soupiré la nuit de ma mort, quand j'étais perdue dans le canyon. La seule chose dont j'avais eu envie alors, c'était la sécurité de ma maison et l'affection de mes parents.

Je ne pouvais pas me douter que le plus grand danger qui me menaçait, c'était mon propre père.

20

Là où tout a commencé

Le dimanche soir, Emma se gara dans le parking poussiéreux de Sabino Canyon. Elle coupa le contact et regarda la Volvo de Sutton avec dégoût. D'habitude, cette voiture avait un effet apaisant sur elle – peut-être à cause de ses chromes étincelants, de son cuir si doux ou même de l'effort qu'elle devait faire pour tourner le volant, puisque la direction assistée n'existait pas à l'époque où le véhicule était sorti d'usine. À présent, elle ne pensait plus qu'à la façon dont M. Mercer s'en était servi pour renverser Thayer.

Pendant que la voiture était à la fourrière, la semaine précédente, la police avait fait un relevé d'empreintes – et n'avait trouvé que celles de Sutton et de son père. Quand l'inspecteur Quinlan le lui avait annoncé, Emma n'avait pas tiqué. Maintenant, ça lui semblait logique.

Le parking était vide et plongé dans le noir. La seule lumière provenait de la lune dans le ciel. Emma verrouilla la Volvo et, faisant crisser le gravier sous ses pieds, se dirigea vers le banc sur lequel elle s'était assise à son arrivée à Tucson. Le monde lui semblait alors si plein de promesses ! Elle croyait qu'elle allait rencontrer sa jumelle perdue et, peut-être, trouver une nouvelle famille. Quelle ironie ! Sa nouvelle vie avait commencé à l'endroit précis où celle de sa sœur s'était achevée. Au final, elle n'avait pu s'installer chez les Mercer que parce que le père de Sutton avait tué sa fille adoptive.

Toute la journée, M. Mercer et sa mère avaient continué à se parler sèchement et à rabrouer Emma à la moindre occasion. Du coup, l'ambiance avait été plutôt tendue à la maison. Quand l'heure de son départ avait sonné, c'était à peine si Grand-Mère parlait encore à son fils. Avant de monter dans sa voiture, elle avait serré Emma très fort dans ses bras en lui chuchotant à l'oreille :

– Ne va pas t'attirer de nouveaux ennuis.

Emma n'avait pas su comment interpréter ce conseil. Grand-Mère savait-elle ce que son fils avait fait à Sutton ? Cela lui semblait inconcevable. La vieille femme était peut-être froide et cassante, mais elle n'avait rien d'un assassin – ou d'une complice d'assassinat.

Emma n'arrêtait pas d'imaginer M. Mercer renversant Thayer avec la voiture de Sutton avant d'abandonner celle-ci un peu plus loin. En avait-il disposé avant ou après avoir tué sa fille ? Comment s'y était-il pris exactement pour l'éliminer, et qu'avait-il fait de son corps ?

Je me posais les mêmes questions. Et je ne cessais de fouiller mes maigres souvenirs en quête d'indices que mon père avait une maîtresse. L'avais-je déjà vu se comporter de façon bizarre ? Sortir à des moments inopinés, ou raccrocher précipitamment son téléphone ? Il me semblait que nous n'étions plus aussi proches qu'autrefois – peut-être était-ce à cause de ça. Peut-être avais-je senti que quelque chose clochait avant que Thayer l'aperçoive à Sabino Canyon en compagnie d'une autre femme. Peut-être nous étions-nous disputés avant que je prenne mes distances vis-à-vis de lui. Mais je n'arrivais pas à mettre le doigt sur un souvenir précis. C'était tellement frustrant !

Un bruit de pas s'approcha du banc. Emma ne sursauta pas : en chemin, elle avait envoyé un texto à Ethan pour lui demander de la rejoindre. Comme Nisha, le jeune homme habitait juste en face de Sabino Canyon. Il s'assit à côté d'Emma, lui prit la main et leva la tête vers le ciel.

– Comment ça va ? demanda-t-il d'une voix douce.

– Pas génial, admit Emma.

– Tu as l'air épuisée. (Ethan ferma les yeux.) J'imagine que tu n'as pas dormi de la nuit ?

Emma secoua la tête.

– Comment j'aurais pu ? Sa chambre est juste au bout du couloir. Et je crois qu'il a tenté d'entrer dans la mienne vers trois heures du matin.

La mâchoire d'Ethan lui en tomba.

– Mais il n'a pas réussi ?

– Non. Drake l'en a empêché.

Les jeunes gens se turent. Un vent fort soufflait à travers le canyon, faisant voler les cheveux d'Emma derrière ses épaules. La jeune fille regarda la multitude de pistes qui escaladaient le flanc des montagnes. De jour, c'était un spectacle magnifique, mais de nuit, la cordillère ressemblait à quelque énorme monstre ramassé sur lui-même, prêt à dévorer quiconque s'approcherait trop de lui.

– J'ai du mal à croire que tout soit arrivé ici. Et encore plus que M. Mercer ait renversé Thayer, puis soit revenu pour tuer sa fille, chuchota Emma en jetant un regard prudent à la ronde, comme si le père de Sutton risquait de surgir à tout moment. (Mais à l'exception d'un géocoucou qui traversait le parking en courant, les deux jeunes gens étaient seuls.) J'ai besoin d'une preuve. Mais... laquelle ?

Ethan déglutit péniblement, comme s'il avait la nausée.

– Il doit bien y en avoir une quelque part. Les recherches qu'il a faites sur toi avant de te contacter, par exemple. À moins que quelqu'un soit au courant de ce qu'il a fait. Sa maîtresse peut-être ? Ils ont pu en discuter par mail.

Emma acquiesça.

– Elle était ici avec lui la nuit du 31 août. Si ça se trouve, elle l'a aidé. Il faudrait que j'arrive à découvrir qui c'est. Avec un peu de chance, j'arriverai à lui soutirer une confession, ou au moins un indice. (Elle se rembrunit.) Mais comment faire ?

Ethan réfléchit un moment.

– Si ton père la voit encore, on pourrait essayer de les suivre. Est-ce qu'il utilise Gmail ?

Emma haussa les épaules.

– Je crois.

– Voyons s'il se sert de la fonction agenda.

Ethan demanda l'iPhone de Sutton à Emma. Il se rendit dans la boîte de réception de la jeune fille, puis consulta ses données partagées avec le reste de la famille Mercer.

– Là, dit-il en montrant l'écran à Emma. M. Mercer partage son emploi du temps professionnel avec sa femme et ses filles. On dirait qu'il sera absent du boulot jeudi après-midi pour cause de conférence.

– Et alors ? répliqua Emma. Il a peut-être réellement une conférence. Rien ne nous dit qu'il va retrouver cette femme.

– Oui, mais dans un cas comme dans l'autre, ce sera une occasion parfaite de t'introduire dans son bureau à l'hôpital, fit valoir Ethan. Tu ne crois quand même pas qu'il garde ce genre d'information chez lui, pas vrai ?

Emma n'avait pas envisagé les choses sous cet angle.

– Un homme qui trompe sa femme cherche forcément à se cacher, murmura-t-elle. C'est logique. Tu viendras avec moi ?

Ethan lui rendit l'iPhone avec un air chagrin.

– Impossible. Je dois accompagner ma mère à un autre rendez-vous chez le docteur.

Emma se mordit la lèvre. Elle n'avait pas envie d'y aller seule, mais elle pouvait difficilement se plaindre.

– D'accord. Je t'appelle après ?

Ethan lui pressa la main.

– J'espère bien.

– J'aimerais ne pas devoir attendre jusqu'à jeudi, avoua Emma. Le temps va me paraître long.

– Tu peux le faire, l'encouragea Ethan. Tu touches presque au but.

Emma ferma les yeux.

– Quand ma mère m'a abandonnée, tous les soirs, je priais pour qu'elle revienne me chercher. Elle adorait les chasses au trésor, expliqua la jeune fille en se remémorant les petits mots que Becky laissait sous son oreiller ou dans la boîte à œufs. Je pensais que, pour la retrouver, il me suffisait de déchiffrer les indices. Ensuite, on s'installerait dans une maison à nous, on adopterait un chien et on serait une famille heureuse. Mais depuis, j'ai habité avec des dizaines de familles, et aucune d'elle ne semblait heureuse.

Un nuage passa devant la lune, plongeant momentanément les deux jeunes gens dans une obscurité complète.

– La mienne ne l'est pas, c'est certain, murmura Ethan. Mais je pense que ce n'est pas une fatalité. Une fois adulte, tu peux choisir ta propre famille. (Gêné, il se racla la gorge.) Comme toi et moi avons choisi d'être ensemble.

Malgré son stress et sa fatigue, Emma ne put s'empêcher de sourire.

– Alors, choisissons d'être ensemble et ici pendant un petit moment encore. Je ne suis pas prête à rentrer.

Ethan s'adossa au banc et passa un bras autour des épaules d'Emma.

– On peut rester aussi longtemps que tu voudras.

Quelques heures plus tard, allongée dans le lit de Sutton, Emma jetait de fréquents coups d'œil à la commode qu'elle avait une fois de plus poussée contre la porte. Pour garder son calme, elle avait commencé une liste de « Trucs de Couple Que Je Veux Faire Avec Ethan », qui incluait des playlists de chansons d'amour, et une autre des « Choses Les Plus Romantiques Qu'Ethan M'A Dites » – par exemple, qu'il la protégerait contre l'assassin de Sutton coûte que coûte.

– Viens jouer dehors, chantonna soudain une voix.

Emma se redressa brusquement et promena un regard affolé dans la pièce.

– Viens jouer, répéta la voix.

Mais ce n'était pas celle de M. Mercer, et elle ne venait pas du couloir.

Emma s'approcha de la fenêtre et écarta le rideau. Une femme aux cheveux noirs filasse et au visage rond se tenait au pied du gros chêne, dans le jardin devant la maison des Mercer. La mâchoire d'Emma lui en tomba. C'était Becky.

Sa mère était beaucoup plus pâle que dans son souvenir, aussi blême qu'un spectre contre le ciel nocturne. Des bracelets brésiliens effilochés s'entrecroisaient à ses poignets. Le bas de son jean usé était retroussé, exposant ses longs pieds maigres. Son T-shirt rouge délavé pendait sur ses épaules et flottait autour de sa taille. L'inscription sur le devant était devenue illisible, mais Emma reconnaissait le vêtement. Elle l'avait déjà vu avant.

Et moi également. Je ne savais pas où, mais ce T-shirt m'était aussi familier que s'il m'avait appartenu. Peut-être l'avais-je vu dans un des rêves d'Emma ?

– Maman ? appela Emma.

Elle se pencha par la fenêtre en plissant les yeux pour tenter de mieux voir l'apparition, mais Becky regardait la terre mouillée à ses pieds, et c'était à peine si Emma parvenait à distinguer son visage dans le noir.

– Attends-moi, j'arrive !

Enjambant l'appui de la fenêtre, la jeune fille empoigna la grosse branche de l'arbre le plus proche et descendit rapidement. L'eau de pluie mouilla ses pieds et imbiba le bas de sa chemise de nuit. Quand Becky la vit, elle recula d'un pas tel un animal effrayé.

– Non, Maman, attends, protesta Emma. Je veux te parler.

– Moi, je ne veux pas parler. Je veux jouer, répliqua Becky avec la voix boudeuse d'une enfant.

Emma tendit une main suppliante vers elle.

– S'il te plaît. J'ai besoin de toi. Il faut que tu m'aides à comprendre.

Enfin, Becky leva la tête. Ses yeux étaient d'un bleu glacier presque spectral.

– Je suis vraiment désolée, dit-elle. Désolée pour tout ce que je t'ai fait. Désolée de t'avoir déçue. (Elle écarta une boucle noire qui lui tombait sur les yeux, laissant sur son front une trace de boue pareille à quelque peinture de guerre.) Désolée de t'avoir abandonnée.

Emma lui ouvrit les bras.

– Fais-moi un câlin, implora-t-elle.

Mais Becky recula davantage.

– Je te surveille. Je te surveille depuis le début, Sutton.

Emma cligna des yeux.

– Je ne suis pas Sutton.

Becky pencha la tête sur le côté comme si elle avait du mal à y croire.

– Pardon ?

Emma voulut saisir les avant-bras de sa mère, mais ses mains glissèrent dessus comme si la peau de Becky était couverte d'une substance glacée et visqueuse.

– Je suis Emma. Tu as oublié ?

Becky secoua la tête avec véhémence.

– Tu es dans la maison de Sutton, contra-t-elle en se dérobant. Donc, tu es Sutton.

Soudain, elle paraissait furieuse. Elle fit un pas en avant et tenta d'attraper les poignets d'Emma, mais elle les manqua.

– Dis-moi la vérité ! Dis-moi qui tu es !

Ses ongles longs griffèrent la peau d'Emma. Et dès qu'elle eut touché la jeune fille, elle se désintégra en un tas de cendres. Au loin, quelqu'un gloussa.

Cette voix de baryton un peu rauque… on aurait dit celle de M. Mercer.

Emma se réveilla en sursaut, le corps baigné de sueur froide. Elle était dans le lit de Sutton, loin de la fenêtre. Les chiffres lumineux du réveil indiquaient 02:03.

La jeune fille resserra les couvertures autour d'elle et tenta de reprendre son souffle. Mais elle eut beau se frotter les yeux, elle ne parvint pas à chasser complètement les images qui s'attardaient derrière ses paupières. Becky lui avait paru très proche, comme si elle rôdait autour de la maison des Mercer en attendant une occasion d'entrevoir sa fille.

Mais c'était un vœu qu'Emma faisait depuis son enfance – que Becky continue à veiller sur elle dans l'ombre. Qu'elle ne l'ait pas oubliée. Emma y pensait souvent, surtout en période de stress. Mais c'était idiot de sa part. Becky se fichait de ses jumelles. Elle était insouciante, égoïste et capricieuse. Elle avait abandonné ses deux filles sans un remords ni un regard en arrière.

À présent, l'une d'elles était morte, et l'autre vivait avec son assassin.

21

Esprits vagabonds

– Grande nouvelle pour notre soirée de vendredi ! s'exclama Charlotte en se laissant tomber dans un siège de la bibliothèque à côté d'Emma, le lundi après-midi. J'ai parlé au gars de chez Plush, et il veut bien nous servir de videur. J'ai aussi réussi à obtenir un super tarif sur les hors-d'œuvre du traiteur de ma mère. Génial, non ?

Emma tenta de conjurer un sourire, même si elle était surprise que Charlotte se permette de parler aussi fort. D'un autre côté, le bibliothécaire – un garçon d'une vingtaine d'années – avait un énorme casque sur les oreilles et semblait s'en foutre comme de l'an quarante. Emma avait remarqué qu'à Hollier, les lieux traditionnellement dédiés à l'étude n'étaient pas le cadre d'une activité intellectuelle frénétique. Quand un élève lisait, c'était plutôt *Sports Illustrated* ou le dernier numéro de *Vogue.*

– Moi aussi, j'ai bien avancé ! s'écria Gaby en tirant une chaise. Lili et moi avons envoyé les invitations ce week-end, et tout le monde est partant. Certains semblent un peu nerveux à l'idée de s'introduire dans le gymnase par effraction, mais je tiens d'une source sûre qu'Ambrose et les autres administrateurs seront à la conférence de Sedona.

– Bref, la voie est libre, affirma Lili. Et on a bien précisé aux gens de se garer loin du lycée pour que les voitures n'attirent pas l'attention.

Charlotte adressa un sourire radieux à Emma.

– Notre propre bal, sponsorisé par le Jeu du Mensonge !

– Mmmh, répondit vaguement Emma.

Elle voulut sortir l'iPhone de Sutton de son sac, mais ne réussit qu'à renverser ce dernier. Ses livres de cours se répandirent sur la moquette ; sa bouteille d'eau roula sous la table voisine. Aussitôt, deux filles bondirent pour ramasser ses livres, tandis qu'un garçon qu'elle ne connaissait même pas récupérait sa bouteille et sa trousse à maquillage. Toutes les affaires d'Emma regagnèrent son sac sans qu'elle ait à lever le petit doigt.

Gaby leva les yeux au ciel.

– C'était prévisible. Maintenant que les gens sont au courant pour le bal de remplacement, ils veulent tous une invitation, et on est redevenues les petites chéries du bahut.

– On dirait que tu es distraite, Sutton, commenta Charlotte d'un air inquiet.

– Ça va, répondit très vite Emma, tout en se rendant compte qu'elle ne devait pas être très convaincante.

Toute la journée, elle avait pensé à M. Mercer, tournant et retournant le meurtre de Sutton dans sa tête.

– Donc, j'ai invité les mêmes gens que d'habitude, plus ceux du journal du lycée, ceux du bureau des élèves, ceux du club de mode, de l'équipe d'aviron et du trombinoscope, énuméra Gaby en lissant sa jupe plissée à carreaux. Lili s'est chargée des élèves de première et de seconde, plus quelques troisièmes. On essaie de limiter le nombre de participants pour ne pas se faire choper. Mais les Quatre Canailles devraient avoir vent du truc, et je vous parie que ça les énervera de ne pas être sur la liste.

– On fera en sorte qu'elles n'aient pas de mal à entrer quand même, hein ? demanda Charlotte.

– Évidemment, acquiesça Lili en pianotant sur son téléphone. Et quand elles seront là, on les coincera.

Charlotte reporta son attention sur Emma.

– Où en est Ethan avec la vidéo de sécurité ? J'adore ton idée de la projeter sur le mur du gymnase.

– Il n'en a plus pour longtemps, je pense, répondit Emma.

En fait, elle n'en savait rien : ce n'était pas franchement en tête de sa liste de priorités. La veille, Ethan et elle avaient passé le reste de la soirée à regarder les étoiles en silence et en se tenant par la main, jusqu'à ce qu'elle doive rentrer chez les Mercer.

Emma secoua la tête. Le père de Sutton était vraiment un bon acteur. Il avait fait semblant d'ignorer où se trouvait réellement la voiture de Sutton, et de gober le mensonge d'Emma selon laquelle elle avait laissé la Volvo chez Madeline. Malgré quelques maladresses, il avait joué à la perfection le rôle du père aimant. Peut-être avait-il l'habitude de mentir et de dissimuler des secrets. Et s'il avait un passé criminel ?

Emma pensa à ce que Grand-Mère Mercer lui avait dit : les parents de Sutton avaient vécu en Californie pendant des années avant de déménager soudainement à Tucson, peu de temps après avoir adopté leur fille. Et s'il avait un casier judiciaire là-bas ? Après tout, les gens ne se changeaient pas en assassins du jour au lendemain.

Emma bouillait d'impatience de fouiller le bureau de M. Mercer. Jeudi lui semblait si loin ! En fouinant dans le passé du père de Sutton, peut-être découvrirait-elle des incidents antérieurs qui prouveraient qu'il avait un tempérament violent.

Un tempérament violent. Je n'arrivais pas à y croire. Avais-je déjà vu mon père frapper qui que ce soit ou faire du mal à quelqu'un avant la nuit de ma mort ? Si seulement je pouvais me rappeler…

– La Terre à Sutton, appela Gaby en agitant la main devant le visage d'Emma. Tu as entendu ce que je viens de dire ?

Emma leva les yeux. Gaby, Lili et Charlotte la dévisageaient, curieuses. La jeune fille se demanda depuis combien de temps elle avait décroché de la conversation. Elle repoussa ses cheveux derrière ses épaules et se redressa.

– Mais oui, mentit-elle.

Le son aigu de la cloche les fit sursauter. Tous les élèves se levèrent et se dirigèrent vers la porte en bavardant avec animation, car c'était la dernière heure de la journée. Dehors, les bus scolaires attendaient le long du trottoir. Une file de voitures se formait déjà à la sortie du parking.

Madeline attendait dans le couloir. Elle avait enfilé son manteau. Charlotte lui révéla leur intention de porter des tenues assorties. Les yeux de Madeline brillèrent.

– Une séance de shopping en perspective, chouette ! On va au centre commercial demain soir, après votre entraînement ?

Les autres acquiescèrent. Charlotte se tourna vers Emma.

– Il faudra penser à le dire à Laurel.

Madeline grimaça.

– Ou pas. Elle a l'air trop occupée par mon frère pour nous aider à préparer le bal. Je me demande s'il ne faudrait pas la virer du Jeu du Mensonge.

– C'est un peu extrême comme réaction, non ? dit Charlotte sur un ton apaisant. (Mal à l'aise, elle se dandina.) Qu'est-ce que tu en penses, Sutton ?

Emma acquiesça très vite. Maintenant qu'elle n'avait plus de raison de soupçonner Laurel, elle voyait clairement la situation : la petite sœur de Sutton avait le béguin pour son meilleur ami canon, et elle voulait passer le plus de temps possible avec lui pour le conquérir – ou peut-être, pour le tenir à l'écart de son aînée. Mais ça n'avait rien de sinistre.

Haussant les épaules, Madeline tourna les talons et s'éloigna dans le couloir. Les Jumelles Twitteuses la suivirent sans cesser d'envoyer des textos. Charlotte toucha le bras d'Emma et l'entraîna dans la direction opposée.

– Je vois bien que quelque chose te préoccupe, dit-elle doucement.

Emma ôta son élastique et laissa ses longs cheveux se répandre sur ses épaules.

– Je vais bien, affirma-t-elle. Je suis juste un peu stressée ces derniers temps.

Même si elle ne pouvait pas tout raconter à Charlotte, ça lui faisait du bien d'admettre que c'était une période difficile pour elle.

– Je peux te poser une question ? demanda Charlotte tandis qu'elles contournaient un groupe de filles en train de regarder quelque chose sur leurs téléphones. (Emma capta les mots « invitation » et « bal secret ».) Tu n'as pas vraiment eu d'intoxication alimentaire le soir de l'anniversaire de ton père, pas vrai ?

Emma releva brusquement la tête. Elle ouvrit la bouche, mais aucun son n'en sortit.

– Quelqu'un m'a dit qu'il t'avait vue dehors avec Thayer, poursuivit Charlotte à voix basse.

Le rouge monta aux joues d'Emma tandis que les deux filles commençaient à descendre l'escalier.

– Il a dit que vous vous teniez la main, poursuivit Charlotte. Et que tu avais l'air contrariée.

Emma lui jeta un coup d'œil par-dessus son épaule.

– Qui t'a raconté ça ?

Charlotte s'arrêta sur le palier, laissant d'autres élèves les dépasser. Elle baissa les yeux.

– En fait, c'est moi qui t'ai vue, admit-elle. Je m'inquiète pour toi. Est-ce que tout va bien ? De quoi tu parlais avec Thayer ?

Emma dévisagea Charlotte. L'espace d'un instant, elle envisagea de tout lui raconter. Mais comment ? *En fait, Char, je ne suis pas Sutton mais sa jumelle. Je crois que son père l'a tuée, et qu'il me force à prendre sa place en attendant de m'éliminer moi aussi. Oh, et je crois aussi qu'il a renversé Thayer avec la voiture de Sutton. Rien de grave, en somme.*

– On parlait juste du bon vieux temps, répondit Emma avec raideur.

– Tu comptes te remettre avec lui ? Et Ethan ?

– Je suis très bien avec Ethan. Thayer et moi, on discutait de quelque chose qui s'est passé il y a longtemps, c'est tout. Cesse de t'inquiéter, d'accord ?

– Mais... tu te conduis bizarrement depuis un bon moment, insista Charlotte. Comme si des extraterrestres avaient enlevé la Sutton que je croyais connaître pour la remplacer par quelqu'un d'autre.

Emma se mordit les lèvres. Charlotte n'était pas si loin de la vérité, et ça ne lui disait rien qui vaille. Prenant une grande inspiration, elle étreignit l'amie de Sutton.

– Je t'assure que je n'ai pas été enlevée par des extraterrestres, grimaça-t-elle. (Ce qui était la pure vérité.) Maintenant, allons nous entraîner et oublions tout ça.

– Comme tu voudras, acquiesça Charlotte, l'air un peu plus détendue.

Elles se dirigèrent vers la porte, prenant un raccourci vers les vestiaires. À mi-chemin, Charlotte s'arrêta et dit qu'elle avait oublié son manuel d'algèbre dans son casier – il fallait qu'elle retourne le chercher.

– Je te rattrape, dit-elle en tournant les talons.

Emma poursuivit son chemin, la tête dans les nuages. Les bus scolaires crachaient des gaz d'échappement. Quelqu'un klaxonna dans la rue. Pour atteindre les vestiaires, Emma devait longer un parking secondaire réservé aux professeurs et au personnel du lycée. À cette heure-ci, il était généralement vide. Mais ce jour-là, quelque chose attira le regard de la jeune fille.

Un homme se tenait adossé à la portière d'un SUV noir. Il la fixait. À sa vue, Emma s'arrêta net, et son sang se glaça dans ses veines.

C'était mon père. Et il la regardait de la même façon qu'il m'avait regardée la nuit de ma mort.

22

Joue le jeu

Fais comme si tu ne l'avais pas vu, songea aussitôt Emma. Tête baissée, elle continua à marcher en direction des vestiaires, le cœur battant la chamade. Puis elle entendit le bruit d'une main tapant sur la portière d'une voiture.

– Sutton ! appela M. Mercer.

Emma s'arrêta et leva les yeux vers lui.

– Oh, Papa. Salut, dit-elle aimablement, comme si elle venait juste de remarquer sa présence.

M. Mercer avait l'air fâché. Il contourna son SUV et ouvrit la portière passager.

– Monte, ordonna-t-il.

Les mains d'Emma se mirent à trembler.

– Merci, mais je suis venue en voiture, dit-elle en brandissant ses clés et en s'efforçant de prendre un ton normal. Je peux rentrer seule. De toute façon, j'ai entraînement de tennis dans un quart d'heure.

– Monte, répéta sèchement M. Mercer. (Puis, réalisant sans doute qu'il se trouvait dans le parking du lycée, il se força à sourire au cas où quelqu'un les observerait.) Il faut qu'on parle, d'accord ? ajouta-t-il d'une voix radoucie.

Cette scène était familière à me glacer le sang. *N'obéis pas, Emma*, songeai-je désespérément.

Emma resta plantée là, comme enracinée dans le bitume. Elle regarda autour d'elle, priant pour que quelqu'un passe l'angle du bâtiment et soit témoin de la scène. Mais, aussi incroyable que ça puisse paraître, il n'y avait personne.

Emma aurait bien voulu sortir l'iPhone de Sutton de sa poche et envoyer un texto à Charlotte, mais M. Mercer la verrait forcément. Et de toute façon, comment Charlotte aurait-elle pu l'aider ?

– Sutton ? répéta M. Mercer sur un ton menaçant.

Ne sachant pas quoi faire d'autre, Emma s'approcha du SUV et monta à l'intérieur. La climatisation était mise à fond, et il faisait froid dans l'habitacle. La boucle de la ceinture de sécurité était comme un morceau de glace contre la cuisse de la jeune fille.

Le père de Sutton s'assit derrière le volant et claqua sa portière. Il se mit à pianoter sur le cuir épais comme s'il rassemblait ses pensées. Recroquevillée sur le siège passager, Emma se concentra sur ses ongles au vernis beige écaillé en s'efforçant de garder son calme. *Ça va aller*, raisonna-t-elle. *Vous êtes dans un lieu public. Il ne peut rien te faire ici.*

Ouais, jusqu'à ce qu'il démarre en t'emmenant, songeai-je. *Et ensuite, que deviendras-tu ?*

Finalement, M. Mercer poussa un soupir et se tourna pour dévisager Emma.

– Ça fait un moment qu'il faut qu'on ait une petite conversation, tous les deux. (Il parlait lentement, comme s'il mesurait chacun de ses mots.) Autant jouer cartes sur table, non ? (Il prit une grande inspiration.) Cette nuit-là, dans le canyon, nos vies ont changé à tout jamais. Je ne voulais pas qu'il en soit ainsi, mais... C'est pour toi que j'ai fait tout ça, dit-il sur un ton étrangement implorant. Je pensais que ça arrangerait tout. Je croyais que c'était ce que tu voulais.

La température dans le SUV parut chuter de dix degrés supplémentaires. Ce fut tout juste si Emma put retenir sa mâchoire pour l'empêcher de tomber. Parlait-il de sa vie dans le Nevada en tant qu'enfant placée ? Insinuait-il qu'il avait tué sa jumelle pour lui donner un véritable foyer ?

Seigneur. J'étais de plus en plus horrifiée. Mon père était-il fou à ce point ? Me détestait-il à ce point ?

La colère brûlait dans la poitrine d'Emma.

– Comment tu as pu croire que ça arrangerait tout ? couina-t-elle, les doigts crispés sur la poignée de la portière.

Avant qu'elle puisse bondir dehors, M. Mercer lui saisit le bras. Ses yeux flamboyaient de nouveau.

– Écoute. Ça se passe plutôt bien, tu ne trouves pas ? Tu veux vraiment tout gâcher ? Pour ta mère, pour toi ?

Emma le dévisagea, incapable de répondre.

– C'est bien ce qu'il me semblait, acquiesça M. Mercer, satisfait. (Il posa ses mains sur les épaules d'Emma, la maintenant de force dans son siège.) Continue à jouer le jeu, et tout ira bien.

Emma avait tellement peur qu'elle n'osait même pas respirer. Les paroles du père de Sutton faisaient écho au premier message que l'assassin lui avait laissé : « Sutton est morte. Ne le dis à personne. Et continue à jouer le jeu, ou tu seras la suivante. »

Mercer venait de confirmer tous ses soupçons. Soudain, la rage submergea Emma. C'était lui qui avait fait ça à Sutton – et à elle. Il l'avait amenée à Tucson pour dissimuler son crime affreux. Puis il l'avait menacée de façon répétée pour qu'elle garde le silence. Et tout ça pour quoi ? Pour une femme ? Pour préserver les apparences ?

Mon choc et ma tristesse se changèrent eux aussi en fureur. Mon propre père m'avait tuée. Ça ne faisait plus aucun doute, et il n'avait aucune bonne raison d'avoir agi ainsi. Les parents sont censés aimer leurs enfants et les protéger, pas les jeter comme un jean de l'année précédente dès qu'ils deviennent gênants. Je valais mieux que ça.

Emma se retourna très vite et saisit de nouveau la poignée. Par chance, la portière n'était pas verrouillée, et la jeune fille fut plus rapide que M. Mercer. Elle jaillit de la voiture et s'élança à travers le parking.

– Sutton ! rugit M. Mercer.

Mais Emma continua à courir.

Jamais elle n'avait été aussi soulagée de voir la porte du vestiaire des filles. M. Mercer ne pouvait pas la suivre à l'intérieur. Elle fonça vers les toilettes et s'enferma dans un des box.

– Oh mon Dieu, souffla-t-elle, le visage enfoui dans ses mains.

Qu'était-elle censée faire maintenant ? Comment allait-elle coincer M. Mercer et se procurer les preuves dont elle avait besoin avant qu'il ne la tue ? Combien de temps lui restait-il ?

Moi non plus, je n'en savais rien. Et je bloquais sur ce que mon père venait de dire. Ses paroles tournaient dans ma tête comme un vieux disque rayé. *Continue à jouer le jeu.* Comme si c'était juste un petit divertissement ou une bonne blague !

Je posai mes doigts sur ceux d'Emma comme je ne l'avais fait qu'une seule fois auparavant – la nuit où elle s'était retrouvée bloquée dans la caverne avec Lili, et où nous avions cru toutes les deux que c'était la fin. Cette fois-là, je voulais la réconforter. Aujourd'hui… c'est moi qui avais besoin de ma sœur.

23

Le serpent à sonnette dans la pièce

Le mardi après l'entraînement, Emma se gara dans le parking de La Encantada, le centre commercial de luxe situé dans les collines de Tucson. Son téléphone se mit à vibrer au moment où elle coupait le contact.

Tu as trouvé quelque chose sur M. Mercer avec Google ? demandait Ethan.

Non, rien du tout. C'est un nom trop commun, répondit Emma.

D'accord, je vais chercher aussi, offrit Ethan.

Merci, tu es un amour.

Après sa conversation avec le père de Sutton, Emma était bouleversée. Par chance, M. Mercer n'était pas rentré de l'hôpital avant minuit ce soir-là. En plus de faire des recherches sur Internet à propos de lui et de sa femme, Emma avait fouillé le bureau au rez-de-chaussée de leur maison. Mais hormis quelques vieilles déclarations de revenus, elle n'avait trouvé aucune trace de leur vie en Californie.

– Coucou ?

Le visage de Laurel apparut à la fenêtre de la Volvo. Emma sursauta. La sœur de Sutton avait pris sa Jetta, mais Emma l'avait suivie de près dans le parking.

– On dirait un zombie. Qu'est-ce que tu fous ?

Emma rangea l'iPhone de Sutton dans son sac et récupéra les clés sur le tableau de bord. Le temps qu'elle descende de voiture, Laurel se dirigeait déjà vers les boutiques d'une démarche impatiente.

– Il est plus de six heures, jeta-t-elle par-dessus son épaule. Tu veux parier que Gaby et Lili ont déjà raflé les plus belles robes ?

– Elles ne pourront pas en porter plus d'une chacune le soir du bal, fit valoir Emma.

Elles avaient prévu de passer chez Anthropologie, BCBG, J. Crew et un tas d'autres boutiques du centre commercial.

Laurel monta sur l'escalator et s'accrocha à la main courante.

– Tu as hâte d'être à vendredi ? lui demanda Emma.

– Uh uh, acquiesça Laurel avec raideur.

– Tu veux vraiment te venger des Quatre Canailles, hein ? insista Emma.

Laurel grogna et détourna les yeux.

Emma soupira bruyamment. Elle avait assez de problèmes sans que la sœur de Sutton vienne y ajouter ses sautes d'humeur.

– D'accord. Qu'est-ce que j'ai encore fait ?

Laurel se retourna dans le sens inverse à la montée, toisant Emma de la hauteur de deux marches.

– D'accord, cracha-t-elle. Puisque tu veux absolument le savoir, Papa m'a dit que tu avais encore fouillé dans ma chambre.

Emma cligna des yeux. C'était à peine si elle s'en souvenait. Maintenant que Laurel ne figurait plus sur la liste des suspects, c'était comme si son esprit avait effacé tous les éléments relatifs à son enquête sur la sœur de Sutton.

Laurel pinça les lèvres.

– Tu cherchais des lettres d'amour de Thayer ? Eh bien, j'ai une nouvelle à t'annoncer. Quelque chose qui devrait te faire très plaisir. (Elle repoussa une mèche de cheveux blond miel derrière son épaule.) Thayer ne m'aime pas de cette façon, dit-elle d'une voix qui tremblait un peu.

– Oh, Laurel, je suis désolée, dit doucement Emma comme elles atteignaient le niveau supérieur et quittaient l'escalator.

Elle voulut toucher le bras de la sœur de Sutton, mais celle-ci se déroba.

– Hier soir, il m'a dit qu'il était toujours amoureux de toi, poursuivit Laurel à voix basse, comme si ça lui faisait mal de l'avouer. Franchement, je ne comprends pas. Si vous vous plaisez toujours, pourquoi vous avez rompu ?

Emma cligna des yeux. Deux femmes la dépassèrent avant qu'elle retrouve l'usage de la parole.

– Thayer ne me plaît plus, Laurel, je te le jure.

Laurel leva les yeux au ciel.

– Tu parles ! Je sais que vous vous êtes vus en secret le soir de l'anniversaire de Papa.

Un muscle de la mâchoire d'Emma se crispa.

– C'est Charlotte qui t'a raconté ça ?

Laurel écarquilla les yeux.

– Donc, c'est vrai ?

Emma soupira. L'odeur de viande grillée qui s'échappait du restaurant au bout de l'esplanade commençait à lui donner la migraine.

– C'est vrai, mais ce n'est pas ce que tu crois. Il fallait qu'on parle, tous les deux. Il n'y a plus rien entre nous. Je suis avec Ethan maintenant. (Elle posa une main sur le bras de Laurel.) Je suis désolée à propos de Thayer. Et désolée aussi d'être entrée dans ta chambre sans ta permission. Je te promets que ça n'arrivera plus. Je cherchais juste les sandales en cuir rouge que tu m'avais empruntées pour le bal d'Halloween. Je pensais les porter à la soirée d'anniversaire de Papa.

Laurel haussa les sourcils.

– Avec ta robe verte ? Tu te fous de moi ?

– Je pensais que ça claquerait bien, grimaça Emma.

– Ouais, tu aurais eu l'air d'un sapin de Noël, rigola Laurel.

Et la tension entre elles s'évapora instantanément.

Comme elles se dirigeaient vers BCBG, où elles avaient rendez-vous avec le reste de la bande, Emma réalisa qu'il restait une question en suspens. Elle regarda Laurel.

– Au fait, c'était quoi, cette raquette pleine de sang sous ton fauteuil ?

Laurel cligna des yeux comme si elle ne savait pas de quoi parlait Emma. Puis la lumière se fit dans son esprit.

– Oh, mon Dieu. J'avais complètement oublié. Je m'en suis servie pour tuer un serpent à sonnette dans le jardin la semaine dernière. C'était dégueu.

– Beurk, renchérit Emma, soulagée de pouvoir barrer Laurel de sa liste de suspects pour de bon.

Puis la jeune fille soupira.

– Et pour être honnête, j'ai trouvé ça moche de la part de Papa de cafter.

Emma déglutit péniblement. C'était dangereux d'impliquer Laurel dans son enquête, mais la sœur de Sutton connaissait M. Mercer mieux que personne.

– Ouais. Il a un comportement bizarre ces derniers temps, tu ne trouves pas ? hasarda-t-elle.

– Peut-être un peu, concéda Laurel, les sourcils froncés. Mais je pense que c'est parce qu'il n'aime pas Thayer.

Avant qu'Emma puisse lui soutirer davantage d'informations, l'iPhone de Laurel se mit à beugler une chanson de Rihanna, faisant sursauter quelques clients aux alentours. Laurel sortit l'appareil de son sac à main en crocodile et appuya sur le bouton haut-parleur.

– Salut, Papa.

– Coucou, ma chérie.

La voix de M. Mercer se réverbérait sur les surfaces dures du centre commercial. Les poils d'Emma se hérissèrent sur ses avant-bras.

– Je suis avec Sutton. Quoi de neuf ?

– Sutton est avec toi ? (Soudain, M. Mercer parut sur ses gardes.) Ah.

Les orteils d'Emma se recroquevillèrent dans les sandales compensées de Sutton.

Laurel lui jeta un coup d'œil et haussa les épaules.

– On fait du shopping. Je rentre tout de suite après, mais je ne sais pas ce que compte faire Sutton.

Emma sentit sa gorge se serrer.

– En fait, improvisa-t-elle, je dors chez Charlotte ce soir. Tu peux le dire à Maman ?

Charlotte serait sûrement d'accord, et le seul moyen pour Emma de se sentir en sécurité, c'était de ne pas dormir chez les Mercer.

– D'accord, acquiesça sèchement M. Mercer. Dis bonjour de ma part à M. Chamberlain. Et n'oublie pas notre conversation, d'accord, Sutton ?

Laurel jeta un regard interrogateur à Emma, mais celle-ci se pencha pour lui prendre son téléphone des mains et appuya sur le bouton rouge afin de couper la communication. Puis, sous le regard effaré de Laurel, elle se composa une expression de circonstance – comme si Sutton Mercer faisait un de ses innombrables caprices.

– Wouah, finit par souffler Laurel. Qu'est-ce que tu as encore fait pour énerver Papa ?

Si tu savais ! songeai-je.

– Et de quelle conversation parlait-il ? Lui aussi, il t'a vue avec Thayer le soir de son anniversaire ?

– Non, répondit Emma sur un ton léger comme elles arrivaient en vue de BCBG.

Par chance, les Jumelles Twitteuses étaient déjà là. Plantées devant la vitrine, elles se moquaient des mannequins.

– Franchement, cette ceinture est hideuse, disait Gaby en regardant celui de droite.

Lili fronçait le nez en détaillant celui de gauche, qui arborait un énorme sac à main à carreaux.

– Et pourquoi faut-il toujours que leurs mannequins soient aussi maigres ?

– Mesdemoiselles, lança Laurel.

Les Jumelles Twitteuses firent volte-face et adressèrent un grand sourire aux nouvelles arrivantes.

– Plus que trois jours avant notre bal secret ! se réjouit Gaby.

– Attendez que Mads vous raconte la dernière, ajouta Lili en mâchant un chewing-gum.

Comme si elles n'avaient attendu que ce signal, Madeline et Charlotte apparurent en haut de l'escalator. Elles rejoignirent leurs amies et leur firent la bise sans leur toucher la joue.

Gaby donna un coup de coude à Madeline.

– Vas-y, raconte-leur ta rencontre avec les Quatre Canailles.

Madeline leva les yeux au ciel.

– Ne les appelle pas comme ça, s'il te plaît. C'est leur accorder trop d'importance. Bref, ces idiotes m'ont coincée tout à l'heure, à la sortie des cours, et m'ont suppliée de les inviter à notre soirée.

Elle coinça une mèche de cheveux noirs derrière son oreille et croisa les bras sur sa poitrine.

– Et ? s'écria Laurel, tout excitée. Tu as dit non, pas vrai ?

– Évidemment, répondit Madeline comme si ça allait de soi. Mais vous auriez dû voir leur tête ! Elles se sont pratiquement mises à genoux pour me supplier.

– Tant mieux. Ça veut dire qu'elles essaieront de s'incruster, déclara fermement Charlotte. Et une fois qu'Ethan aura mis la main sur cette vidéo, elles seront les stars de la soirée !

– J'ai hâte de voir ça, se réjouit Gaby. Cette vidéo, c'était vraiment une super idée, Sutton.

Emma sourit. Pour une fois qu'elle pouvait être fière d'une blague du Jeu du Mensonge ! Ce n'était pas particulièrement méchant, juste une façon de rétablir la vérité. Et ça lui faisait plaisir qu'Ethan y participe.

– Personne ne s'en prend impunément à nous, pas vrai ?

Lili donna un coup de coude à Emma.

– Si, acquiesça la jeune fille avec un sourire forcé.

Mais nous savions toutes les deux que c'était faux. Quelqu'un s'en était pris à nous, et il avait fait bien pire que nous mettre en délicatesse avec l'administration du lycée. Il m'avait tuée, et mes amies ne s'en doutaient même pas.

24

MANO A MANO

Le mercredi, quand la cloche du déjeuner sonna, Emma ouvrit le casier de Sutton et en détailla le contenu. Depuis qu'elle avait pris la place de sa sœur, la jeune fille avait procédé à quelques aménagements, remplaçant le miroir de poche par une photo de Johnny Depp (pour qui elle avait le béguin depuis des lustres) et remplaçant le magnet marqué JE SUIS LA REINE DU MONDE, OBÉISSEZ-MOI pour un autre qui représentait Stewie de la série *Les Griffin*. Certes, Sutton régnait sur Hollier, mais elle n'avait pas besoin de s'en vanter par l'intermédiaire de son casier.

Comme Emma saisissait son manteau, l'iPhone de Sutton sonna dans son sac. Le cœur de la jeune fille faillit s'arrêter quand elle sortit l'appareil et vit que c'était M. Mercer. Elle laissa l'appel basculer sur boîte vocale, et quelques instants plus tard, un bip lui annonça qu'elle avait un message. D'un doigt tremblant, elle appuya sur ÉCOUTER.

– Laurel vient de me dire que tu ne rentrerais pas ce soir non plus. Je veux bien te couvrir encore aujourd'hui, aboya M. Mercer à son oreille, mais si tu n'es pas là demain…

Clic.

Emma fixa l'iPhone de Sutton. Elle regrettait presque que M. Mercer ne l'ait pas menacée de façon plus explicite : ainsi, elle aurait pu faire écouter le message à la police. Mais il était trop malin pour ça. Du moins n'aurait-elle pas à se préoccuper de lui ce soir, puisqu'elle dormait chez Madeline – les parents de Charlotte recevaient des collègues de M. Chamberlain à dîner. Mais le lendemain, elle n'aurait pas d'autre choix que de rentrer chez les Mercer.

L'épuisement l'enveloppait telle une cape. Si elle avait pu se rouler en boule à l'intérieur du casier de Sutton, Emma l'aurait fait. Par chance, elle déjeunait avec Ethan. Elle avait grand besoin d'un tête-à-tête avec la seule personne qui connaissait la vérité. Et qui lui avait été d'un grand soutien, en particulier ces derniers jours : il l'avait appelée tous les soirs avant qu'elle se couche, et lui avait même apporté des fleurs chez Charlotte. Mme Chamberlain avait déclaré qu'Emma était tombée sur « un bon cheval ».

La jeune fille s'adossa contre la porte du casier et ferma les yeux un instant. Quand elle les rouvrit,

Thayer était planté devant elle. Surprise, elle sursauta.

– Wouah, dit le jeune homme en levant les mains. Ce n'est que moi.

Emma lui adressa un sourire tremblant.

– S-salut, bredouilla-t-elle en détaillant ses yeux noisette et sa peau bronzée.

Elle ne l'avait pas vu depuis l'anniversaire de M. Mercer, même si le jeune homme lui avait envoyé plusieurs textos. Le moment qu'ils avaient partagé ce soir-là lui avait paru un peu trop intime, et elle préférait garder ses distances.

Thayer se rapprocha d'elle, s'appuyant de la hanche contre le casier voisin.

– Je voulais juste voir comment tu gérais… tout ça, dit-il doucement.

– Je…

Soudain, Emma avisa quelqu'un derrière Thayer. L'ex de Sutton, Garrett, les avait vus ensemble, et il fonçait vers eux, la mâchoire serrée, les yeux réduits à de simples fentes.

Thayer se retourna et agita vaguement la main. Garrett le fixa sans réagir.

– À ta place, je ne perdrais pas mon temps avec Sutton. Elle t'a déjà remplacé. Tu n'es pas au courant ?

– Garrett ! s'exclama Emma.

Thayer leva les yeux au ciel.

– Fiche-nous la paix, mec.

Garrett partit d'un rire dur.

– Oh, j'avais oublié. Ce n'est pas comme si ça te préoccupait que ta nana sorte déjà avec quelqu'un d'autre.

Il dévisagea Thayer, qui soutint son regard sans ciller.

– Fous le camp, finit par dire Thayer, les dents serrées.

– Sinon, quoi : tu coucheras avec ma copine ? ricana Garrett. Ah non, c'est vrai, c'est déjà fait. Parce que vous êtes du genre aussi facile l'un que l'autre.

Thayer vira à l'écarlate. Puis son poing s'écrasa sur le visage de Garrett, qui porta la main à sa mâchoire en grimaçant.

L'instant d'après, Garrett empoignait Thayer par les épaules et le secouait brutalement. Thayer tenta de garder son équilibre, mais le genou de sa jambe blessée céda sous lui.

– Arrêtez ! glapit Emma en retenant le jeune homme par le dos de son T-shirt. Par pitié, arrêtez !

Garrett lança son poing vers Thayer, mais celui-ci esquiva et le ceintura dans la foulée. Les deux garçons poussaient des grognements gutturaux. Ils s'écroulèrent ensemble et se mirent à rouler sur le sol.

– Arrêtez ! s'égosilla Emma.

Je les regardais faire, horrifiée... mais pas seulement. Je ne savais pas si deux garçons s'étaient déjà battus pour moi auparavant, et je ne pouvais m'empêcher de trouver ça flatteur.

– Du sang ! hurla un gringalet en chemise à carreaux.

D'autres élèves se matérialisèrent semblant surgis de nulle part pour assister à la bagarre. Les membres de l'orchestre sortirent de l'auditorium pour profiter du spectacle, et d'autres jeunes émergèrent du laboratoire de sciences naturelles pour former comme un amas de cellules autour de Garrett et de Thayer. La moitié d'entre eux levèrent leur téléphone pour filmer la scène.

Les deux garçons s'étaient relevés. Thayer voulut se jeter sur Garrett, mais un joueur de foot qu'Emma connaissait vaguement intervint et tira Garrett à l'écart.

– Arrête, mec, lui grogna-t-il à l'oreille. Sinon, tu risques de te faire virer de l'équipe.

Garrett se débattit, les yeux flamboyants. Il haletait.

– Connard, cracha-t-il au visage de Thayer.

– Avec toi, ça fait deux, répliqua ce dernier, désormais au centre du cercle formé par leurs camarades.

Son nez saignait.

La foule se dissipa aussi vite qu'elle s'était formée. Emma se précipita vers Thayer et lui toucha l'épaule.

– Ça va ?

– Ce type est dingue, lâcha le jeune homme en reprenant son souffle.

Il passa une main sur sa mâchoire et frémit.

– Tu n'aurais pas dû le provoquer, lui reprocha Emma.

Thayer fit rouler son épaule endolorie en soutenant le regard de la jeune fille.

– C'est une chose qu'il me traite de tous les noms, mais je ne supporte pas qu'il t'insulte, toi.

Une chaude sensation fleurit dans le ventre d'Emma, qui se sentit rougir. C'était touchant que Thayer se montre aussi chevaleresque, qu'il défende son honneur de la sorte. Elle trouvait ça… presque romantique.

Moi aussi, j'étais touchée. Essentiellement parce que c'était mon honneur que Thayer défendait, et pas celui de ma sœur.

Quelqu'un se racla la gorge derrière Emma. Pivotant, la jeune fille vit Ethan se frayer un chemin parmi les derniers badauds, l'air inquiet et perplexe. Emma se jeta dans ses bras, soulagée qu'il ne puisse pas lire dans ses pensées.

– Je suis contente de te voir, murmura-t-elle.

– Que se passe-t-il ? demanda sévèrement Ethan. J'ai entendu dire qu'il y avait une bagarre et que tu étais en plein milieu.

Emma secoua la tête en regardant tour à tour chacun des deux garçons. Ça la gênait de raconter à Ethan comment tout avait commencé.

– C'est fini, dit-elle simplement. Et je n'ai rien. Thayer… défendait mon honneur.

Ethan dévisagea longuement l'autre garçon, puis lui tendit la main.

– Dans ce cas, merci.

Thayer la serra.

– Pas de souci.

Puis Ethan passa un bras autour des épaules d'Emma.

– Tu veux qu'on sorte d'ici ? On pourrait aller déjeuner à l'extérieur du campus.

– D'accord, acquiesça la jeune fille.

Elle jeta un coup d'œil par-dessus son épaule pour dire au revoir à Thayer et s'assurer qu'il allait bien, mais le jeune homme avait déjà disparu.

Un quart d'heure plus tard, Ethan garait sa vieille Honda Civic dans un parking entouré de massifs de roses et de treillis couverts de lierre. Un restaurant coquet, appelé Le Garçon, occupait le rez-de-chaussée d'un manoir victorien qui ressemblait à une énorme maison en pain d'épices. Ce genre d'architecture était plutôt incongru à Tucson, où la plupart des maisons avaient une façade en adobe et un style mexicain, et cela le rendait encore plus exotique.

– Après la semaine que tu viens de passer, j'ai pensé que tu avais bien besoin d'un petit remontant, dit Ethan en entraînant Emma à l'intérieur.

La salle était fraîche et embaumait les fleurs coupées. Quand Emma s'habitua à la pénombre, la jeune fille remarqua que les tables étaient couvertes d'épaisses nappes en lin blanc. Des poutres en chêne couraient le long du plafond, et des solitaires contenaient chacun une rose rose pâle. Des guirlandes de minuscules ampoules blanches festonnaient les murs. Les portes du fond ouvraient sur un immense jardin, et une harpiste jouait doucement dans un coin.

– Wouah, souffla Emma en regardant le serveur passer devant eux avec des plats sophistiqués. C'est très chic, et sûrement très cher. (Elle jeta un regard inquiet à son petit ami.) Tu veux que je paye ?

– Bien sûr que non, grimaça Ethan. Je gère.

Emma lui prit la main tandis que le maître d'hôtel les conduisait à une table.

Moi aussi, j'étais surprise et impressionnée par le choix d'Ethan. C'était exactement le genre d'endroit que j'adorais pour un rendez-vous en amoureux : discret et bien fréquenté.

Les deux jeunes gens s'assirent et étendirent leur serviette sur leurs genoux. Un serveur vint leur apporter de l'eau, qu'Emma but avidement. Ethan l'observait, le menton dans les mains.

– Tu sais que tu es très belle ?

Emma baissa la tête.

– Arrête.

– C'est vrai, insista Ethan. Mais je te trouve l'air fatiguée. Tu as réussi à dormir la nuit dernière ?

– Pas beaucoup, admit Emma à voix basse.

Elle regarda autour d'elle. En dehors d'un couple de femmes bien habillées qui occupaient une table un peu plus loin, et qui ne leur avaient jeté qu'un rapide coup d'œil, personne dans la salle presque comble ne faisait attention à eux.

– Je veux juste être à demain pour fouiller le bureau de M. Mercer et en finir. J'en ai assez d'attendre.

Ethan lui prit les mains par-dessus la table.

– Je comprends. Mais essayons de ne pas y penser pour le moment, d'accord ? Tu mérites une petite pause.

Sa voix était douce mais ferme, et Emma se força à se détendre.

– D'accord, chuchota-t-elle.

À la table voisine, une femme en robe noire moulante et un homme en costume-cravate consultaient la carte des vins. Au bar, quelques personnes riaient de bon cœur. L'ambiance était détendue mais classe. Emma avait l'impression que sa sœur aurait adoré cet endroit.

Je souris. Elle avait raison.

Tout à coup le visage d'Ethan s'éclaira.

– Oh, j'ai failli oublier de te dire ! J'ai enfin réussi à pirater le site des caméras de surveillance. Vous aviez raison : c'est bien les Quatre Canailles qui ont fait le coup.

– Génial ! s'écria Emma en se penchant pour lui donner un baiser rapide. Les filles seront ravies !

Ethan rougit légèrement.

– Ouais, je fais un petit montage et je vous envoie tout ça par mail.

– Parfait.

Un serveur apporta une corbeille contenant un assortiment de petits pains.

– Les spécialités du jour pour ce charmant jeune couple, clama-t-il en avançant une hanche et en passant la main dans ses cheveux couleur carotte. Nous avons un tartare de thon sublime, et je ne vous parle même pas des côtelettes d'agneau braisées avec leur sauce à la menthe – elles sont di-vi-nes, dit-il avec une grimace extatique.

Emma gloussa.

– Pour moi, ce sera les côtelettes.

– Excellent choix, la félicita le serveur. Et pour vous, monsieur ?

– Je vais prendre le cocktail de crevettes, dit Ethan en détachant un morceau de pain de seigle pour le fourrer dans sa bouche, puis une entrecôte saignante.

– Grrrr, fit le serveur en recourbant ses doigts comme des griffes. Grand fauve.

Puis il s'éloigna d'un pas sautillant.

Un instant, Emma garda les yeux baissés. Quand elle les releva et vit qu'Ethan se retenait de rire, elle se mit à glousser. Ils échangèrent un regard et pouffèrent plus fort.

– Grrrr, fit Ethan, imitant le serveur.

– Excellent choix, renchérit Emma. Dommage qu'il ne bosse pas à la cafèt de Hollier. Tu imagines ça ? « Euh, je prendrai un panini tomate mozzarella. » « Excellent choix ! » dit-elle, posant une main sur sa hanche et levant fièrement le menton.

– Dans une cantine de prison, ce serait sympa aussi. (Ethan rentra la tête dans les épaules et prit une voix de gangster.) « Yo, man, j'vais prendre le pain de restes de viande et les haricots verts d'hier. »

– Excellent choix ! s'écria Emma avant de se remettre à pouffer de plus belle. Il pourrait aussi prendre les commandes au téléphone chez un traiteur chinois.

Ethan mima un combiné de téléphone avec le pouce et l'auriculaire et l'approcha de son oreille.

– « Bonsoir, je voudrais un poulet général Tao. »

– Excellent choix !

À présent, ils riaient si fort que tout le monde dans le restaurant les regardait. Emma savait qu'ils se comportaient de manière immature et totalement inappropriée, mais elle s'en moquait. C'était si bon de rire – si bon de partager un moment hilarant avec Ethan ! Voilà pourquoi elle sortait avec lui : parce qu'ils avaient le même sens de l'humour. Ils se comprenaient. Et ils s'amusaient toujours beaucoup ensemble.

– J'adore quand tu fais ça, avoua Ethan lorsqu'ils se furent un peu calmés. Ça me rappelle que, même si tu imites très bien Sutton, tu restes toi-même, et que tu es unique.

Emma acquiesça.

– Sutton et moi, on est... semblables et différentes, comme les deux côtés d'une pièce. Parfois, j'ai l'impression de devenir elle.

– Tu te trompes, affirma Ethan. Tu resteras toujours toi.

Emma fixa les bouteilles d'alcool derrière le comptoir.

– J'ai hâte de reprendre mon identité, dit-elle tout bas. D'après M. Mercer, ma vie d'aujourd'hui est bien mieux que celle que j'avais avant. Mais ça me manque d'être moi. Je veux pouvoir de nouveau faire mes propres choix.

– Je comprends, acquiesça Ethan. Moi aussi, j'ai hâte que tu redeviennes Emma. (Il lui prit les mains.) Mais reconnais qu'être Sutton présente quelques avantages, non ? Par exemple, c'est grâce à ça que tu m'as rencontré.

– C'est vrai, concéda Emma.

Ils se penchèrent l'un vers l'autre pour s'embrasser.

Je me détournai pour ne pas espionner ce moment intime. Les paroles d'Emma résonnaient dans ma tête. Je voulais qu'elle retrouve son identité et sa vie, je le voulais vraiment. Mais cela soulevait une question à laquelle je préférais ne pas penser. Une fois qu'elle aurait envoyé mon père en prison, qu'adviendrait-il de moi ? Étais-je liée à elle juste le temps de voir mon assassin arrêté ? Ou était-ce un retour de boomerang karmique pour toutes les choses affreuses que j'avais faites de mon vivant ?

Emma avait tout à gagner en me faisant justice. Elle pourrait tourner la page de mon meurtre et poursuivre son existence sous sa véritable identité. Et moi, passerais-je aussi à autre chose ? Ou me dissoudrais-je dans le néant ?

25

Casse-croûte nocturne

Après l'entraînement et une bonne douche brûlante, Emma alla frapper à la porte des Vega. Des bruits de pas résonnèrent dans le couloir. Un instant plus tard, Madeline ouvrit la porte, posa un doigt sur ses lèvres et fit signe à Emma d'entrer.

Les deux filles eurent beau se montrer discrètes, M. Vega sortit de la cuisine, tenant à la main un verre rempli d'un liquide ambré – probablement du whisky. De son regard glacial, il détailla Madeline comme s'il cherchait un défaut chez elle, quelque chose à lui reprocher. Puis il tourna son attention vers Emma.

– Ce n'est pas un peu tard pour une visite ? Il y a école demain.

Madeline se racla nerveusement la gorge.

– Papa, on a une interro de physique très importante demain, et on pensait réviser toute la soirée. Est-ce que Sutton peut dormir ici ? Je te promets qu'on ne fera pas de bruit.

M. Vega fit tourner son whisky dans son verre avec une mine sceptique. Même au repos, il semblait tendu et prêt à bondir, comme un serpent ramassé sur lui-même. Emma retint son souffle en se forçant à ne pas regarder les bras et les jambes de Madeline. Celle-ci dissimulait ses bleus avec des manches longues et un pantalon de yoga, mais Emma savait qu'ils étaient là – et elle savait qui les lui avait faits. Elle n'arrivait pas à croire que cette maison soit son seul refuge contre M. Mercer.

M. Vega ne figurait pas sur ma liste de suspects, mais il n'en restait pas moins un criminel. Maintenant que je savais ce qu'il faisait à Mads et à Thayer, je frissonnais chaque fois que je le voyais. Sa violence expliquait pourquoi Mads était si nerveuse en sa présence, et pourquoi elle se donnait tant de mal pour être parfaite. Elle pensait sans doute que si elle faisait tout comme il fallait, son père ne trouverait rien à lui reprocher – et aucune raison de la brutaliser.

– Très bien, finit par lâcher M. Vega après avoir fixé les filles une seconde de trop. Mais mettez la sourdine. Ta mère dort déjà.

Emma se demanda si Mme Vega avait tenté d'empêcher son mari de frapper leurs enfants, ou si elle avait trop peur de lui pour intervenir.

Une minute plus tard, les deux filles déposaient leurs affaires dans la chambre de Madeline. Des posters de danseuses recouvraient les murs. Des articles de magazines encadrés voisinaient avec des photos de Madeline et Thayer. Des figurines en porcelaine étaient disposées en cercle sur la coiffeuse immaculée. Emma se demanda si M. Vega obligeait sa fille à la nettoyer tous les matins, ou si c'était la façon de Madeline de contrôler ce qu'elle pouvait.

La jeune fille fit tomber plusieurs coussins de sa couette mauve et s'affala sur son grand lit. Serrant un oreiller contre sa poitrine, elle dévisagea Emma d'un air soupçonneux.

– Tu sais que j'adore avoir des copines à la maison pour la nuit, mais tu peux m'expliquer pourquoi tu évites de rentrer chez toi depuis le début de la semaine ? Tu t'es disputée avec Laurel ? Tes parents te tapent sur les nerfs ?

Emma dévisagea Madeline, ravie que celle-ci lui ait fourni une excuse plausible.

– Laurel est assez insupportable ces derniers temps. Je n'en pouvais plus qu'on se chamaille en permanence.

– À propos de Thayer ? demanda vivement Madeline.

Emma fixa le bout de ses pieds.

– Plus ou moins.

Les épaules de Madeline se crispèrent.

– Si tu recommences à le voir derrière mon dos, Sutton, je te jure que...

– Je ne le vois pas derrière ton dos, coupa Emma. Enfin, on a parlé une ou deux fois, mais rien de plus. (Elle s'assit sur le lit à côté de Madeline.) Ça se passe bien avec Ethan. Il me rend vraiment heureuse.

Madeline eut un sourire chaleureux.

– C'est vrai qu'il a l'air chouette. Qui aurait pu deviner que le poète maudit se révélerait être un type aussi super ? Je suis très contente pour vous.

– Merci, dit timidement Emma. Moi aussi, je le trouve génial. Et je comprends que tu veuilles protéger ton frère. Je sais qu'il était en désintox cet été.

Un muscle de la mâchoire de Madeline frémit. La jeune fille jeta un coup d'œil vers la porte de sa chambre.

– Pas si fort, chuchota-t-elle. Il te l'a dit ?

– Oui. L'autre week-end, quand on s'est croisés à l'épicerie. (Pour une fois qu'Emma pouvait être totalement honnête !) Et je n'en ai parlé à personne. Jamais je ne vous ferais une chose pareille.

Madeline poussa un soupir de soulagement.

– Merci. (Puis elle défit ses cheveux et les laissa se répandre en vagues d'un noir d'encre sur ses épaules.) J'adore mon frère, dit-elle doucement, prenant une mèche entre ses doigts pour regarder si elle avait des fourches. Je veux juste qu'il aille bien.

– Je comprends, murmura Emma. Il va beaucoup mieux, Mads. Tu as dit toi-même qu'il ne touchait plus à rien depuis son retour.

– À ma connaissance, tempéra Madeline en regardant par la fenêtre. (Brusquement, elle se tourna vers Emma et planta son regard dans le sien.) Je sais que je me comporte comme une cinglée quand il s'agit de mon frère. Mais tu ne peux pas imaginer comment c'est à la maison sans lui. Quand il passait du temps avec toi – et quand il en passe maintenant avec Laurel –, quand il n'est pas là...

Elle ne put achever sa phrase. Ses yeux se remplirent de larmes.

– Je ne supporte pas d'être ici sans lui, Sutton, reprit-elle enfin en secouant lentement la tête. Il est le seul qui me protège, le seul qui m'aime.

– Oh, Mads, chuchotai-je, navrée.

Je me sentais si impuissante !

Emma passa ses bras autour des épaules de l'autre fille.

– Je suis là pour toi, chuchota-t-elle.

Elle ne pouvait pas vraiment se mettre à la place de Madeline, mais elle aussi avait des problèmes avec sa famille, et elle savait ce que c'était d'avoir peur.

Je les enlaçai toutes les deux en souhaitant désespérément trouver un moyen de tout arranger.

Beaucoup plus tard, Emma se réveilla en sursaut, la gorge en feu. Il était trois heures, le moment de la nuit que Becky appelait « l'heure des sorcières ». Becky était un oiseau de nuit, et à trois heures tapantes, Emma l'entendait toujours faire les cent pas dans leur appartement.

Une veilleuse en forme de larme fixée au mur projetait une étrange lueur bleutée sur le sol. La maison était silencieuse, à l'exception des ronflements de M. Vega, qui s'élevaient depuis la chambre au bout du couloir. Emma aurait voulu fermer les yeux et se rendormir, mais elle avait l'impression d'avoir la bouche pleine de coton.

Elle repoussa les couvertures aussi prudemment et discrètement que possible. Plus tôt, alors que Madeline et elle regardaient la télé en discutant, M. Vega avait passé la tête dans la chambre. Il avait l'air furieux.

– Où sont vos livres de physique ? avait-il fulminé.

Madeline avait fait un bond d'un mètre de haut.

– Euh, on fait une pause, avait-elle bredouillé.

Après ça, les deux filles avaient éteint la télé et n'avaient pratiquement plus échangé un mot. Emma espérait que Madeline n'aurait pas à payer pour cet incident après son départ, le lendemain matin.

Les toilettes de l'étage étaient juste à côté de la chambre des parents de Madeline, aussi Emma décida-t-elle plutôt de descendre à la cuisine. Les marches de l'escalier craquèrent sous son poids. La jeune fille se figea, certaine que M. Vega allait jaillir dans le couloir en hurlant. *Continue*, s'exhorta-t-elle en regardant droit devant elle et en avançant sur la pointe des pieds. *Tu ne fais rien de mal.*

Au bout du hall du rez-de-chaussée, un vase en bois aux courbes douces contenait des branches couvertes de fleurs jaunes. Un antique plat en argent reposait sur la table basse du petit salon. Foulant un tapis de style najavo, Emma atteignit la cuisine, où flottait encore une odeur d'épices depuis le dîner de la veille.

Au moment où ses pieds nus se posaient sur le carrelage froid, elle vit quelqu'un et hoqueta. Thayer se tenait devant l'îlot central en granit noir. Il la regardait.

Emma fit un bond en arrière.

– Oh !

– Qu'est-ce que tu fais ici ? chuchota le jeune homme, qui était enfermé dans sa chambre quand Emma était arrivée chez les Vega après son entraînement de tennis.

Il portait un boxer bleu marine et rien d'autre. Même l'obscurité ne parvenait pas à dissimuler ses épaules et son ventre musclés. Emma détourna très vite les yeux.

– Euh, Mads m'a invitée à dormir chez vous.

Mon pouls accéléra. Que n'aurais-je pas donné pour quelques minutes de plus seule avec Thayer Vega et ces épaules !

Le jeune homme détailla le mince débardeur à fines bretelles d'Emma.

– C'est chouette.

Si difficile que ce soit de voir Thayer regarder Emma de la sorte, une partie de moi voulait que ma jumelle se rapproche encore de lui. Une partie de moi voulait que Thayer la serre contre sa poitrine pour que je puisse me souvenir ce que c'était de sentir ses bras autour de moi.

Thayer fit un pas vers Emma.

– Ça faisait un bail que tu n'avais pas passé la nuit ici, dit-il d'une voix rauque.

Emma déglutit. Thayer se tenait si près d'elle qu'elle pouvait sentir son déodorant et l'odeur mentholée de son dentifrice. Le jeune homme jeta un coup d'œil à l'horloge du four.

– Trois heures du matin, chuchota-t-il. C'était l'heure de nos rendez-vous autrefois, tu t'en souviens ? C'est pour ça que tu es venue ?

– Je…

Emma hésita. Elle voulait répondre par la négative, mais quelque chose l'en empêchait. Thayer était comme un aimant qui l'attirait vers lui.

– J'avais juste besoin de m'éloigner un peu de mon père.

Soudain, le jeune homme passa un bras autour de sa taille et se pencha vers elle.

– Thayer, protesta Emma en détournant la tête.

– Sutton, souffla-t-il à son oreille.

– J-je suis avec Ethan maintenant, balbutia Emma. (Elle se dégagea et s'écarta de lui.) Il faut que j'y aille.

Thayer leva les mains.

– Comme tu veux.

Emma savait qu'elle aurait dû remonter dans la chambre de Madeline. Mais quelque chose la maintenait clouée sur place, la forçant à boire Thayer des yeux. Ce garçon l'hypnotisait. Elle sentait presque le désir qu'il éprouvait pour elle.

– Je…, commença-t-elle.

Mais le reste de sa phrase s'évapora sur sa langue.

Ne fais pas ça, l'implorai-je en silence. *S'il te plaît, laisse-moi encore un instant.*

Mais je fus arrachée à ma contemplation lorsque Emma tourna les talons et remonta l'escalier en courant, m'entraînant à sa suite loin du garçon que j'aimais si désespérément.

26

Appelez le docteur

Le jeudi après-midi, Emma gara la voiture de Sutton dans le parking visiteur du Centre Médical et Hospitalier de l'université d'Arizona. Son front se couvrit instantanément de sueur, mais était-ce à cause du soleil aveuglant ou parce qu'elle était sur le point de s'introduire par effraction dans le bureau de M. Mercer ? La jeune fille n'aurait su le dire.

Un docteur en tenue verte sortit du bâtiment en parlant au téléphone et en tripotant le stéthoscope autour de son cou. En croisant Emma, elle lui sourit. La jeune fille baissa la tête, honteuse. Elle avait l'impression d'être une espionne.

Pouvait-elle vraiment faire ça : fouiller le bureau de M. Mercer sans permission ? Même si elle avait convenu avec Ethan que c'était l'endroit le plus probable où trouver des preuves, Emma avait du mal à s'y résoudre. Elle avait piqué dans un magasin, participé à des blagues du Jeu du Mensonge et même fouillé les chambres de Laurel et de Thayer dans ses efforts pour identifier l'assassin de Sutton, mais cette fois, ça lui semblait beaucoup plus dangereux. Peut-être parce qu'il s'agissait d'un endroit plein de caméras et de vigiles. M. Mercer n'aurait pas de mal à découvrir ce qu'elle avait fait…

Rassemblant tout son courage, Emma déglutit et se dirigea vers les ascenseurs. Elle appuya sur le bouton du troisième étage : c'était là que M. Mercer travaillait ; elle l'avait vu sur ses cartes de visite.

Le département d'orthopédie était situé à droite des ascenseurs. Emma y pénétra de son pas le plus nonchalant. L'endroit ressemblait à tous les autres hôpitaux de sa connaissance : murs verdâtres, grandes fenêtres et sol couvert de linoléum. Une désagréable odeur d'antiseptique et de maladie planait dans l'air. Aux murs étaient accrochés des dessins multicolores faits par de jeunes patients, représentant des dragons oblongs et des chiens aux yeux tristes.

Je scrutai ce couloir en essayant d'y trouver quelque chose de familier qui raviverait ma mémoire. Mon père m'avait-il amenée ici après m'avoir tuée ? Je ne pouvais m'empêcher de l'imaginer portant mon corps jusqu'à l'incinérateur au sous-sol.

Emma tourna à l'angle du couloir et pénétra dans la salle d'attente de chirurgie. Une réceptionniste qui arborait un bandeau en plumes leva un regard las vers la nouvelle arrivante.

– Bonjour, mademoiselle. Je peux vous aider ?

Emma se figea. La femme la dévisageait sans la reconnaître, ce qui était sûrement une bonne chose.

– Euh, oui. Je suis venue voir le Dr Mercer. Je suis une de ses patientes.

Elle tenta de prendre un air agité, comme si elle avait un grave problème qui nécessitait que le docteur la reçoive en urgence.

La réceptionniste plissa les yeux.

– Le Dr Mercer n'est pas là aujourd'hui. Il est à une conférence.

Et merde. Emma réalisa qu'elle aurait dû mieux préparer son coup. Il était évident que la réceptionniste connaîtrait l'emploi du temps de son patron.

Soudain, un petit homme en blouse d'hôpital, qui avait des cheveux blancs tout ébouriffés, apparut dans le couloir. Serrant contre lui un énorme paquet de chips, il promena un regard à la ronde comme s'il cherchait quelqu'un.

– Grover ? appela-t-il. Grover, tu es là ?

Puis il poursuivit son chemin en grommelant, ses chaussettes glissant sur le linoléum comme s'il faisait du patin à glace.

La réceptionniste se leva et contourna son bureau.

– Monsieur Hamilton ! cria-t-elle. Comment êtes-vous venu jusqu'ici ?

Rejoignant le vieil homme en quelques enjambées, elle posa gentiment une main sur son bras et l'entraîna vers une double porte battante.

Emma en profita pour s'engager dans un autre long couloir marqué BUREAUX. Elle regarda avidement défiler les numéros sur les portes. 311. 309. 307. *Bingo !*

Pitié, faites que ça ne soit pas fermé à clé. Du coude, Emma appuya sur la poignée et poussa. La porte pivota en silence sur ses gonds. La jeune fille se faufila très vite à l'intérieur et referma derrière elle.

Elle était dans la place.

Le bureau de M. Mercer était un carré parfait, plus petit qu'elle ne l'imaginait. L'unique fenêtre donnait sur un jardin et une mare artificielle. Quatre diplômes encadrés – tous délivrés par des établissements californiens – étaient accrochés aux murs blancs, et un calendrier orné d'une photo de Drake se roulant dans la neige devant un chalet en bois reposait sur le bureau. Le fauteuil en cuir était repoussé en arrière, comme si M. Mercer avait dû se lever brusquement et sortir en courant.

Entendant des pas dans le couloir, Emma se plaqua instinctivement contre la porte. *N'entrez pas !* Son cœur battit la chamade jusqu'à ce que la personne s'éloigne.

Alors, Emma s'approcha du bureau, qui comportait trois tiroirs et une armoire de dossiers suspendus. L'agenda dans lequel M. Mercer notait ses rendez-vous était ouvert sur un buvard, près d'un MacBook et d'une lampe.

Lentement, prudemment, Emma ouvrit le tiroir du haut sans trop savoir ce qu'elle cherchait. Un couteau ensanglanté ? Un soutien-gorge appartenant à la maîtresse de M. Mercer ? Une confession signée ? Mais elle ne vit qu'un bloc d'ordonnances vierges, quelques stylos et un guide médical de poche.

Le deuxième tiroir contenait une montagne de trombones, des surligneurs jaunes et une calculatrice solaire. Des enveloppes en kraft contenant les dossiers de plusieurs patients reposaient sur des blocs-notes publicitaires de laboratoires pharmaceutiques.

Dans le troisième tiroir, Emma trouva une boîte de stylos-billes ouverte et un carnet de chèques. Elle chercha aussitôt les pages récapitulatives à la fin. *Gagné !* M. Mercer était du genre à faire encore ses comptes à la main plutôt qu'en ligne. Emma déchiffra ses pattes de mouche. Il avait payé ses factures de gaz, d'Internet et de câble, le crédit de la maison, un traiteur de Tucson, et soldé les dépenses de sa carte Visa. Il avait également versé deux cents dollars à une dénommée Raven Jannings.

Au début, Emma ne releva pas : Raven Jannings pouvait être une masseuse, ou quelqu'un qui fournissait d'autres services personnels. Puis, sur la page suivante, elle vit que M. Mercer avait fait un autre chèque de cinq cents dollars à cette femme. Et un autre, et encore un autre. Chaque fois, le montant variait, mais c'était toujours un chiffre rond, et la date tombait toujours un lundi.

Sortant l'iPhone de Sutton, Emma fit une recherche Google sur Raven Jannings. Mais tout ce qu'elle obtint fut une suggestion de modifier sa requête en « Raven-Symoné ».

Le téléphone noir posé sur le bureau se mit à sonner, et Emma sursauta. *Motel Super 8*, indiquait l'identifiant appelant au-dessus d'un numéro local. Emma fronça le nez. Quel genre de patient s'apprêtant à, ou venant de, subir une opération logeait dans un motel miteux en bordure d'autoroute ?

La sonnerie cessa. Emma attendit un moment, fixant le petit triangle au coin du téléphone de M. Mercer. Une fois, elle avait travaillé à la réception d'un motel de Las Vegas, et ils avaient un appareil identique : le triangle s'allumait en émettant une lumière verte quand quelqu'un laissait un message.

Le téléphone se remit à sonner, et le même numéro apparut sur l'écran rectangulaire. Emma se mordit la lèvre. Quelque chose lui soufflait de décrocher.

Moi, peut-être ? Et je ne soufflais pas, je hurlais de toute la force de mes poumons.

Prudemment, Emma souleva le combiné.

– Allô ? lança-t-elle sur un ton hésitant.

À l'autre bout du fil, seule une respiration haletante lui répondit.

– Allô ? répéta Emma. Il y a quelqu'un ?

– Désolée, j'ai fait un faux numéro, dit très vite une voix de femme avant de raccrocher.

Le cœur d'Emma se mit à battre plus fort tandis qu'une théorie s'esquissait dans son esprit. Était-ce elle, la maîtresse de M. Mercer ? Et s'appelait-elle Raven ?

J'avais l'esprit en ébullition. Mon père avait-il réellement une liaison avec une femme prénommée Raven ? C'était tellement naze ! Et se donnaient-ils rendez-vous dans un Super 8 ? Peut-être pensaient-ils que personne ne les surprendrait là – ma mère n'aurait jamais mis les pieds dans un bouge pareil. Rien que d'y penser, j'avais l'impression que des fourmis me recouvraient tout le corps.

Emma raccrocha à l'instant où la poignée de la porte commençait à tourner. *Merde !* Elle s'accroupit sous le bureau, se roulant en boule dans l'espace normalement occupé par le fauteuil de M. Mercer, et tira celui-ci vers elle pour se dissimuler. *Pitié, faites que ça ne soit pas lui*, implora-t-elle en silence.

Une voix de femme fredonnait doucement. Emma desserra les poings. Une liasse de papiers fut lourdement déposée sur le bureau au-dessus de sa tête. Puis il y eut un tintement métallique. Emma retint son souffle tandis que l'inconnue s'affairait dans la pièce, ses pas étouffés par la moquette qui recouvrait le sol.

Quand la porte se referma derrière elle avec un cliquetis, Emma poussa un énorme soupir de soulagement et sortit de sa cachette, les jambes tremblantes. Elle rangea le chéquier dans le tiroir du bas et remit le fauteuil dans la position où M. Mercer l'avait laissé. Puis elle sortit très vite.

Elle venait de tourner à l'angle quand elle entendit une voix derrière elle.

– Docteur Mercer !

Prudemment, Emma rebroussa chemin et passa la tête dans l'autre partie du couloir. Une infirmière en tenue rose tendait un dossier à quelqu'un qui se tenait juste hors de son champ de vision.

– Merci beaucoup, dit une voix familière.

Le sang d'Emma se glaça dans ses veines. C'était M. Mercer. Pourquoi était-il revenu si tôt de sa conférence ?

Horrifiée, la jeune fille le regarda se diriger vers son bureau, le dossier à la main, et refermer la porte derrière lui. Son cœur battait si follement qu'elle suffoquait presque. À une minute près, l'assassin de Sutton l'aurait surprise en train de fouiller dans ses affaires.

C'était comme une intervention divine. J'aurais bien voulu dire que j'y étais pour quelque chose, mais ça aurait été un mensonge.

Emma s'engouffra dans un ascenseur ouvert et appuya précipitamment sur le bouton du rez-de-chaussée. Comme les portes se refermaient sur elle, la jeune fille s'adossa à la paroi du fond pour reprendre son souffle. C'était passé tout près – beaucoup trop près.

La colère me gagna tandis que l'ascenseur descendait. Emma n'était plus la seule à dresser des listes : j'en avais commencé une qui s'intitulait « Mensonges de Mon Père ». Mari loyal ? Père dévoué ? Ha.

Je pensai aux chèques qu'il avait faits à la fameuse Raven. À la respiration haletante de la femme au bout du fil, au motel miteux où elle logeait. Je les imaginai tous les deux là-bas, en train de faire des choses répugnantes.

Enfin, je vis mon père opérer ses patients de ses mains sûres et précises. Comment s'y étaient prises ces mains pour éteindre la lumière de mes yeux et faire s'écouler la vie de mon corps ? Mieux valait ne pas y penser.

27

La guerre est déclarée

Quand Emma se gara dans l'allée des Mercer une demi-heure plus tard, elle fut soulagée de voir que le SUV du père de Sutton n'était pas là. Elle avait peur de rentrer, mais elle avait encore plus peur de ce qui lui arriverait si elle ne rentrait pas.

Ouvrant la porte, elle laissa tomber les clés de Sutton près d'une pile de courrier sur la console noire et brillante du vestibule. Puis elle longea le couloir et les photos qui ornaient ses murs. Sutton et son père, souriants, posaient pendant les vacances ou durant des sorties en famille. Quelle fumisterie ! M. Mercer pensait-il à la fameuse Raven pendant tout ce temps ? Pourquoi lui faisait-il autant de chèques : pour qu'elle s'achète des bijoux ? Qu'elle paye leurs chambres d'hôtel ?

Ou pour qu'elle ne raconte à personne ce qu'il m'avait fait ?

– Sutton ? appela Mme Mercer depuis la cuisine. C'est toi ?

Emma s'arrêta – piégée – tandis que Mme Mercer sortait dans le hall. La jeune fille baissa la tête. Il lui semblait que toutes ses découvertes se lisaient sur sa figure.

– Salut, Maman, dit-elle d'une voix plus aiguë que d'habitude.

Mme Mercer avait remonté ses cheveux à l'aide d'épingles. Son visage ne portait pas d'autres traces de maquillage qu'un peu de blush sur ses pommettes hautes. Elle avait ôté ses vêtements de travail pour enfiler un bas de jogging noir et un sweat-shirt moulant avec un logo Adidas sur la poitrine. En revanche, elle avait gardé les perles minuscules qui ornaient ses lobes d'oreille.

Elle est si belle, songea tristement Emma. *Et si affectueuse. Comment son mari peut-il la tromper ?*

C'était la question qui tournait en boucle dans ma tête.

– Tu vas bien, ma chérie ? Papa m'a dit que tu avais révisé dur avec tes copines toute la semaine. (Le sourire de Mme Mercer s'évanouit.) Tu es toute pâle. C'est cette intoxication alimentaire qui n'en finit pas ?

Emma sourit à s'en faire mal aux joues.

– Non, non, je vais bien, mentit-elle. C'est juste que j'ai une interro d'allemand demain, et que ça s'annonce gratiné. Comme une bonne partie de ma note finale en dépend... (Elle pianota sur la rambarde de l'escalier.) Je crois que ce soir, je vais m'enfermer dans ma chambre pour réviser. Ça t'ennuie si je mange à mon bureau, pour une fois ?

– Bien sûr que non, répondit Mme Mercer, soulagée. Si tu savais comme ton père et moi sommes fiers de tes notes ce trimestre !

Emma tripota la bandoulière de son sac. Grâce à ses excellents résultats scolaires, les Mercer, qui l'avaient privée de sortie après qu'elle avait été arrêtée en train de voler à l'étalage chez Clique, avaient levé sa punition et lui avaient permis de se rendre au bal d'Halloween. C'était même M. Mercer qui avait convaincu sa femme que leur fille devait être récompensée pour ses efforts. Mais il faisait juste semblant. Il savait que ce n'était pas Sutton qui avait obtenu ces notes. Sans doute voulait-il juste récompenser Emma parce qu'elle jouait si bien le rôle de sa victime.

– Je monte, dit Emma en joignant le geste à la parole.

Arrivée en haut, elle claqua la porte de la chambre de Sutton et s'écroula sur le lit. Elle écouta la porte d'entrée s'ouvrir et se refermer deux fois tandis que Laurel rentrait, bientôt suivie par M. Mercer. Des voix joyeuses résonnèrent au rez-de-chaussée. Aux oreilles d'Emma, elles étaient aussi pénibles qu'un crissement d'ongles sur un tableau noir. La jeune fille ne pensait qu'au coup de fil depuis le motel en bordure d'autoroute, à la respiration haletante dans son oreille.

Quand quelqu'un frappa à la porte de la chambre de Sutton, Emma se redressa brusquement. Avant qu'elle puisse dire quoi que ce soit, la poignée tourna, et la porte s'ouvrit en grinçant.

– Sutton ?

La tête de M. Mercer apparut dans l'entrebâillement. Drake se tenait derrière lui, empestant le shampoing pour chiens – une odeur douceâtre qui soulevait le cœur d'Emma.

M. Mercer haussa ses sourcils noirs.

– Tu es rentrée. (Il tenait une assiette de pâtes couvertes de sauce tomate.) Ta mère m'a dit que tu mangerais dans ta chambre. (Il posa doucement l'assiette sur le bureau.) Ça bosse dur ?

Emma l'observait, sur ses gardes. Il devait bien se douter qu'elle ne révisait pas. Mais il donnait parfaitement le change avec son sourire et son regard plein de fierté.

– Uh uh, marmonna la jeune fille.

M. Mercer hocha la tête.

– C'est fou comme tu t'es améliorée depuis la rentrée. On dirait une autre Sutton.

Emma fixa le couvre-lit en résistant à l'envie de vomir. *Je suis une autre Sutton parce que tu as tué l'originale*, songea-t-elle amèrement. *Tu es content que je fasse exactement ce que tu veux ? Content de pouvoir poursuivre ta petite liaison minable en paix, sale meurtrier ?*

Tout à coup, elle se sentit incapable de le supporter une seconde de plus. Sautant du lit, elle alla chercher l'assiette et les couverts sur son bureau et les posa sur la table de chevet en tournant le dos à M. Mercer.

– Merci, Papa, cracha-t-elle.

Puis elle alla refermer ostensiblement la porte derrière lui.

C'est ça, sœurette. Débarrasse-toi de lui.

Lorsqu'elle fut certaine que M. Mercer était redescendu au rez-de-chaussée, Emma saisit l'ordinateur portable de Sutton et tapa « Motel Super 8 » dans la barre de recherche Google. Le deuxième numéro de la liste lui parut familier – elle aurait juré que c'était celui qui s'était affiché sur le téléphone du bureau de M. Mercer. Prenant une grande inspiration, elle le composa sur l'iPhone de Sutton.

Quelqu'un décrocha à la troisième sonnerie.

– Que puis-je faire pour vous ? demanda une voix morne.

Dans le fond, Emma entendait hurler une télé. Elle prit une grande inspiration.

– Vous pouvez me passer la chambre de Raven Jannings, s'il vous plaît ?

Son interlocuteur bâilla bruyamment.

– Pas de problème. Ne quittez pas.

Le cœur d'Emma se serra. Elle avait deviné juste. Et soudain, elle sut qu'elle avait aussi deviné juste pour tout le reste. La femme qui avait appelé le bureau de M. Mercer était sa maîtresse, celle que Thayer avait surprise avec lui le soir du 31 août, celle que Grand-Mère Mercer avait qualifiée de « toxique ».

Il y eut un *clic* à l'autre bout de la ligne, suivi par une nouvelle sonnerie. Emma remua nerveusement le pied. *Allez, décroche. Décroche !*

L'appel passa sur boîte vocale, et un message préenregistré annonça à Emma que l'occupant de la chambre 105 n'était pas disponible pour le moment.

– J'ai des informations pour vous concernant Ted Mercer, débita la jeune fille sans réfléchir. Je viendrai vous voir demain soir à neuf heures. Débrouillez-vous pour être là.

Puis elle raccrocha et fixa l'iPhone de Sutton. Était-ce vraiment ce qu'elle voulait ? Et si cette rencontre s'avérait dangereuse ? D'un autre côté, qui pouvait dire combien de temps Raven logerait au motel ? Emma n'aurait peut-être pas d'autre chance de la voir.

Moi aussi, je me posais des tas de questions. Avais-je vu Raven le soir du 31 août, dans le canyon ? Ou mon père l'avait-il supposé, à tort ? M'avait-il tuée pour rien ? Quelle sorte de secrets cette femme gardait-elle ?

Sois prudente, *Emma*, songeai-je. *Tu pourrais bien te jeter droit dans la gueule du loup.*

28

Effraction

Le vendredi soir, une odeur de feuilles mortes chatouilla le nez d'Emma tandis qu'elle montait les marches du lycée en compagnie de Laurel et d'Ethan. Une gourde métallique oubliée près de la porte du gymnase scintillait doucement dans les rayons du couchant. Il était dix-neuf heures – une heure après la fin de l'entraînement des équipes sportives, une heure avant le début officiel du bal de remplacement. Laurel et Gaby avaient vu juste. Tout le personnel du lycée était parti à une conférence à Sedona ; elles n'avaient donc pas à craindre que le proviseur Ambrose les surprenne et mette un terme à la fête.

Un cordon de velours avait été tendu devant la porte de derrière. Le videur engagé par Charlotte se tenait là, l'air menaçant avec son oreillette et ses lunettes noires.

– Salut, lança prudemment Emma.

Elle lui sourit, et le type hocha la tête.

La porte du gymnase s'ouvrit facilement et sans cliqueter : Charlotte avait coincé le loquet avec du scotch électrique bleu vif.

Les yeux d'Emma s'habituèrent lentement à la pénombre. Lili, Charlotte et Madeline étaient déjà là, vêtues des robes roses assorties qu'elles avaient achetées à La Encantada lors de leur expédition shopping. Elles accrochaient des guirlandes, gonflaient des ballons et disposaient la nourriture sur les tables. De gymnase malodorant, l'endroit avait été transformé en club chic avec des tas de rideaux, de tables et même quelques canapés moelleux. Les lumières étaient réglées très bas, et le DJ branchait son matériel dans un coin.

– Il était temps ! s'écria Lili en voyant arriver Emma, Ethan et Lili.

Elle tenait un rouleau de serpentins crème dans une main et des ciseaux rouillés dans l'autre. Ses cheveux étaient rassemblés sur le sommet de son crâne, et une épaisse couche d'eye-liner soulignait ses yeux.

– Salut, les Mercer, lança Charlotte depuis le haut d'un escabeau.

Sa crinière rousse cascadait sur ses épaules, et le rose de sa robe flattait son teint crémeux. Elle punaisa au mur une silhouette en carton de Jessica Rabbit.

– Et Ethan, ajouta-t-elle en le saluant du menton. Très élégant ce soir.

– Merci.

Le jeune homme sourit. C'est vrai qu'il était canon avec ses cheveux noirs coiffés en arrière et la chemise bleue qui faisait ressortir la couleur de ses yeux.

– C'est quoi, ça ? demanda Emma en observant la rousse de dessin animé à forte poitrine.

Charlotte haussa les épaules.

– Je l'ai trouvée dans le placard de ma mère et je me suis dit : « Pourquoi pas ? »

Madeline, qui s'était fait un chignon faussement négligé, ricana en douce.

– Donc, on est parées ? demanda Emma en balayant du regard les tables alignées le long des gradins.

– C'est bon pour la vidéo ? ajouta Ethan en avisant un ordinateur portable argenté sur un coin du buffet.

– Oui, c'est parfait, répondit Madeline. Et on a presque fini. (Elle tendit à Emma plusieurs paquets de gobelets en plastique rouge.) Tu t'occupes de la bouffe. Il faut disposer les verres, les assiettes et les couverts, et déballer tout ce qui se trouve dans les glacières.

– Pigé, acquiesça Emma en déchirant un des emballages avec ses dents.

Mais comme ses amies se détournaient, son sourire s'estompa. Elle savait qu'elle devrait être excitée par cette soirée illicite, et d'une certaine façon, elle l'était. Mais elle se sentait aussi affreusement distraite par ce qu'elle devait faire plus tard.

Emma n'arrivait toujours pas à croire qu'elle avait eu le cran de proposer un rendez-vous à Raven. Après avoir raccroché, elle avait appelé Ethan pour lui faire part de son plan. Le jeune homme avait insisté pour l'accompagner, au cas où. Emma avait aussitôt ajouté cette réaction sur sa liste des « Dix Plus Grands Moments de Mignonnitude d'Ethan ». Mais à présent, elle se disait qu'il avait peut-être raison de se méfier. Et si aller voir Raven était une très mauvaise idée ? Elle avait très bien pu contacter M. Mercer pour lui parler de cette visite. Que feraient Emma et Ethan si le père de Sutton les attendait au motel avec sa maîtresse ?

Le téléphone de Madeline sonna, arrachant Emma à ses pensées. La jeune fille prit l'appel.

– Elles sont en route ? Parfait. On les attend d'ici cinq minutes.

Glissant de nouveau son téléphone dans sa pochette de soirée, Madeline se tourna vers ses amies.

– C'était Gaby. Elle suit les Quatre Canailles en voiture. Apparemment, elles ne vont plus tarder. On ferait mieux de se bouger. Tout est prêt, Char ?

– Oui, gloussa l'interpellée.

Ethan se rapprocha d'Emma. Celle-ci lui pressa la main machinalement et dévisagea Charlotte, les yeux plissés.

– Qu'est-ce que vous mijotez ?

Charlotte eut un sourire taquin.

– Oh, on a pensé faire un petit quelque chose en plus de la projection vidéo. Une sorte de cerise sur le gâteau pour les décourager de s'attaquer de nouveau à nous.

Ethan et Emma échangèrent un regard sceptique, et la jeune fille se mordit la lèvre inférieure. Encore un truc à ajouter à sa liste des « Choses que Je Déteste dans le Jeu du Mensonge » : ses membres ne pouvaient jamais s'empêcher de pousser le bouchon un peu trop loin.

– Rien de dangereux, j'espère ? s'inquiéta Emma.

La dernière fois que les amies de Sutton avaient organisé une blague sans lui en parler, elle avait fini prisonnière d'une crevasse rocheuse dans le désert.

Madeline ricana.

– Mais non, espèce de chochotte, ne t'en fais pas.

Avant qu'Emma puisse insister, les premiers invités entrèrent dans le gymnase. Ils étaient en avance. Les filles portaient des robes de soirée ; les garçons étaient venus en pantalon de toile et avaient mis une cravate. Madeline baissa encore les lumières, et le DJ lança un morceau *lounge* pour démarrer la soirée.

Lili se matérialisa de nouveau à côté d'Emma.

– Elles sont là ! siffla-t-elle. Les Quatre Canailles sont là !

Emma se tordit le cou pour voir la porte du gymnase. En effet, le videur venait de baisser le cordon de velours et rabrouait vertement quatre filles sur leur trente-et-un.

– À ton avis, c'est quoi, leur cerise sur le gâteau ? demanda Ethan à voix basse.

– Je suppose qu'on ne va pas tarder à le découvrir, répondit nerveusement Emma.

– Mais nous sommes invitées, geignit Ariane, la fille qui avait la pointe des cheveux teinte, en tirant sur le bas de sa minirobe en cuir.

Le videur brandit son porte-bloc.

– Pas selon ma liste.

Lili donna un coup de coude à Emma.

– Je lui ai dit de faire des difficultés pour les laisser entrer. Maintenant, il va demander à Coco de prouver qu'elle est élève de Hollier en lui montrant son casier, qui se trouve juste à côté du gymnase.

Avec un immense sourire, Lili agita les bras pour faire signe à une fille qui était dans le cours d'anglais de Sutton et qui venait d'arriver avec un caméscope.

– Sadie, j'ai besoin de toi dans le couloir ! Il va se passer un truc dément !

Emma se mordit la lèvre au moment où le videur soulevait le cordon de velours pour laisser passer les Quatre Canailles. Il les suivit jusqu'au casier de Coco tandis que la fille au caméscope restait quelques pas en arrière.

L'air agacé, Coco composa son code. Emma se raidit. Et si c'était quelque chose qui leur foutait vraiment la trouille, ou pire ?

Moi non plus, ça ne me disait rien qui vaille. Je ne voulais plus faire de mal à personne.

Une diode rouge se mit à clignoter quand le caméscope zooma sur les filles. La porte du casier de Coco s'ouvrit, et une cascade de tubes blancs s'abattit aux pieds des Quatre Canailles. Emma plissa les yeux et mit quelques secondes à comprendre que c'était des tampons hygiéniques.

– Pouah ! grimaça Ariane en ramassant un des cylindres de coton qui avaient été sortis de leur emballage.

Les autres firent un bond en arrière pendant que le casier continuait à vomir son étrange contenu. Puis elles levèrent les yeux et réalisèrent qu'on les filmait. Elles virèrent à l'écarlate, et Ariane posa une main sur l'objectif du caméscope telle une star de cinéma en colère.

– Souriez ! s'écria Charlotte en s'appuyant contre le chambranle de la porte. (Elle désigna un des murs du gymnase, sur lequel les images du caméscope étaient projetées.) Vous êtes en direct !

Bouche bée, les Quatre Canailles pivotèrent dans la direction qu'elle indiquait. Le couloir du gymnase céda la place à l'enregistrement procuré par Ethan. Sur une photo granuleuse, les jeunes délinquantes décoraient les arbres de la cour avec des sous-vêtements. Au début, on ne voyait pas leurs visages, mais sur un des clichés suivants, l'une d'elles se retournait, fixait la caméra et levait le majeur bien haut. Elle avait des cheveux bicolores et un rictus moqueur.

Vue, songeai-je. Mes amies avaient vraiment assuré sur ce coup-là.

– Ethan, c'est génial, souffla Emma.

Le jeune homme sourit.

– J'avoue que c'est assez marrant d'être de l'autre côté de la barrière.

Tous les occupants du gymnase regardaient l'écran improvisé. Les murmures ne tardèrent pas à se transformer en grommellements furieux.

– C'était elles ! s'écrièrent plusieurs personnes.

– Qui sont ces filles ?

– Sales pétasses.

Les Quatre Canailles baissèrent la tête. Elles jetèrent toutes des regards mauvais aux membres du Jeu du Mensonge, qui s'étaient rassemblées sur le seuil pour savourer leur victoire. Emma s'avança et saisit entre deux doigts un tampon tombé sur l'épaule d'Ariane.

– Maintenant, vous savez qui doit s'incliner devant qui, assena-t-elle avant de tourner les talons.

Bien dit, frangine. Elles l'avaient cherché.

Une heure plus tard, la soirée battait son plein. Un morceau de rap faisait vibrer les énormes enceintes que le DJ avait disposées autour des gradins. La boule disco tournoyait au plafond ; les guirlandes lumineuses clignotaient, et les corps collés les uns contre les autres s'agitaient sous les paniers de basket.

Sadie faisait le tour du gymnase, son caméscope à la main, et les responsables du trombinoscope patrouillaient avec des appareils photo numériques, faisant crépiter leurs flashs tels des paparazzis. Les élèves de Hollier avaient mis le paquet, comme pour un bal normal.

– Euh, je croyais qu'on devait n'inviter qu'un petit nombre de gens triés sur le volet, fit remarquer Emma en balayant du regard la salle bourrée à craquer.

Il y avait au moins deux cents personnes.

Les Jumelles Twitteuses échangèrent un coup d'œil penaud.

– Les gens voulaient tous venir…

Madeline rougit.

– Oui, et j'ai fini par inviter des filles de mon cours de danse.

– On s'en fout, trancha Charlotte. Cette soirée est géniale.

Le morceau se termina, et la voix du DJ résonna dans le micro.

– La chanson suivante est dédiée à un certain groupe de filles qui se reconnaîtront. Merci d'avoir organisé une soirée aussi fantastique !

Les premières mesures de « Sexy and I Know It » se firent entendre. Avec des cris de joie, tous les invités qui n'étaient pas déjà en train de danser se précipitèrent sur la piste. Lili fonça vers Emma, qui gérait le buffet, et lui agrippa le bras.

– On assure grave ! s'écria-t-elle, tout excitée.

Emma fut forcée de sourire. Depuis une heure, des gens venaient la voir pour la remercier d'avoir organisé cette soirée et la féliciter du choix de la déco et de la musique. Les filles du Jeu du Mensonge étaient officiellement redevenues les reines de Hollier.

Si seulement j'avais pu partager quelques miettes de leur gloire ! Tandis que j'observais mes amies, la nostalgie me submergea. Je me souvenais parfaitement de mon excitation avant ce genre de soirée, lorsque nous préparions nos blagues, et pendant la soirée elle-même, quand je décidais qui était digne de mon attention. Et puis, cette bouffée de chaleur quand je croisais le regard de Thayer à travers une pièce pleine de monde...

Emma consulta son téléphone, et son estomac se noua. Il était presque huit heures et demie. Elle devrait bientôt partir.

Soudain, une main chaude lui attrapa le haut du bras.

– M'accorderas-tu cette danse ? lui demanda Ethan à l'oreille.

Jusque-là, il avait été très occupé à discuter avec des élèves de leur cours d'allemand.

– Bien sûr.

Emma laissa Ethan l'attirer contre elle et plonger son regard bleu comme un lac de montagne dans le sien. Le jeune homme se pencha et lui donna un baiser rapide.

– Oooooh, se pâma Lili en prenant une photo avec son téléphone pour l'envoyer aussitôt sur Twitter.

Emma saisit le poignet d'Ethan.

– Allons plutôt dans un endroit tranquille, chuchota-t-elle.

Le jeune homme acquiesça, et ils fendirent la foule ensemble. Les élèves assez courageux pour adresser la parole à celle qu'ils prenaient pour Sutton Mercer la complimentèrent pour cette soirée fabuleuse, et Emma les gratifia d'un sourire éblouissant. Une fille tout en violet réclama une photo du couple le plus sexy du lycée. Emma et Ethan s'arrêtèrent le temps de prendre la pose, puis s'éloignèrent de nouveau. En temps normal, Emma aurait fait remarquer à Ethan combien il était ironique qu'une enfant placée et un solitaire notoire soient soudain propulsés sur le devant de la scène sociale, mais le moment était mal choisi.

Tandis que commençait un morceau de Coldplay, Emma attira Ethan sous les gradins.

– D'accord. J'avoue que je flippe pour tout à l'heure, dit-elle.

Ethan plissa les yeux.

– Tu n'es pas obligée d'y aller. Il doit y avoir un autre moyen.

– Peut-être, mais je ne le connais pas, et je ne peux pas continuer ainsi. (Emma fit tourner son bracelet en argent autour de son poignet.) Vivre dans cette maison avec lui... ça me rend dingue.

– Et si Raven est au courant pour le meurtre de ta sœur ? Que feras-tu ? interrogea Ethan. Je trouve ça dangereux.

Emma réfléchit en observant les invités qui dansaient ou riaient près du buffet.

– Ça l'est peut-être. Mais c'est un risque que je dois courir. Je t'en prie, Ethan, j'ai besoin que tu me soutiennes. Je ne sais pas quoi faire d'autre.

Bien que toujours inquiet, le jeune homme l'enlaça.

– Je comprends. Et je vais surveiller tes arrières. Je ne te lâcherai pas d'une semelle.

Emma serra les dents.

– Justement, je me disais que… si tu entres dans la chambre avec moi, Raven pourrait prendre peur.

Ethan passa une main dans ses cheveux.

– D'accord. Et si j'attendais devant la porte ?

Son plan me plaisait. La dernière chose dont j'avais besoin, c'était que ma jumelle meure et qu'on se retrouve toutes les deux coincées dans les limbes à essayer de découvrir qui nous avait tuées.

– Marché conclu, acquiesça Emma.

– Mais sois prudente, surtout, lui recommanda Ethan sur un ton pressant. Je ne sais pas ce que je ferais s'il t'arrivait quelque chose.

Les yeux d'Emma se remplirent de larmes.

– Ça va aller.

– Comment peux-tu en être certaine ? insista Ethan.

– Je suppose que je ne peux pas, admit la jeune fille en tripotant le médaillon de Sutton.

– Je serai juste dehors. Si tu as un mauvais pressentiment ou si quelque chose a l'air de clocher, promets-moi que tu ressortiras tout de suite.

Emma se força à sourire.

– Bien entendu.

Ethan la serra plus fort contre lui.

– J'ai hâte que tout soit terminé. Tu te rends compte à quel point ce sera plus facile pour nous ? chuchota la jeune fille. Je n'aurai plus qu'à être moi, et tu n'auras plus qu'à être toi.

Ethan acquiesça, puis tourna son regard vers la porte du gymnase. Emma le sentit sursauter contre elle.

Plusieurs silhouettes massives venaient d'apparaître sur le seuil.

– Qu'est-ce que… ?

Soudain, la musique s'arrêta dans un larsen assourdissant. Il y eut des murmures perplexes. Emma et Ethan ressortirent de leur cachette au moment où Madeline s'écriait :

– Les flics !

– Ne bougez pas ! tonna une des silhouettes.

Ce fut le chaos. Les élèves s'élancèrent en masse vers les portes, manquant renverser Emma au passage. Plusieurs agents s'élancèrent pour les intercepter tandis que des sirènes se mettaient à hurler dehors et que quelqu'un aboyait des ordres dans un porte-voix.

Emma saisit le bras d'Ethan.

– Viens !

Ils fendirent la foule. Les filles titubaient avec leurs talons hauts, tandis que les garçons sautaient par-dessus les gradins pour aller plus vite. Un joueur de crosse qui avait trop bu heurta Emma et Ethan, les forçant à se lâcher la main. Le jeune homme fut emporté par la foule tel un radeau de sauvetage à l'amarre rompue qui s'éloigne du navire.

– Ethan ! appela désespérément Emma.

Des élèves s'interposèrent entre eux en jouant des coudes pour gagner la sortie. Une main agrippa l'épaule d'Emma, qui se retourna et découvrit les yeux flamboyants de Nisha.

– Par ici ! cria sa camarade.

Emma se retourna vers Ethan, mais le jeune homme n'était plus en vue nulle part.

– Ethan ! s'égosilla-t-elle en vain. Ethan !

Elle regarda sa montre. Il était 8 h 40. Elle devait y aller. Elle ne pouvait pas manquer son rendez-vous avec Raven Jannings.

Les élèves se déversèrent dans le couloir qui donnait sur le parking au moment où une voiture de police s'arrêtait devant l'entrée dans un hurlement de sirène. Emma fit volte-face et repartit dans la direction opposée. Elle n'arrêtait pas de regarder par-dessus son épaule en espérant qu'Ethan se matérialiserait derrière elle, mais le jeune homme avait disparu. *Il me rejoindra peut-être dehors*, songea-t-elle. *Il sait où me trouver.*

Elle longea un couloir où elle n'avait jamais mis les pieds – pieds désormais pleins d'ampoules aux endroits où frottaient les sandales de Sutton. Il faisait si noir que c'était à peine si elle y voyait à deux mètres devant elle. Il lui semblait distinguer une porte tout au fond, mais si c'était une impasse ?

Soudain, des pas résonnèrent derrière elle.

– Toi ! rugit une voix masculine.

Emma la reconnut aussitôt. Elle fit volte-face. *Quinlan !* Évidemment, il fallait que ce soit lui qui la trouve !

Mais la jeune fille ne pouvait pas se laisser arrêter – et elle ne pouvait pas laisser Quinlan découvrir qui elle était, ou qui il croyait qu'elle était. Alors, malgré ses poumons en feu, elle accéléra.

– Toi là-bas ! tonna Quinlan, qui d'après le son de sa voix gagnait du terrain. Arrête-toi !

Emma tendit les bras devant elle et toucha une surface dure une fraction de seconde avant de s'écraser dessus. Elle esquiva au dernier moment et découvrit une bibliothèque remplie de livres. Elle tâtonna alentour en quête d'une porte, mais il n'y en avait pas.

– Oh mon Dieu, chuchota-t-elle.

Elle était acculée.

Le talkie-walkie de Quinlan grésilla.

– J'en tiens une, grogna l'inspecteur.

Emma baissa les yeux, puis les leva. L'espoir lui gonfla le cœur. Une petite fenêtre se découpait quelques centimètres au-dessus de la bibliothèque. Mieux encore, elle était entrouverte.

Saisissant une des étagères du milieu, Emma commença à grimper. Le meuble se mit à osciller dangereusement tandis qu'elle gravissait ses étagères comme les degrés d'une échelle.

– Arrête !

Emma tourna la tête. À présent, elle distinguait la silhouette de Quinlan qui lui fonçait dessus en brandissant une matraque.

Arrivée en haut de la bibliothèque, la jeune fille se hissa jusqu'à la fenêtre et l'ouvrit le plus grand possible. Elle aurait juste la place de passer. Allongée sur le ventre, elle recula vers l'ouverture, dans laquelle elle glissa ses jambes en premier, puis le reste de son corps. Elle se retint au cadre métallique avant de se laisser tomber sur le sol. Ses genoux plièrent pour absorber l'impact, et ses mains touchèrent de l'herbe. Puis elle s'élança. Elle était libre ! Elle avait réussi. Et Quinlan n'avait pas pu la reconnaître.

J'étais loin de partager le soulagement et l'excitation de ma sœur. Tout en la regardant courir dans la nuit, je regrettai qu'elle ne se soit pas laissé arrêter par Quinlan. Je ne voulais pas qu'elle aille au motel, surtout seule. Des réponses l'attendaient dans cette chambre, je le sentais. Et ces réponses s'accompagnaient d'un danger encore plus grand que tout ce qui l'avait menacée jusque-là.

29

Le motel de l'enfer

– Vous êtes à trois kilomètres de votre destination, annonça la voix du GPS portable dans la voiture de Sutton.

Non qu'Emma ait encore besoin d'être guidée : elle voyait l'enseigne au néon du Super 8 briller dans le lointain. Les nerfs en pelote, elle quitta la Nationale 10. Dans 2,9 kilomètres, elle aurait toutes ses réponses. 2,8, maintenant. Plus que 2,7...

Au carrefour, elle tourna à gauche. Il n'y avait presque pas de circulation ; les rues étaient désertes, et les fast-foods qui se dressaient des deux côtés de la route semblaient étrangement vides. Emma dépassa un Arby's, un McDonald's et un *diner* fatigué appelé Le Fer à Cheval, dans le parking duquel traînaient deux vieilles camionnettes rouillées.

Comme le crachin se changeait en véritable pluie, Emma baissa sa vitre et laissa l'eau froide lui éclabousser les avant-bras. Cela l'aidait à rester concentrée. Quoi qu'elle découvre au motel, elle ne devrait pas perdre ses moyens.

Emma tourna sur une route sombre, et le Super 8 grandit devant elle. CHAMBRES LIBRES, annonçait l'enseigne au néon devant l'entrée. Mais le C et le A avaient grillé, et le deuxième B était tombé.

Emma contourna le bâtiment et alla se garer dans le parking de derrière. La Volvo de Sutton mise à part, il n'y avait là qu'un pick-up rouge solitaire. Était-ce celui de Raven ? Les yeux plissés, Emma détailla la plaque d'immatriculation émise en Arizona, les énormes pneus et les garde-boue ornés de filles dénudées. Elle avait du mal à imaginer la maîtresse de M. Mercer conduisant ce véhicule. D'un autre côté, elle ne savait rien sur cette femme et sur ses goûts.

Descendant de voiture, Emma verrouilla les portières. La pluie martelait le sol, et une odeur terreuse s'élevait du désert.

La jeune fille rebroussa chemin jusqu'à l'avant du motel et suivit les panneaux indicateurs vers la chambre 105. Les rideaux étaient tirés derrière la plupart des fenêtres ; ceux qui restaient ouverts laissaient voir des lits faits au carré et de petites tables en bois à l'air fatigué.

Un emballage de Filet-O-Fish gisait roulé en boule dans un coin. Une toile d'araignée scintillait sous l'avant-toit. Les sandales d'Emma claquaient sur le bitume, aussi la jeune fille s'efforça-t-elle de marcher sur la pointe des pieds pour être plus discrète.

Enfin, elle atteignit la chambre 105 et s'arrêta, le cœur battant si fort qu'elle craignit qu'il explose. De la lumière jaune filtrait entre les rideaux couleur pois cassé. Par la fente, Emma vit que la télévision était allumée.

La peur me saisit. Était-ce enfin le moment de vérité ? Ma sœur allait-elle découvrir ce qui m'était réellement arrivé ? Je savais ce qu'elle espérait : une confession et des preuves tangibles pour faire coffrer mon assassin. Mais quelle chance avait-elle de les trouver ?

Emma s'approcha de la porte et toqua doucement. Elle se demandait ce qu'elle allait bien pouvoir dire quand Raven viendrait lui ouvrir. Mais un long moment s'écoula sans qu'elle entende le moindre bruit de pas à l'intérieur. Elle frappa un peu plus fort. Toujours rien. Elle se mit à tambouriner contre le battant, si fort que le pêne céda et que la porte s'ouvrit avec un long grincement.

Emma se figea.

La lampe de chevet était allumée. Le lit, pourvu d'un couvre-lit rayé jaune et vert et de deux oreillers plats, n'avait pas été défait. Il n'y avait pas de valise sur le pliant à bagages, ni de vêtements suspendus sur le petit portant métallique. La télé diffusait une vieille sitcom inconnue d'Emma. Mais il n'y avait personne dans la chambre.

Tant pis. Va-t'en, songeai-je nerveusement. *Fiche le camp d'ici.*

Emma regarda par-dessus son épaule et entra. Une légère odeur de cendre froide et de pain rassis lui chatouilla les narines.

– Coucou ? appela-t-elle doucement. Il y a quelqu'un ?

Tremblant de nervosité, elle se dirigea vers la porte de la salle de bain, qui était fermée.

– Raven ?

Elle colla son oreille contre le battant pour écouter si quelqu'un s'agitait à l'intérieur.

– Raven ?

Emma poussa la porte. De minuscules flacons de shampoing et d'après-shampoing s'alignaient sur le lavabo. Sur l'étagère, un savon inutilisé voisinait avec un rasoir jetable.

Emma s'approcha de la douche et, le cœur battant, tira le rideau d'un coup sec. Personne. Elle ouvrit le placard en contreplaqué sous l'évier, espérant y trouver une trousse de toilette ou autres effets personnels, mais à l'exception d'une ventouse et d'un rouleau de papier toilette de rechange, le placard était vide.

Emma revint dans la chambre et fouilla la penderie. Des cintres vides, un fer à repasser. Quant à la commode, ses tiroirs étaient complètement vides.

Elle n'est plus là, songea la jeune fille, dépitée.

Passant les doigts dans ses cheveux, elle s'assit sur le lit pour réfléchir à la suite. Son regard se posa sur le téléphone crème. La petite lumière du répondeur ne clignotait pas. Cela signifiait-il que Raven avait écouté son message ? Et qu'elle avait décampé pour ne pas entendre les « informations » qu'Emma avait promis de lui donner au sujet de M. Mercer ?

Une voiture passa sur la route ; le grondement de son moteur raviva la frayeur d'Emma. La jeune fille se leva et, sur la pointe des pieds, se dirigea vers la porte en s'arrêtant au passage pour éteindre la télé. Ce fut alors qu'elle remarqua une pochette d'allumettes abandonnée sur le poste, rabat ouvert. LE FER À CHEVAL, était-il marqué sur le devant. À l'intérieur, quelqu'un avait griffonné deux mots au stylo noir : *Rendez-vous là-bas.*

Le cœur d'Emma fit un bond dans sa poitrine. Elle relut les mots, ses pensées s'éparpillant dans un millier de directions. S'agissait-il d'un message de Raven pour elle ? La maîtresse de M. Mercer pensait peut-être que le motel n'était pas un endroit sûr. Peut-être craignait-elle de se faire prendre, ou peut-être quelqu'un – M. Mercer ? – la surveillait-il.

Fourrant la pochette d'allumettes dans son sac de soirée, Emma sortit en trombe et claqua la porte de la chambre derrière elle. Impatiente d'atteindre sa voiture, elle s'élança sur le bitume. Le *diner* n'était pas loin : elle était passée devant en arrivant. Il ne lui faudrait qu'une minute pour l'atteindre.

Elle était au milieu du parking lorsque des phares trouèrent brusquement l'obscurité. Emma s'arrêta en levant un bras pour se protéger les yeux. Un SUV qui ne se trouvait pas là à son arrivée était désormais stationné juste devant elle. La jeune fille sentit son estomac se nouer : c'était celui de M. Mercer.

30

ÉCHAPPÉE AU FER À CHEVAL

Avant qu'Emma puisse prendre ses jambes à son cou, la portière côté conducteur s'ouvrit à la volée. La jeune fille recula contre le mur du motel tandis que le père de Sutton descendait de voiture. La frustration et la colère changeaient son visage en un masque hideux.

– Qu'est-ce que tu fous ici, bordel ? hurla-t-il.

Emma voulut crier, mais aucun son ne sortit de sa gorge. Des visions de ce que M. Mercer était capable de lui faire défilèrent dans son esprit.

– Laisse-moi tranquille, couina-t-elle d'une toute petite voix.

– Monte ! tonna M. Mercer en désignant son SUV.

Tâtonnant de ses doigts humides, Emma se déplaça discrètement sur le côté. Si elle parvenait à se faufiler dans l'ombre, elle pourrait peut-être s'enfuir et disparaître. Aller au *diner*, parler avec Raven, appeler la police…

– J'ai dit : monte ! répéta M. Mercer.

Emma tourna les talons et s'élança. Derrière elle, elle entendit un claquement de portière suivi par un bruit de course.

Ses pieds giflaient le bitume, et quand sa cheville gauche se tordit sous elle, la jeune fille grimaça mais ne s'arrêta pas pour autant. Elle entendait son poursuivant gagner du terrain. Quand elle osa jeter un coup d'œil par-dessus son épaule, elle vit qu'il ne se trouvait plus qu'à cinq mètres d'elle.

Plus vite ! m'époumonai-je en vain. *Plus vite !*

La gorge en feu, Emma avait du mal à respirer. Des ombres dansaient sur les murs du motel. Elle était si près de la voiture de Sutton – plus que quelques mètres avant qu'elle puisse s'y enfermer. Tournant à l'angle du bâtiment, elle piqua un sprint final. Par chance, elle réussit à ouvrir la portière et à mettre la clé dans le contact avant que le père de Sutton la rejoigne. Le grondement du moteur l'emplit d'un intense soulagement.

Elle sortit du parking en marche arrière et fonça vers la route. Dans le rétroviseur, elle vit M. Mercer se plier en deux, les mains sur les genoux. Apparemment, il avait du mal à reprendre son souffle. *Tant mieux*, se félicita Emma.

Elle tourna à gauche et enfonça l'accélérateur. Pied au plancher, elle crispa les mains sur le volant. Le Fer à Cheval se dressait un peu plus loin le long de la route. Emma donna un coup de volant et pénétra dans le parking avec un crissement de pneus. Les réponses qu'elle cherchait se trouvaient ici, avec Raven. La maîtresse de M. Mercer devait être là. Il le fallait. Sans quoi... que pourrait bien faire Emma ? Une chose était sûre : pas question pour elle de rentrer chez les Mercer.

Tu verras ça plus tard, l'exhortai-je. *Pour le moment, va parler à Raven.*

Le *diner* était un long bâtiment rectangulaire à la façade grise et terne. Les haies qui l'entouraient avaient grand besoin d'être taillées. Par ses grandes fenêtres, on voyait des clients en train de manger des frites, de boire du café ou de consulter le menu. Une maigre lumière clignotait au-dessus de la porte, et des cactus flétris bordaient le trottoir.

Emma se gara derrière le *diner*. Elle ne voulait pas que M. Mercer voie la Volvo de Sutton en passant devant le Fer à Cheval pour rentrer chez lui.

Quand elle descendit de voiture, la pluie avait cessé. Elle se dirigea rapidement vers le *diner*. Une clochette placée sur la porte tinta, signalant son entrée. Une odeur d'œufs sur le plat et de bacon grillé prit la jeune fille à la gorge. Derrière le comptoir, plusieurs cuistots surveillaient la cuisson des steaks hachés, tandis que des serveuses se déplaçaient entre les tables avec des cafetières et des carnets de commandes.

– Je peux vous aider ?

Une hôtesse d'accueil à l'air endormi et aux cheveux crantés détailla Emma avec curiosité. Elle se demandait sûrement ce que cette fille en robe de soirée rose faisait dans un *diner* miteux un vendredi soir.

– Euh, j'ai rendez-vous avec quelqu'un, marmonna Emma. Je vais m'asseoir quelque part pour l'attendre.

L'hôtesse haussa les épaules.

– Comme vous voudrez.

Il n'y avait pas grand monde : ici, trois adolescentes ; là, un couple de personnes âgées qui se tenaient les mains, et deux types avec des casquettes de base-ball qui buvaient du café – des routiers, sans doute. Aucune des tables n'était occupée par une femme seule, et encore moins par le genre de femme avec laquelle M. Mercer aurait pu avoir une liaison. En outre, personne ne regardait Emma nerveusement, avec l'air de se préparer à une confrontation pénible.

Le cœur battant très fort, la jeune fille se dirigea vers la porte marquée DAMES au bout de l'allée. Elle poussa le battant. Une odeur piquante de désinfectant à la citronnelle lui fit froncer le nez.

– Coucou ? appela-t-elle, sa voix se répercutant sur le carrelage rose. Il y a quelqu'un ?

Elle regarda sous les portes des box pour voir si des pieds dépassaient, mais ils étaient tous vides.

Se tournant vers le lavabo, elle s'aspergea le visage d'eau froide. Raven avait-elle laissé ce message pour quelqu'un d'autre ? Ou quelqu'un lui avait-il donné la pochette d'allumettes après y avoir inscrit le message ? Emma se trouvait-elle une fois de plus dans une impasse ?

Détaillant son reflet dans le miroir, la jeune fille eut l'impression de voir sa sœur lui rendre son regard. *Je ne te laisserai pas tomber, Sutton*, promit-elle en silence.

Emma ressortit des toilettes et se dirigea vers la caisse. Une grosse femme aux cheveux blonds et rares tapait des chiffres sur une calculatrice.

– Je peux vous aider ? demanda-t-elle d'une voix morne.

Emma redressa les épaules.

– Je m'appelle Sutton Mercer.

– Tant mieux pour vous, répliqua la femme, peu impressionnée.

Emma tortilla une mèche de cheveux autour de son index. Elle se sentait idiote.

– Je, euh, j'étais censée retrouver ici une femme du nom de Raven Jannings. Et apparemment, elle est déjà partie. Je me demandais juste si elle avait laissé quelque chose pour moi.

L'expression de la caissière s'adoucit.

– Raven ? (Elle jeta un coup d'œil à l'énorme horloge accrochée au-dessus de l'entrée de la cuisine.) Vous venez juste de la manquer.

La gorge d'Emma s'assécha.

– Donc, elle était bien là ?

La femme acquiesça.

– Et vous aviez rendez-vous avec elle ?

– C'est ça.

J'attendis en retenant mon souffle.

La caissière dévisagea longuement Emma, comme pour décider si la jeune fille disait la vérité.

Puis elle glissa la main sous une pile de billets de vingt dollars et en tira une enveloppe.

– Elle a laissé ça pour vous.

Emma en eut des palpitations.

– Merci, dit-elle en la prenant.

Se sentant observée, elle regarda autour d'elle. Les adolescentes pelotonnées dans un des box la fixaient, tout comme un vieil homme assis au comptoir. Cet endroit était bien trop public pour y examiner le contenu de l'enveloppe.

Emma poussa la porte, et l'air encore chargé d'humidité après la pluie lui tomba aussitôt dessus. Une fois assise dans la voiture de Sutton, la jeune fille déchira l'enveloppe d'une main tremblante. À l'intérieur, elle trouva un message accompagné d'un Polaroïd.

Emma cligna des yeux en regardant la photo, certaine que sa vue ou son cerveau lui jouait des tours. Malgré la piètre qualité de l'image, elle reconnaissait ce visage étroit, ce nez droit, ces pommettes hautes et ces cheveux d'un noir d'encre. Elle alluma le plafonnier et plissa les yeux sans que les traits du sujet se modifient d'un iota.

C'était impossible.

Moi, aussi, j'étais stupéfaite. Des étincelles crépitaient dans mon esprit, faisant rejaillir des bribes de souvenirs. Celles-ci s'assemblèrent pour former une scène, et une fois de plus, je fus projetée dans le passé.

31

Au revoir à jamais

Le SUV de mon père me fonce dessus, faisant jaillir des graviers et écrasant des cactus sur son passage. Dans ma course folle, je trébuche sur des racines et des replis du terrain dissimulés par l'obscurité. Et si mon père avait complètement pété les plombs ? Nos rapports sont plutôt tendus ces derniers temps, mais jamais je n'aurais imaginé qu'on en arriverait là.

La lune passe derrière un nuage, et mes yeux commencent à me jouer des tours. Des branches rabougries se changent en formes spectrales. Je vire brusquement à droite, et au moment où je crois que je vais lui échapper, mon pied bute sur une pierre.

Je décolle. Les bras tendus, j'essaie d'amortir ma chute. Mon pouls rugit à mes oreilles. Mes paumes et mes genoux me piquent aux endroits où je me suis écorchée, et je devine que je saigne. Je me mords la lèvre pour ne pas pleurer.

Mon père arrête sa voiture près de moi.

– Sutton ! lance-t-il par la fenêtre ouverte. Ça va ?

Je me relève en titubant. Un oiseau nous survole en poussant un cri. Le seul autre bruit que j'entends est le sifflement du vent qui rase le sol poussiéreux et s'engouffre entre les cactus. Soudain, je me sens vulnérable – coincée.

– Pourquoi t'enfuis-tu ? crie mon père, les jointures blêmes à force d'agripper le volant. Et où est Thayer ?

Je cligne des yeux sans comprendre. J'ai envie de lui dire : « Tu le sais très bien. » Mais il a l'air étonnamment surpris et inquiet.

Perplexe, je fais un pas en arrière.

– Il t'a laissée seule ici ? s'exclame mon père comme si ça le choquait.

Plus je le regarde, moins je pige. Malgré ses vêtements couverts de poussière et ses sourcils froncés, il ressemble de nouveau à mon père et pas à un fou furieux. Et il paraît sincère. Se pourrait-il que ce soit quelqu'un d'autre qui ait renversé Thayer ? Mais qui ?

– Euh…

Je ne sais pas si je dois raconter ce qui s'est passé à mon père. Tout à coup, je ne suis même plus certaine de ce qui s'est passé.

Mon père soupire.

– Je ne le répéterai pas. Monte dans cette voiture, Sutton. Le canyon est dangereux la nuit. Tu pourrais te faire mal.

L'épuisement me submerge. Je m'approche du SUV et me hisse sur le siège passager.

Comme nous redescendons lentement le flanc de la colline, je réalise que je ne me trouvais pas si loin de la route principale, en fin de compte. Maintenant, je vois très bien le lotissement en face du parking. Assis sous le porche de sa maison, Ethan Landry tripote son téles-cope – sans doute pour mieux voir la pleine lune. Les mordus de science adorent ce genre de trucs.

De l'autre côté de la haie, toutes les filles de l'équipe de tennis sont vautrées sur la pelouse des Banerjee, où elles fument des clopes en cachette. J'éprouve un pince-ment de culpabilité : j'étais censée assister à cette réunion de prérentrée, moi aussi. Au lieu de ça, j'ai choisi de voir Thayer – et regardez où ça nous a menés.

Je demande à mon père :

– Qu'est-ce que tu faisais dans le canyon ? Et pour-quoi tu nous as poursuivis ?

– Je voulais te dire la vérité, lâche-t-il avec un soupir frustré. Mais tu t'es enfuie avant que je puisse le faire.

– La vérité à propos de quoi ?

– De la femme avec qui j'étais.

Très raide, les mains toujours crispées sur le volant, il se penche en avant comme pour mieux voir à travers le pare-brise.

Je me tourne vers lui. Mon pouls accélère tandis que j'assemble les pièces du puzzle. Voilà pourquoi Thayer m'a entraînée à l'écart du point de vue et pratiquement poussée sur la piste. Mon père était à Sabino Canyon avec une femme – une femme qui n'était pas ma mère.

Je couine :

– Quelle femme ?

– Je peux tout t'expliquer, Sutton. Ce n'est pas ce que tu crois.

Mais c'est exactement ce que je crois. Sabino Canyon est un endroit parfait pour les amants illégitimes – à la fois romantique et isolé. C'est d'ailleurs pour ça que j'y ai emmené Thayer ce soir.

Je crache :

– Tu trompes Maman. Qu'y a-t-il d'autre à expliquer ? Je n'ai pas besoin de connaître les détails répugnants, comme le type de lingerie que ta traînée de maîtresse aime porter.

Ma main se referme sur la poignée de la portière.

Mon père écarquille les yeux.

– Sutton, dit-il sur un ton pressant en prenant mon autre main. Tu te trompes complètement.

Il donne un brusque coup de volant pour faire demi-tour et enfonce l'accélérateur. Nous retournons vers Sabino Canyon.

Je glapis :

– Qu'est-ce que tu fais ?

Le SUV plonge dans un trou et en ressort aussitôt avec une secousse violente qui me déséquilibre. Mon coude cogne la vitre.

– Laisse-moi descendre !

– Sutton, accorde-moi une minute, et je vais tout t'expliquer.

Mon père négocie la route pleine d'ornières, le regard fixé droit devant lui. Tous mes nerfs s'embrasent tandis qu'il fonce dans le parking et dérape sur le gravier. Il enfonce la pédale de frein, et la voiture pile. Puis il jette un coup d'œil à la ronde comme s'il cherchait quelqu'un. Mais hormis la bagnole bouffée par la rouille de tout à l'heure, le parking est vide.

Je m'impatiente.

– Papa ? Qu'est-ce qui se passe, enfin ?

– Ce n'est pas ce que tu crois. Je ne trompe pas ta mère, dit-il en mettant le point mort. Je sais que tu t'interroges au sujet de ta mère biologique depuis un petit moment. C'est parce que Kristin refuse de t'en parler que tu t'es éloignée de nous cette année. (Il ferme les yeux et prend une grande inspiration.) La femme avec qui tu m'as vu ce soir… Son nom est Becky, mais elle se fait appeler Raven. Sutton… c'est ta mère biologique.

Je le dévisage. Ses paroles mettent quelques secondes à atteindre mon cerveau.

– Hein ? Tu as une liaison avec ma mère biologique ?

– Non ! se récrie mon père en secouant la tête avec véhémence. (Son regard clair se plante dans le mien.) Becky est ta mère biologique… et ma fille. Ce qui fait de toi ma petite-fille.

Soudain, j'ai l'impression que mon cerveau déconnecte, comme si mes synapses refusaient de véhiculer davantage d'informations.

D'une voix étranglée, je chuchote :

– De quoi tu parles ?

– Kristin et moi, nous avons eu Becky quand nous étions encore très jeunes, explique lentement mon père sans me quitter des yeux, comme s'il voulait jauger ma réaction. Et Becky était encore très jeune quand elle t'a eue. Tu n'avais que quelques semaines lorsqu'elle t'a laissée chez nous.

Il tente de prendre ma main, mais je serre le poing et le garde collé contre moi.

– Ta mère – ta grand-mère biologique – et moi avons quitté la Californie pour nous installer en Arizona et prendre un nouveau départ. Mais Becky est à Tucson depuis quelques mois, et nous nous voyons en secret. Je crois que ma mère – ton arrière-grand-mère biologique – a tout deviné, mais si Kristin venait à l'apprendre…

De nouveau, il secoue la tête et n'achève pas sa phrase.

– Alors quand nous t'avons aperçue tout à l'heure, nous avons paniqué. (Sa voix sonne creux et semble lointaine comme s'il me parlait depuis le bout d'un long couloir.) Mais si tu veux la voir, elle doit être sur ce chemin, dit-il avec un geste pour désigner, à travers le pare-brise, une piste plongée dans le noir. Je lui ai dit d'attendre là, que j'allais tenter de te rattraper. On pourrait y aller ensemble.

Il m'adresse un sourire plein d'espoir, et c'est alors que je pète les plombs.

– Tu te fous de moi ? Je n'irai nulle part avec toi ! Et je n'ai aucune envie de rencontrer la femme qui s'est débarrassée de moi sans aucun remords !

Je suis furieuse.

Mon père tente de me prendre dans ses bras, mais je me rencogne violemment contre la portière et lève les mains.

– Bas les pattes ! Surtout ne me touche pas !

Blessé, il écarquille les yeux.

– Sutton !

Mais je réagis comme un animal. Je me sens comme un fauve – un tigre en cage. J'ouvre la portière à la volée, descends de voiture et titube en arrière.

– Salaud !

Je n'ai encore jamais insulté mon père. Pourtant, c'est à peine s'il frémit. Au lieu de ça, un profond regret s'inscrit sur son visage.

– D'accord, Sutton, dit-il tout bas. Je comprends que tu sois bouleversée. Je suis désolé. Je n'avais vraiment pas prévu que tu le découvres de cette façon. Rentrons à la maison.

– Rentrer à la maison ? Avec toi ? Tu crois franchement que je vais te pardonner ? (J'ai des fourmis dans les jambes.) Tu as attendu dix-huit ans pour me révéler que tu étais mon grand-père ? Tu m'as caché un secret aussi énorme pendant tout ce temps ? Je vous ai demandé des millions de fois qui étaient mes parents biologiques, et vous m'avez menti des millions de fois en répondant que vous l'ignoriez ! Tu trouves ça si affreux, d'être mon grand-père ? Affreux au point de faire comme si on n'avait aucun gène en commun et que tu m'avais adoptée ? Tu as honte de moi, c'est ça ?

Mon père soupire.

– Sutton, s'il te plaît…

Mais je continue à reculer, le cœur battant la chamade.

– Je ne rentre pas avec toi ce soir. En fait, je ne rentrerai pas avant un moment. Et je te conseille de trouver une bonne excuse à présenter à Maman – ou devrais-je dire « Grand-Mère » ?

Je me détourne et m'élance. Ma fureur me donne des ailes. Je dois m'éloigner de lui le plus vite possible.

– Sutton ! appelle mon père sur un ton inquiet. Où vas-tu ?

Par-dessus mon épaule, je jette :

– J'ai des amis. Des gens qui ne me mentent pas, eux.

Je sors mon téléphone de ma poche et le serre très fort dans ma main en continuant à courir. Mes bras s'agitent comme des pistons tandis que mes pieds soulèvent des nuages de poussière. Je vais appeler Madeline. Elle cherche à me joindre depuis le début de la soirée, de toute façon.

Je suis à mi-hauteur de la colline quand mon père crie de nouveau :

– Sutton ! S'il te plaît !

Je me retourne pour le foudroyer du regard.

– Ne t'avise surtout pas de venir me chercher.

– Sutton, répète-t-il plus bas, d'une voix presque geignarde. (Ses épaules s'affaissent.) Je suis prêt à en discuter quand tu voudras, dit-il tristement. Et je sais que c'est beaucoup te demander, mais n'en parle pas à ta mère, s'il te plaît. Ça la détruirait.

Je glapis :

– Je n'ai aucune intention de lui parler de quoi que ce soit ! Parce que ce n'est pas ma mère ! Et tu n'es pas mon père non plus !

Il a un mouvement de recul, comme si je l'avais frappé. Jamais je ne l'ai vu aussi triste. Je disparais derrière la crête.

Peu après, j'entends une portière claquer et un moteur démarrer. Tandis qu'il s'éloigne en direction de l'autoroute, je prie Dieu pour ne jamais le revoir.

32

Explications

De ses doigts tremblants, Emma mit de côté la photo de la mère qu'elle n'avait pas vue depuis treize ans et commença à lire le message qui l'accompagnait. Ses yeux parcouraient les lignes à toute allure, et son cerveau avait de la peine à croire les mots inscrits sur le papier.

J'ai reconnu ta voix sur le répondeur. Je regrette ce qui s'est passé cette nuit-là dans le canyon, mais tu ne peux rien me dire au sujet de mon père – ton grand-père – que je ne sache déjà. C'est un homme bien.

Et je n'ai rien à te donner à part cette photo de moi quand j'avais ton âge, et un petit conseil. Vivre avec tes grands-parents t'offre toutes les opportunités possibles et imaginables. Je ne m'en suis pas rendu compte à l'époque, mais il n'est pas trop tard pour toi. Sois plus intelligente que moi. Profite de ces opportunités, et ne fais pas les mêmes erreurs horribles qui mettront ta vie sens dessus dessous.

Raven Jannings (Becky Mercer)

Raven était... Becky ? Et Becky était la fille des Mercer ? Ce qui faisait de Grand-Mère Mercer l'arrière-grand-mère d'Emma et de Sutton, et de Laurel leur tante !

Oui, chuchotai-je. *Je sais que ça a l'air dingue, mais c'est la vérité.*

– Oh mon Dieu, souffla Emma.

Becky. Elle n'arrivait pas à y croire. Sa mère était bien apparentée aux Mercer. Et elle s'était trouvée là quelques instants plus tôt. Pendant toute la vie d'Emma, elle était restée si proche et si lointaine à la fois – un spectre, un souvenir.

Emma relut la lettre. « Cette nuit-là dans le canyon », c'était la phrase que M. Mercer avait utilisée quand il l'avait coincée dans le parking du lycée. Soudain, la lumière se fit dans l'esprit d'Emma, et les pièces du puzzle commencèrent à s'assembler.

Thayer avait vu M. Mercer avec une femme : Becky. Mais il ne la fréquentait pas en secret parce qu'il avait une liaison avec elle. C'était sa fille. Et apparemment, Becky et lui avaient fini par le dire à Sutton. Bouleversée, celle-ci s'était-elle précipitée vers sa mort sans le savoir ?

Quoi qu'il en soit, Emma s'était lourdement trompée au sujet de M. Mercer. Selon Becky, c'était un homme bien. S'il se comportait bizarrement vis-à-vis d'Emma, s'il lui avait demandé de jouer le jeu, c'était probablement à cause de ce qu'il avait révélé à Sutton.

Il ne m'a rien fait, tentai-je de dire à Emma. *C'est moi qui me suis enfuie, moi qui ai refusé qu'il me ramène saine et sauve à la maison.*

Quelqu'un frappa un petit coup à la vitre de la Volvo. Emma sursauta. Le père de Sutton était penché vers elle, le regard noir et les sourcils froncés par un mélange de tristesse, d'inquiétude et d'épuisement.

Emma fourra le message de Becky dans sa pochette de soirée et tâtonna en quête du bouton qui commandait l'ouverture de la vitre. Celle-ci descendit avec un léger bourdonnement. Emma n'avait plus peur de M. Mercer. Elle était juste fatiguée et perplexe.

– Comment as-tu su que je serais là ?

J'étudiai l'homme que j'avais considéré toute ma vie comme mon père adoptif, détaillant les contours de son visage si familier. Je ne savais pas combien de temps il me faudrait pour accepter le fait qu'il était mon grand-père biologique, mais à bien y regarder, je commençais à voir des similitudes entre nous deux – nous trois, en comptant Emma. Nous avions le même nez droit, le même menton pointu, les mêmes mains longues et fines. Comment avais-je pu ne jamais le remarquer ?

M. Mercer baissa la tête et posa les mains sur le bord de la vitre.

– Elle... Becky m'a appelé pour me dire que tu lui avais donné rendez-vous au motel. Elle n'était pas dans sa chambre, mais ce *diner* est son endroit préféré dans le coin.

Emma acquiesça.

– Elle avait laissé une pochette d'allumettes et un petit mot dans sa chambre pour que je la rejoigne ici.

M. Mercer secoua la tête.

– Elle a toujours adoré les chasses au trésor, dit-il avec un sourire nostalgique.

Emma sourit elle aussi. Quand elle était petite, Becky lui organisait des chasses au trésor dans la cour de leur immeuble. Des graines posées sur la table envoyaient Emma regarder dans la mangeoire à oiseaux, où elle trouvait une page déchirée d'un programme télé qui la conduisait au poste dans le salon, etc.

– Elle était au Fer à Cheval ? demanda M. Mercer, arrachant la jeune fille à ses pensées.

Emma secoua lentement la tête.

– Non. Elle m'a juste laissé un message. Et une photo.

Le vent ébouriffa les cheveux courts de M. Mercer sur son crâne. Le père de Sutton jeta un coup d'œil par la vitrine du *diner* avant de reporter son attention sur Emma.

– Je peux m'asseoir avec toi une minute ? demanda-t-il.

Emma acquiesça et remonta sa vitre pendant que M. Mercer contournait la voiture et montait côté passager.

Le regard rivé sur la boîte à gants, il poussa un gros soupir, croisa les mains dans son giron et baissa la tête comme un enfant pris en faute.

– J'aurais dû avoir une vraie conversation avec toi après cette nuit-là, dit-il enfin. Je n'aurais pas dû te laisser t'enfuir. Surtout après que Thayer t'a abandonnée sur place.

Son regard s'assombrit à la mention du jeune homme.

Emma opina sans rien dire. M. Mercer venait de confirmer ce qu'elle soupçonnait. Il avait bien expliqué la situation à Sutton la nuit de sa mort, et la jeune fille s'était bien enfuie, furieuse et bouleversée. Si M. Mercer pensait que Thayer l'avait plantée là, ça ne pouvait pas être lui qui avait renversé le petit ami de Sutton avec la voiture de cette dernière. Et ça expliquait pourquoi il le détestait autant.

– Mais juste après que tu as pris tes jambes à ton cou, j'ai été appelé en chirurgie, poursuivit M. Mercer. Je n'avais aucune envie de te laisser là, mais tu étais tellement en colère ! J'ai pensé qu'il valait mieux te laisser le temps de digérer la nouvelle avant d'essayer de te parler. Quand je suis rentré de l'hôpital cette nuit-là, j'ai commencé à t'écrire une lettre. Je me disais que si je t'expliquais les choses clairement, tu comprendrais pourquoi j'avais gardé le secret si longtemps.

Il se tourna vers Emma.

– Ce n'était pas parce que j'avais honte de toi. Je voulais juste te protéger contre ta mère. Je t'aime plus que tu ne peux l'imaginer. Depuis le jour où

Becky t'a laissée chez nous, je te considère comme ma vraie fille.

Emma pencha la tête sur le côté.

– Tu m'as écrit une lettre ?

M. Mercer se dandina sur son siège.

– Seulement le début. Le lendemain, tu t'es conduite comme s'il ne s'était jamais rien passé, et je n'ai pas su comment réagir. Mais si tu veux, je peux la finir. Ou, si tu veux bien m'écouter, on peut en parler maintenant.

L'esprit d'Emma était en ébullition. Si M. Mercer avait été appelé en chirurgie la nuit du 31 août, il avait un alibi facile à vérifier. Il ne pouvait pas avoir tué Sutton s'il se trouvait en salle d'opération au moment de sa mort. Et surtout, Emma ne voyait plus bien pourquoi il aurait voulu la tuer. Il était son grand-père. S'il gardait un secret, ce n'était pas dans son intérêt personnel, mais dans celui de Sutton et de Becky.

Le soulagement de découvrir que mon père ne m'avait pas tuée était pareil à une pluie fraîche et bienfaisante sur ma peau – il me lavait et me purifiait. Mon père était redevenu mon père, quelqu'un que je pouvais aimer, quelqu'un qui me manquait affreusement. C'était comme si on venait de recoller les morceaux de mon cœur brisé.

Et Emma avait raison : il n'avait aucun mobile. Je voyais sur son visage que lui aussi m'aimait plus que des mots ne pouvaient l'exprimer – et que cette tension entre nous lui faisait du mal. Qu'il n'avait qu'une seule envie : tout arranger pour que les choses redeviennent comme avant.

Puis je repensai à mon souvenir, et je sentis l'aiguillon du regret me transpercer. Les derniers mots que j'avais adressés à mon père adoptif – mon grand-père biologique – étaient des paroles de haine, des insultes. Si seulement je pouvais retourner en arrière et corriger ça. Changer toute la suite...

M. Mercer étendit ses jambes devant lui.

– Tu sais, à sa façon imparfaite, elle t'aimait aussi, reprit-il. Quand elle s'est manifestée il y a quelques mois, j'étais ravi. Kristin en avait assez de tous ces mensonges, mais je n'ai jamais eu le cœur de refouler Becky. Un père est toujours faible face à sa fille, dit-il en ébouriffant les cheveux d'Emma.

La jeune fille acquiesça, imaginant la réaction des Mercer quand Becky s'était pointée chez eux avec un bébé, dix-huit ans auparavant. Elle devait avoir plus ou moins le même âge qu'Emma aujourd'hui. Mais pourquoi avait-elle renoncé à une de ses jumelles en cachant à ses parents l'existence de l'autre ? Peut-être pensait-elle qu'elle arriverait à s'en sortir avec une seule fille. Jusqu'à ce qu'Emma ait cinq ans, et qu'elle renonce complètement à l'idée d'être une mère.

– Je n'ai jamais pu l'effacer complètement de mon cœur et de ma vie, poursuivit M. Mercer. Mais elle a de gros problèmes, Sutton. Elle en a toujours eu. C'est une personne très... déséquilibrée. Je lui donne de l'argent de temps en temps, mais je crains que ça n'arrange rien, au contraire.

Ses yeux s'embuèrent, et il battit des paupières pour retenir ses larmes.

– J'ai toujours culpabilisé, comme si c'était ma faute – parce que Kristin et moi avions été de mauvais parents. (Ses larges épaules s'affaissèrent sous le fardeau d'une tristesse trop lourde à porter.) Mais… nous ne savions pas quoi faire. La situation nous dépassait. (Une note de panique troubla sa voix.) J'aime Becky, mais il lui est arrivé de nous faire beaucoup de mal et de nous rendre la vie très difficile. Quant à la façon dont elle t'a traitée…

Les yeux d'Emma se remplirent de larmes. Elle ne connaissait que trop bien les problèmes de Becky : elle avait vécu avec elle pendant cinq ans. Pourtant, sa mère lui manquait chaque jour. Le lien filial était difficile à briser.

Emma leva les yeux vers M. Mercer, son grand-père biologique, en caressant machinalement la lettre de Becky dans sa pochette de soirée ouverte. Elle brûlait de révéler la dernière pièce du puzzle à M. Mercer, de lui dire qu'il avait une autre petite-fille qui était la jumelle de Sutton. Mais tant qu'elle n'aurait pas coincé l'assassin, elle ne pourrait pas. Elle deviendrait aussitôt la suspecte numéro un, la pauvre fille qui avait volé la vie de sa sœur pour échapper aux services sociaux. Une fois de plus, elle était revenue à la case départ.

Non, pas tout à fait. La lune émergea de derrière un banc de nuages au beau milieu du pare-brise de la Volvo. Emma avait sous les yeux le ciel que sa jumelle et elle avaient partagé pendant dix-huit ans sans le savoir, le ciel qu'elle avait si souvent regardé en souhaitant de tout son cœur avoir une famille. Elle avait perdu Sutton et Becky, mais elle avait trouvé des grands-parents, une arrière-grand-mère, et même une tante.

Elle se pencha vers M. Mercer et lui passa les bras autour du cou. Il poussa un long soupir en la serrant contre lui, et le déplacement de leur poids fit grincer les sièges de la Volvo vintage.

– Tu peux me parler un peu d'elle ? réclama Emma, la joue contre la poitrine de M. Mercer. De ma mère ?

Il y avait tant de choses qu'elle ignorait sur Becky, tant de détails qu'elle avait soif de connaître, tant de questions qui la hantaient depuis treize ans !

– Par exemple, comment elle était, petite ? articula-t-elle, la voix à demi étranglée par ses sanglots. Est-ce que je lui ressemble ?

Au-dessus d'elle, elle entendit M. Mercer renifler discrètement. Il pleurait lui aussi.

– Bien sûr, dit-il en passant tendrement une main dans les cheveux d'Emma. Je te raconterai tout ce que tu voudras.

33

Elle est de retour

Le lendemain, Emma était assise à la terrasse d'un café dans un centre commercial à quelques rues de chez les Mercer, l'ordinateur portable de Sutton ouvert devant elle. Connectée à Twitter, elle faisait défiler les messages comportant le hashtag #BALSECRETDEHOLLIER.

Apparemment, la soirée avait été un gros succès : tout le monde vantait la qualité de la musique et de la nourriture, ou échangeait des ragots sur les couples qui s'étaient formés à cette occasion. Même l'intervention de la police était présentée comme un incident excitant. Seuls quelques élèves s'étaient fait pincer. Et au final, ils avaient tous été relâchés sans qu'aucun d'eux dénonce les filles du Jeu du Mensonge. Emma et les amies de Sutton s'en tiraient bien.

Pourvu que ça dure, songeai-je.

– Sutton ?

La voix fit sursauter Emma. Levant les yeux de l'écran du portable, la jeune fille vit M. Mercer approcher depuis le Home Depot situé de l'autre côté du parking, une pelle neuve à la main.

– Salut, Papa, dit-elle en se détendant.

La veille, elle avait appelé l'hôpital pour se faire confirmer qu'il était en salle d'opération la nuit du 31 août. C'était bon de ne plus avoir peur de lui, et de pouvoir se réjouir de sa présence au lieu de le fuir.

À qui le dis-tu, sœurette !

Planté devant la table d'Emma, M. Mercer passa une main dans ses cheveux.

– Ta mère m'a dit que je te trouverais là. J'ai des mauvaises herbes à arracher, mais je pensais que si tu n'avais rien d'autre à faire, on pourrait peut-être aller se promener dans les montagnes plus tard. Explorer un canyon qu'on ne connaît pas déjà.

Emma ne put se défendre contre le large sourire qui illumina son visage. On aurait dit qu'il créait une occasion pour lui parler encore de Becky. Ils avaient déjà eu une longue conversation à son sujet la veille, et Emma avait appris tant de choses sur sa mère ! Par exemple, quand elle était petite, elle pouvait regarder *Cendrillon* cinq fois d'affilée. Elle adorait tout particulièrement la scène où la fée marraine change l'héroïne en princesse. Elle raffolait de la glace à la pêche – qui était aussi le parfum préféré d'Emma. Elle avait aimé l'école jusqu'en 4e ; après ça, elle avait commencé à faire n'importe quoi, jusqu'à ce qu'elle finisse par fuguer quand elle était au lycée… et par revenir enceinte.

Mais il restait à Emma des tas de questions à poser, des choses à propos desquelles elle n'avait pas encore osé interroger M. Mercer. Par exemple, pourquoi celui-ci se rembrunissait-il quand Emma évoquait les fameux « problèmes » de Becky ? Et pourquoi Mme Mercer ne voulait-elle plus entendre parler de cette dernière ? Troublée ou pas, Becky restait sa fille : comment pouvait-elle se montrer aussi dure et inflexible ? Becky avait-elle fait quelque chose d'horrible que sa propre mère ne pouvait pas lui pardonner ?

– J'aimerais bien, acquiesça Emma.

Elle allait suggérer une piste de randonnée dont Madeline lui avait parlé quand une BMW bleue pénétra dans le parking. Emma tourna la tête pour regarder Thayer se garer devant le café.

M. Mercer plissa les yeux. Quand Thayer le vit, il blêmit, et Emma crut qu'il allait passer la marche arrière pour s'en aller. Au lieu de ça, le jeune homme coupa le contact, descendit de voiture et se dirigea vers Emma.

M. Mercer le regarda approcher, les lèvres pincées.

– Je croyais t'avoir interdit de fréquenter ce garçon, Sutton.

Ses mains se crispèrent sur le manche de la pelle. C'était le genre de réaction qui aurait effrayé Emma la veille encore, mais à présent qu'elle connaissait la vérité, la jeune fille trouvait ça plutôt drôle d'imaginer son grand-père brandissant une pelle pour menacer l'ex de Sutton.

Elle lui posa une main sur le bras.

– Tout va bien, dit-elle gentiment. C'est moi qui lui ai demandé de venir. Tu dois savoir qu'il ne m'a pas abandonnée à Sabino Canyon cette fameuse nuit. Il s'est blessé, et il a dû partir à l'hôpital. C'est moi qui lui ai dit de me laisser.

M. Mercer jeta un regard soupçonneux à Thayer.

– Si tu le dis. Mais je te garde à l'œil, pigé ? lança-t-il en pointant sa pelle vers Thayer avant de rebrousser chemin vers son SUV, qui était garé un peu plus loin.

L'air ébranlé, Thayer s'assit face à Emma.

– Je ne suis pas certain que ce soit une bonne idée. En fait, j'envisage d'aller raconter à la police ce qui m'est arrivé à Sabino Canyon, dit-il en regardant un hipster d'une vingtaine d'années entrer dans le café, comme s'il redoutait la réaction d'Emma.

– Justement, c'est pour ça que je t'ai demandé de venir, répondit la jeune fille sur un ton pressant. Ce n'est pas mon père qui t'a renversé. C'était quelqu'un d'autre.

Thayer tourna brusquement la tête vers elle.

– Tu en es sûre ?

– Certaine. En fait, j'ai découvert un truc absolument dingue. (Emma but une longue gorgée de son thé glacé.) Mon père est mon grand-père biologique. La femme avec qui tu l'as vu ce soir-là… c'était ma mère biologique. Sa fille.

Thayer écarquilla les yeux. L'espace d'une seconde, il eut l'air de ne pas en croire ses oreilles, ou peut-être de craindre qu'il s'agisse d'une nouvelle blague du Jeu du Mensonge.

– Je suis sérieuse, insista Emma. Ils avaient rendez-vous, et on les a surpris.

Thayer semblait stupéfait.

– Tu veux dire que ta mère biologique était à Tucson, et qu'elle n'a même pas essayé de te voir ?

Des larmes amères piquèrent les yeux d'Emma. Elle avait imaginé tant de fois que Becky revenait, qu'elle la trouvait et la prenait dans ses bras pour lui promettre que tout irait bien désormais !

Puis elle repensa au massage que sa mère lui avait laissé au Fer à Cheval. Becky ne se souciait pas de ses filles. Elle n'était même pas restée le temps de rencontrer celle qu'elle prenait pour Sutton. Elle n'avait « rien à lui donner ».

– Elle m'a abandonnée, et elle n'est jamais revenue me chercher, lâcha Emma, pensant au jour où Becky l'avait laissée chez une voisine. Et même après tout ce temps, elle ne veut pas me voir.

Une larme coula sur sa joue.

Thayer se pencha pour lui passer un bras autour des épaules.

– Oh, Sutton !

– Ça va aller, mentit Emma en s'essuyant les joues.

– Laurel est au courant ? demanda doucement le jeune homme.

Emma secoua la tête.

– Non, et ma mère non plus. (Son estomac se noua.) N'en parle pas à Laurel, s'il te plaît. Promets-moi que tu ne lui diras rien.

– Tu sais bien que tu peux me faire confiance, répondit Thayer à voix basse. (Il dévisagea Emma.) Mais du coup, qui m'a renversé avec ta voiture ?

– Je n'en sais rien, murmura Emma. Tu es sûr que c'était un homme qui conduisait ?

Thayer réfléchit en plissant les yeux.

– Je suppose que non, finit-il par admettre. J'ai pensé que c'était ton père parce qu'il nous poursuivait quelques minutes plus tôt. Tout s'est passé si vite ! Il m'a semblé que la personne avait des cheveux foncés, bruns ou noirs, mais je n'ai pas réellement vu son visage.

Emma frissonna. S'agissait-il juste d'un voleur de voiture, ou de l'assassin de Sutton ?

À cet instant, un moteur cala bruyamment dans le parking, faisant sursauter Emma. Une vieille voiture marron rouillée longeait lentement le centre commercial, s'arrêtant devant chaque boutique. Thayer fronça les sourcils et se pencha en avant.

– Il cherche quelque chose ?

Emma se tordit le cou pour mieux voir au moment où la voiture approchait du café. Le conducteur regardait les deux jeunes gens à travers le pare-brise. Non, la conductrice, réalisa Emma. Elle avait les lèvres pincées, les yeux écarquillés et une expression étrange – à la fois dingue, furieuse et menaçante. Emma reconnut aussitôt ce nez droit et ces pommettes hautes.

– Oh mon Dieu, chuchotâmes-nous à l'unisson.

C'était Becky.

34

Drame maternel

Le temps semble s'arrêter au moment où la voiture de Becky traverse lentement le parking. Je détaille ces yeux cernés, cette bouche pareille à un gouffre en essayant de reconnaître quelque chose de moi en elle. Mais tout ce que je vois, c'est une folle. Quelqu'un qui souffre de graves troubles mentaux.

Et qui garde de non moins graves secrets.

Soudain, Becky enfonce l'accélérateur si fort que les pneus émettent un couinement de protestation. Alors, un déclic se produit dans ma tête. Je repense à la fois où, planquée en haut de l'escalier, j'ai entendu mon père parler avec ma grand-mère. Je me souviens de ce qu'ils se disaient. Même s'ils chuchotaient, j'ai discerné les phrases « C'est une malade mentale » et « Elle est violente » dans la bouche de ma grand-mère. Mon père avait l'air frustré ; il répétait : « Nous devons l'aider avant qu'il soit trop tard. »

Avais-je croisé le chemin de Becky la nuit de ma mort ? Si elle était aussi déséquilibrée qu'ils avaient l'air de le croire, qui sait comment elle avait pu réagir en me voyant ?

Je cherchai à me remémorer la nuit de ma mort après le moment où j'avais insulté mon père et m'étais enfuie dans la montagne. Mais la suite n'était qu'un trou noir. Un trou noir qui me dissimulait sûrement quelque chose d'horrible, quelque chose qui briserait mon cœur et celui d'Emma.

L'idée que mon père adoptif ait pu me tuer était déjà assez atroce. S'il s'avérait que c'était notre mère biologique qui avait fait le coup, il me semblait qu'Emma et moi ne nous en remettrions jamais.

Remerciements

Mille mercis à Lanie Davis – si tu n'avais pas bossé aussi dur, ce livre n'existerait pas. Tu es vraiment stupéfiante. Un grand merci également à Sara Shandler, Josh Bank, Les Morgenstein, Kristin Marang, Kari Sutherland et Farrin Jacobs, grâce à qui le suspense reste toujours aussi haletant, et à Katie Sise, qui m'a aidée à mettre ce tome 4 au monde.

Tout mon amour à mes parents, qui sont si forts et si incroyables, ainsi qu'à Ali, Caron, Colleen McGarry, Kristen et Julia Murdy, et Barb Lorence. Encore plus d'amour à Kristian et un gros câlin à Samantha Cairl. Vous êtes tous merveilleux ! Bisous.

L'AUTEUR

Sara Shepard est originaire de Pennsylvanie. Diplômée de littérature de l'université de Brooklyn, elle est l'auteur de la série best-seller « Les Menteuses ». « The Lying Game » est adaptée en une série télévisée qui a débuté en août 2011 aux États-Unis. Sara Shepard vit actuellement à Tucson, en Arizona, avec son mari.

À BLOG OUVERT

LE BLOG DES LECTURES
ADOS ET JEUNES ADULTES

Des scoops,
des avant-premières
et des exclusivités
pour lire, découvrir, partager…

www.ablogouvert.fr

Composé par Facompo
5, rue Calmette-et-Guérin, 14100 Lisieux

Imprimé en France par

CPI
FIRMIN-DIDOT

à Mesnil-sur-l'Estrée en juillet 2013
N° d'impression : 118447

FLEUVE NOIR
12, avenue d'Italie
75627 Paris Cedex 13

Dépôt légal : août 2013
R09415/01